rowohlt
KINDLER

David Safier

Die Liebe sucht ein Zimmer

Roman

Rowohlt **Kindler**

Originalausgabe
Veröffentlicht im Rowohlt Verlag,
Kirchenallee 19, 20099 Hamburg, Juni 2025

Liedtext auf den Seiten 21, 23, 24, 191, 192, 260:
Das kann doch einen Seemann nicht erschüttern, Text: Bruno Balz

Satz Dover Text bei Pinkuin Satz und Datentechnik, Berlin
Druck und Bindung CPI books GmbH, Leck
ISBN 978-3-463-00047-3

Kontaktadresse nach EU-Produktsicherheitsverordnung:
produktsicherheit@rowohlt.de

FSC
www.fsc.org
MIX
Papier | Fördert
gute Waldnutzung
FSC® C083411

Gewidmet allen, die in dunklen Zeiten
Menschen zum Lachen bringen

Vorbemerkung

Alle Dialoge und Lieder, die in diesem Roman auf der Theaterbühne dargeboten werden, stammen aus der Komödie *Die Liebe sucht ein Zimmer*, uraufgeführt am 16. Januar 1942 im *Femina*-Theater im Warschauer Ghetto. Das Werk von Jerzy Jurandot brachte die Menschen zum Lachen, wenige Monate bevor sie in die Konzentrationslager deportiert wurden.

Auf dem Weg zum Theater

Nicht zu spät kommen.

Nicht zu spät kommen!

Bloß nicht zu spät zur Aufführung kommen!

Sara bahnte sich ihren Weg durch das Gedränge auf der Holzbrücke, die das große und das kleine Ghetto miteinander verband. Dabei ignorierte sie das Ächzen und Stöhnen der Menschen um sie herum, die so schnell wie möglich aus der Kälte und dem Schneefall zurück in ihre Behausungen gelangen wollten. Nicht alle hatten das Glück einer Wohnung, manche lagerten auch in überfüllten Treppenhäusern, feuchten Kellern oder kaum geschützten Hauseingängen. Oder wie Sara in einer Abstellkammer im Theater, die sie nur mit einem der kleinen, mit Kohle befüllten Blechöfen beheizen konnte, die während der Wintervorstellungen im Gang des Zuschauerraums standen. Aber auch nur falls nach der Vorstellung noch Kohle übrig war. Sonst musste der alte, verschlissene Vorhang, mit dem sie sich nachts zudeckte, sie wärmen.

Sara ignorierte auch das Gejohle der jungen Polen mit Schiebermützen, die unten auf der Straße standen und sich über die Juden lustig machten, die sich über die frisch gebaute Brücke drängten, damit die arische

Chłodna-Straße nicht länger von ihren Füßen besudelt würde. Die Halbstarken warfen Schneebälle und johlten, immer wenn sie einen Treffer landeten. Niemand wagte etwas zu sagen oder gar zu schimpfen, denn das konnte schnell lebensgefährlich werden.

«Judenschweine!», riefen die jungen Männer.

«Ratten!»

«Hey, Kleine, spring runter! Wenn du das überlebst, besorg ich's dir! Kostet dich nur 50 Złoty!»

Das Angebot galt Sara, die sich nahe dem Geländer hielt. Auch sie reagierte nicht auf die Beleidigung, stattdessen schob sie sich weiter in die Mitte der Brücke. Unter ihren Füßen begann das Holz zu erzittern. Eine Straßenbahn ruckelte unter der Brücke durch. Solche Bahnen erschienen den Juden wie Überbleibsel aus einer für sie längst vergangenen Welt, waren sie doch im Ghetto nicht erlaubt. Ebenso wenig wie Autos. Dort durften lediglich Busse fahren, die von Pferden gezogen wurden.

Das eigene Zähneklappern konnte Sara jedoch nicht ignorieren. Sie war mit ihrem leichten, hellbraunen Mantel, dem roten Sommerkleid und dem Kopftuch, das um ihre schwarzen Haare geknotet war, viel zu dünn gekleidet. Auch ihre abgewetzten Schuhe boten kaum Schutz, zumal durch einen kleinen Riss in der Sohle des linken immer wieder Feuchtigkeit eindrang. So gekleidet hatte Sara, deren zerbrechlich wirkender Körper sich seit ihrer Kindheit als viel zäher erwiesen hatte, als man hätte vermuten können, es besser als die vielen Bettler, die am

Fuß der Brücke lagerten. Aber auch schlechter als jene Juden, die einer Arbeit nachgehen durften, die mehr einbrachte als ihre, mit denen sie aber niemals hätte tauschen wollen.

Vom Klappern der Zähne versuchte Sara sich abzulenken, indem sie an ein wehmütiges Lied dachte, das heute auf der Bühne dargeboten werden sollte. Im Gegensatz zu vielen anderen wurde es nicht von ihr gesungen, sondern von der kleinen Esther:

Hier verliebt sich eine Blume
in die Blume nebenan.

Im Ghetto gab es keine Blumen, die sich ineinander verlieben konnten.

Dort ein Vöglein, dort ein Vöglein,
schnäbelt fröhlich auf einem Ast.

Es gab auch keine Vögel. Keinen Frohsinn unter den ausgemergelten Menschen um sie herum. Wie Sara blickten sie zu Boden und waren bemüht, niemanden zu berühren. Was kaum möglich war, nicht nur auf dieser engen Brücke, denn mit einer halben Million Menschen war das Ghetto hoffnungslos überfüllt. Seit dem Sommer fürchteten sich alle vor den Läusen, dem Vierzehntäger und dem Typhus mindestens so sehr wie vor dem Hungertod und den SS-Soldaten.

Sara kämpfte sich die Treppen der Brücke herunter

und betrat den Boden des großen Ghettos. Ein Bettler hielt ihr die von Frostbeulen übersäte Hand entgegen. Auch Sara hatte seit neuestem eine solche Beule an der rechten Hand, die sie nur unzulänglich mit einem Stofffetzen umwickelt hatte. Der war sowohl vom Schneefall als auch von der Beule selbst durchnässt.

Nur wenige der Lumpengestalten, deren Gestank selbst in dieser Kälte noch in Saras Nase stieg, brachten die Kraft auf, an den Mänteln zu zupfen und nach etwas Brot zu rufen. Die meisten saßen mit leerem Ausdruck da. Einer schien zu schlafen, von Schnee dabei schon fast gänzlich bedeckt. Schlief er überhaupt?, fragte sich Sara.

Und das Mädchen weint, das Mädchen weint,
weil's keinen Mann für sich hat ...

Bei den Theaterproben sang die kleine Esther diese Zeilen voller Sehnsucht. Dabei war sie noch viel zu jung für einen Mann. Fast noch ein Kind. So jung wie Sara, als sie vor zehn Jahren in Dębica verheiratet wurde. Als Tochter eines Schmieds vom Heiratsvermittler verkuppelt an den viel älteren Sohn eines Kaufmanns. So jung, wie Sara es nach der Hochzeitsnacht nie wieder hatte sein können.

Nicht mehr lang, bald kommt der Winter,
und dann ist ein Jahr vorbei.

Der Winter war schon seit Beginn des Ghettos da.

Für Sara war immer Winter, außer in den Armen von Edmund, den sie bei den Proben zum neuen Stück kennengelernt hatte.

Die Kälte wurde vertrieben von seinem Gesang.

Der Schnee geschmolzen von seinem Lachen.

Das Eis um ihre Seele weggebrannt von seiner Liebe.

Und von Saras noch größerer zu ihm.

Sara drängelte sich mit vielen anderen in eine Gasse, die an der Ghettomauer entlangführte. Drei Meter war sie hoch, mit Glasscherben und Stacheldraht obenauf. Die Mauer, die die Deutschen zu Beginn des Ghettos rund um die Juden errichtet hatten, gehörte schon so zu Saras Leben, dass sie nicht einmal mehr hinsah.

Und wer weiß schon, und wer weiß schon ...
... wer weiß schon,
ob noch jemals kommt ein Mai ...

Sara wusste ebenfalls nicht, ob für Esther noch ein Mai kommen würde. Oder für Edmund. Für das Theater. Für sie selbst. Das wusste keiner. Nur der Typhus, die Kälte und der Hunger.

... bitte, bitte, noch ein Mai.

Die letzten Töne des Liedes verklangen in Saras Kopf, als sie im nachlassenden Schneefall in die breitere Leszno-Straße einbog. Hier wollte sie verlorene Zeit aufholen und auf der Straße statt auf dem überfüllten Bürgersteig gehen. Dass die Straße vereist und spiegelglatt war, nahm sie in Kauf. Jede Minute, die das Stück mit Verzögerung beginnen würde, müsste später eingespart werden. Die Zuschauer, die Schauspieler, die Musiker – alle mussten zu Beginn der nächtlichen Ausgangssperre um 19.00 Uhr wieder zu Hause sein. Bei Missachtung liefen sie Gefahr, auf der Stelle von den Deutschen getötet zu werden.

An Sara fuhr eine Rikscha vorbei. Eine Fahrt mit ihr konnte sie sich nicht leisten. Berühmte Schauspieler, wie einige Kollegen aus ihrem Ensemble, wurden mitunter kostenlos mitgenommen. Die Fahrer betrachteten es als eine Ehre, Gäste an Bord zu haben, die sie von der Bühne oder sogar noch aus Vorkriegszeiten von der Leinwand kannten. Wie so viele im Ghetto liebten sie es, mit solchen Sternen des Theater- und Filmhimmels sprechen zu dürfen. Und obwohl es den entkräfteten Rikscha-Fahrern oft schwerfiel, in die Pedale zu treten, besonders bei eisiger Kälte und verschneiter Straße wie heute, sangen einige von ihnen den Schauspielern etwas vor. Es gab sogar welche, die einen Monolog aus dem berühmten jiddischen Theaterstück *Dibbuk* vortrugen. Alles in der Hoffnung, vielleicht entdeckt zu werden. In so gut wie jedem Menschen, außer den am Boden liegenden, gab es den verborgenen Wunsch, ein Künstler zu sein. Und da den meisten dafür die Begabung fehlte oder der Mut oder die Leidensfähigkeit oder alles zusammen, freuten sie sich so sehr, wenn sie in der Nähe einer Schauspielergröße waren. Sonst kutschierten die Rikscha-Fahrer doch nur reiche Juden wie Schmuggler und Schwarzhändler sowie den ein oder anderen Arzt, Bankier oder Juristen, der noch nicht alles von seinem Vermögen verloren hatte.

Sara aber war nicht bekannt genug für eine Freifahrt. Sie hoffte jedoch heißen Herzens, bald ebenfalls auf der Straße erkannt zu werden. Denn heute würde sie das erste Mal in einer Hauptrolle auf der Bühne stehen.

Doch dafür müsste sie rechtzeitig ins Theater kommen. Sara setzte sich in Laufschritt.

Jede andere an Saras Stelle hätte sich verflucht, dass sie die Puppentheateraufführung im Waisenhaus gegeben hatte, wegen der sie nun so in Eile war, und nicht stattdessen mit den Theatermusikern an einer Ecke in der Nähe des Theaters gestanden und für ein paar Złoty gesungen hatte. Vielleicht hätte sie sogar ein Stück Brot von einem Musikliebhaber bekommen. Im Waisenhaus hatte es für sie als Lohn nur eine Schale heißes Wasser gegeben, in der eine halbe Kartoffel schwamm. Selbst das war großzügig, betrug doch die wöchentliche Ration, die man von den Deutschen erhielt, mittlerweile nur 200 Gramm Kartoffeln, 300 Gramm Brot, 25 Gramm Zucker und 20 Gramm Fett. Wenn man sie denn auftreiben konnte. Wer es nicht schaffte, Geld für den Schwarzmarkt zu verdienen, den ließen die Deutschen verhungern.

Die Vorstellungen bei den Kindern in den Waisenhäusern waren Sara heilig. Ihr Puppenspiel war dabei selbstverständlich bei weitem nicht so prächtig wie jenes im *Café Sztuka*, in dem *Schneewittchen und die sieben Zwerge* dargeboten wurde. In der Version des amerikanischen Zeichentrickfilms, den Sara nie gesehen hatte. Mit Schlafmütz und Hatschi und all den anderen Zwergen. Die Marionetten waren wunderfein geschnitzt, die wechselnden Hintergrundbilder so prachtvoll, die Zwerge so komisch und das flinke Spiel der Marionettenspieler so anmutig, dass es auch die Erwachsenen in den Bann zog.

Für das heutige, von ihr selbst verfasste Stück hatte Sara lediglich zwei dicke graue Wollsocken genommen und ihnen mit andersfarbiger Wolle Haare, Nase, Mund und Augen aufgenäht. Die Sockenpuppen waren nicht elegant, sie wirkten eher etwas skurril. Sara war zwar eine passable Schauspielerin, nähen konnte sie hingegen gar nicht.

In ihrer Geschichte *Romek und Tomek fahren nach Spanien* machten Zwillingsjungen eine Reise durch Europa. Für Sara waren zwei Dinge entscheidend: Sie wollte, dass sich die Kinder vor Lachen kringelten. Deswegen pupsten und rülpsten Romek und Tomek um die Wette. Und sie waren frech zu den Erwachsenen. Zum anderen sollten die Kinder von schönen Dingen hören, die sie entweder bereits vergessen hatten oder bisher nicht kennenlernen durften und vielleicht auch niemals kennenlernen würden: dem Wald. Dem Meer. Den Blumen.

Bereits nach ihrer ersten Aufführung hatte sich Sara vorgenommen, nicht darüber nachzudenken, was die Ghettokinder schon alles erlitten hatten. Heute war es ihr nicht so gut gelungen, denn ein vielleicht vierjähriges Mädchen mit Rotznase, verfilzten Haaren und selbst für das Alter zu vielen Zahnlücken kam nach der Aufführung zu ihr: «Erzähle mir mehr von Spananien.»

«Das heißt Spanien.»

«Spananien», versuchte es das Mädchen vergeblich.

«Ich war auch noch nie da», wich Sara aus. Sie musste sich dringend auf den Weg machen.

«Dann erzähle mir mehr von den Sonnenblumen», bat das Mädchen.

«Die ... die sind sehr schön, leuchtend gelb ...» Sara musste sich sputen.

«Und der Wald?»

«Der Wald ist auch sehr schön.»

Sie wandte sich zum Gehen.

«Bleib.»

Sara machte den Fehler, sich noch einmal zu dem Zahnlücken-Mädchen umzudrehen.

«Bitte, bitte, bleib!»

Noch bevor Sara sich bewegen konnte, klammerte sich die Waise an ihr Bein. Für einen Augenblick wusste Sara nicht, was sie tun sollte. Bis sie sich an die Härte erinnerte, die sie sich im Laufe der Jahre angeeignet hatte, um zu überleben. Sie sagte scharf: «Lass mich los!», und schob das Mädchen weg. Diesmal drehte sie sich nicht mehr um auf dem Weg nach draußen, egal wie sehr die Kleine auch weinte.

Man musste Menschen im Leben zurücklassen. Selbst wenn es, wie bei ihr vor zehn Jahren, die eigene Familie war. Die eigenen kleinen und schutzlosen Schwestern, die inzwischen gewiss schon selbst vom Heiratsvermittler verkuppelt worden waren.

Sara überlegte, ob sie eine der Sockenpuppen, die sie in den Manteltaschen verstaut hatte, über ihre gesunde Hand ziehen sollte. Ihre Handschuhe waren vor einer Woche zusammen mit einigen Habseligkeiten der Kollegen während der letzten Vorstellung der Operette *Die Csárdásfürstin* gestohlen worden, und neue konnte sie sich nicht leisten. In der ursprünglich in Marienbad spielenden und ins Ghetto verlegten Operette verliebt sich der Sohn der feinen Gesellschaft in die Sängerin Csárdás, die in einem kleinen Restaurant singt. Und die Sängerin verliebt sich auch in ihn. Alles könnte so schön sein, doch die Liebe führt zu einem Skandal, wie ihn das Ghetto noch nicht gesehen hat. Wie gern hätte Sara die Sängerin gegeben, aber die Rolle ging an Zivia. Wie hatte die Kollegin noch zu ihr gesagt: «Ich wollte es mehr als du.» Die Wahrheit über die eigenen Schwächen tat einer Künstlerin immer weh.

Bevor Sara in die Manteltasche nach der Sockenpuppe greifen konnte, sah sie, wie die Menschen weiter vorn auf dem Bürgersteig langsamer wurden. Einige kamen ihr sogar wieder entgegen. Dies konnte nur eins bedeuten: Die Deutschen führten eine Kontrolle durch.

Wann die Soldaten eine Straße sperrten, wusste keiner. Sie taten es ohne erkennbares Muster. Manchmal suchten sie nach Schwarzmarktwaren, um sie für sich selbst einzustecken. Sie zwangen die Schmuggler, die die Waren unter Lebensgefahr ins Ghetto gebracht hatten, auf die offene Ladefläche eines Lasters. Der brachte sie, zusammen mit ein paar willkürlich verhafteten Unschuldigen, dann ins Gefängnis. Mitunter blockierten die Deutschen die Straße aber auch nur aus reiner Schikane.

Wenn Sara jetzt umdrehen würde, musste sie einen großen Umweg laufen, um zum *Femina*-Theater zu gelangen. Sie würde es nicht mehr rechtzeitig schaffen. Wenn die Soldaten aber ihre Durchsuchungen langsam durchführten, ebenfalls nicht. Und schon gar nicht, wenn sie dabei ihre Spielchen spielten. Dennoch gab es nur diese eine Wahl: Sie musste es darauf ankommen lassen.

Sara näherte sich der Menschentraube, die sich auf der Straße gebildet hatte. Noch bevor sie ankam, hörte sie lautes Gelächter.

Das waren die Soldaten.

Juden lachten auf der Straße nur, wenn Künstler sie unterhielten. Im Theater lachten sie manchmal laut, mitunter sogar befreit. Und wenn die Schauspieler gut waren, sogar oft.

Die Deutschen hingegen lachten nur laut, wenn sie grausam waren.

Diesmal klatschten sie sogar.

Fast im Rhythmus.

Und sangen:

Das kann doch einen Seemann nicht erschüttern,
keine Angst, keine Angst, Rosmarie!

Sara musste die deutschen Worte nicht verstehen, um sie zu hassen.

Bei der Menge der Wartenden angekommen – es waren etwa fünfzig Juden – stellte sie sich auf die Zehenspitzen und sah, was vor sich ging: Es handelte sich um zwei SS-Männer in dunkelgrauen Mänteln über den Totenkopfuniformen. Sie sangen oder besser gesagt grölten den Gassenhauer. Ein mittelalter mit kantigem Gesicht, der eine schwarze SS-Mütze trug, und ein junger behelmter Bubi, vielleicht gerade mal achtzehn Jahre alt. Die Jungen waren die Schlimmsten.

Das heutige Spiel war eine Variante der Lieblingsbeschäftigung der Nazis: Juden so lange Liegestütze machen zu lassen, bis sie zusammenbrachen, und sie anschließend entweder mit Tritten zu traktieren oder zu erschießen. In dieser Spielvariante mussten zwei alte Männer – ein Orthodoxer mit weißem Bart und grauen Schläfenlocken sowie ein Herr mit verbeultem Hut, aber feinem Anzug – zum Gesang der Deutschen mit gebeugten Knien und vor der Brust gekreuzten Armen eine Art Kasatschok tanzen. Beide Männer wirkten bereits sehr erschöpft, nur die Angst verlieh ihnen noch die Kraft, den Tanz des Todes weiter aufzuführen.

Sara hatte schon lange aufgegeben, sich zu fragen, warum sich die Soldaten aus dem angeblichen Volk der Dichter und Denker so verhielten. Es war Zeitverschwendung, sich darüber Gedanken zu machen, was in den Hirnen dieser Menschen und in ihren tiefschwarzen Seelen vor sich ging. Für Sara war es mittlerweile eine natürliche Ordnung: Der Himmel ist oben, im Wald stehen Bäume, die Deutschen sind Sadisten.

Das kann doch einen Seemann nicht erschüttern,
keine Angst, keine Angst, Rosmarie!

Der junge SS-Mann, blonde Haare, braune Augen, wandte sich an die Umstehenden und rief: «Lacht!»

Da das Wort fast wie das jiddische ‹Lakht› klang, verstanden alle sofort, was der Soldat von ihnen wollte. So lachten die meisten der Juden, als der Orthodoxe mit den Schläfenlocken zusammenbrach. Und sogar noch, als der ältere der beiden Soldaten ihm Tritte versetzte.

Eine hübsche Frau, kaum älter als der Bubi-Soldat, schaffte es nicht, in das gequälte Gelächter einzustimmen. Ohne Vorwarnung schlug ihr der junge SS-Mann mit dem Gewehrkolben ins Gesicht. Die Frau fiel auf das Kopfsteinpflaster und stürzte auf den Hinterkopf. Anschließend lag sie reglos da und blutete. Niemand traute sich, ihr zu helfen.

Sara wandte ihren Blick ab, sie wollte die Furcht, die sich in ihr zu einer großen Welle formte, nicht weiter mit dem Anblick der bewusstlosen Frau nähren.

«Lacht!», rief der Bubi-Soldat noch mal, als er in die Menge trat, die sich vor ihm teilte wie das Rote Meer vor Moses. Er baute sich abwechselnd mal auf der linken, mal auf der rechten Seite vor den Juden auf, die das Unglück besaßen, in ihren jeweiligen Gruppen vorne zu stehen.

Zu diesen Unglücklichen gehörte auch Sara, die am Ende der linken Reihe stand. Sich nach hinten zu drängeln, war keine Option. Das würde den SS-Mann nur sofort auf sie aufmerksam machen. Und falls sie versuchen würde, wegzurennen, würde er ihr in den Rücken schießen. Sara wusste nicht, ob sie noch vor Kälte oder schon vor Angst zitterte.

Keine Angst, keine Angst, Rosmarie!

Der junge Soldat, in dessen Gesicht kein einziges Barthaar spross, kam langsam, aber sicher näher. Trotz ihrer Angst war Sara klar, dass sie keine Probleme haben würde, zu lachen ...

«Lacht!», rief er.

... wie laut auch immer.

Sie war schließlich Schauspielerin.

Aber eine alte Frau mit zerfurchtem Gesicht und schneenassem Haar, die mit panikgeweiteten Augen neben Sara stand und noch mehr zitterte als sie, würde vorher an der Reihe sein. Es war nur schwer vorstellbar, dass sie es schaffen würde.

Sara musste ihr helfen, sie zum Lachen bringen.

Doch wie?

Am besten mit einem Witz, den sie der Alten zuflüstern würde.

Doch welchen?

«Lacht!», brüllte der Bubi noch lauter und hatte dabei eine fröhliche Fratze wie aus der Hölle. An die Hölle glaubte Sara, im Gegensatz zu Gott und dem Himmel. Schließlich war sie als Dreizehnjährige der einen Hölle entkommen und lebte nun in einer anderen.

Als Erstes fiel ihr einer der beliebtesten Ghettowitze ein: «Guten Tag, Kohn, ich habe zwei Nachrichten. Eine gute und eine schlechte.» «Dann sag mir die gute zuerst.» «Hitler ist tot.» «Und die schlechte?» «Die erste Nachricht stimmt nicht.»

Sara entschied sich gegen diesen Witz. Die Gefahr, dass der junge Soldat das Wort ‹Hitler› heraushören würde, war zu groß. Zudem war er nicht lustig genug.

Der junge SS-Mann stand nun mit dem Rücken zu ihnen auf der anderen Seite vor einem besonders abgemagerten Juden mit Schiebermütze, der ihm nicht laut genug lachte und immer mehr geben musste, um nicht niedergeschlagen zu werden. Die Alte würde als Nächstes an der Reihe sein. Jetzt galt es: schnell ein Witz. Einer, der die Frau richtig zum Lachen bringen würde und ihr dadurch einen Schlag mit dem Kolben ersparte. Ihr das Leben rettete. Am besten wäre dafür ein deftiger.

Hastig, flüsternd, aber dennoch klar intoniert, begann Sara, die Rampe zur Pointe zu bauen: «Ein Priester, ein Pastor und ein Rabbi wollen herausfinden, wer der Beste von allen ist. Sie beschließen, im Wald Bären zu konvertieren. Am nächsten Sonntag treffen sie sich wieder. Der Priester jubelt: ‹Ich habe meinem Bären im Wald eine Predigt gehalten, jetzt sitzt er in der Kirche in der ersten Reihe.› Der Pastor jubelt genauso: ‹Ich habe meinen Bären getauft, jetzt sitzt er bei mir in der ersten Reihe.›»

Die alte Frau hörte ihr, trotz aller Angst, gebannt zu, gewiss ahnend, dass Sara ihr mit dem Witz helfen wollte.

Der Bubi-Soldat wandte sich zufrieden von dem Mann gegenüber ab und drehte sich in Richtung Sara und der Alten.

Sara flüsterte langsamer, obwohl die Zeit drängte, aber die Pointe musste zünden: «Der Rabbi aber trägt am ganzen Körper Gips. Der Pastor fragt: ‹Was ist mit dir geschehen, Rabbi?›»

Der Soldat ging auf die beiden zu.

Sara konnte nur hoffen, dass er nicht mitbekommen würde, wie sie leise die Pointe zelebrierte: «‹Ich hätte meinem Bären nicht von der Beschneidung erzählen sollen.›»

Die alte Frau lachte nicht.

Der Soldat war nur noch fünf Schritte entfernt.

Fand sie den Witz nicht komisch? Für einen anderen war es jedenfalls zu spät.

Vier Schritte.

Oder brauchte sie nur einen Moment, um die Pointe zu verstehen?

Drei.

Endlich lachte die alte Frau los.

Und der junge SS-Mann war zufrieden, denn auch Sara lachte. Auf jene ansteckende Weise, die sie in ihren Anfangstagen am Theater gelernt hatte, als es ihre Aufgabe war, als vermeintlich ganz normale Zuschauerin im Saal das Publikum anzuheizen.

Der Soldat mit dem kantigen Gesicht pfiff. Erst jetzt

realisierte Sara, dass er schon eine Weile sein furchterregendes Lied nicht mehr gesungen hatte. Der alte Jude mit dem feinen Anzug war gewiss zusammengebrochen, während sie über die Witze nachgedacht hatte.

Der Bubi eilte zu seinem Vorgesetzten, und die beiden gingen davon. Die Sperre war damit aufgehoben. Sie war grundlos gewesen. Anscheinend war das grausame Spiel der beiden Männer nur ein Zeitvertreib gewesen.

Die Menge löste sich erleichtert auf. Einige von ihnen halfen den beiden alten Männern und der mit dem Gewehrkolben getroffenen jungen Frau hoch. Obwohl sie sehr benommen wirkte, schien es dem orthodoxen Juden am schlechtesten zu gehen. Er konnte sich kaum auf den Beinen halten und spuckte Blut.

Sara hatte schon genug Zeit verloren. Sie wollte gerade losrennen, da hielt die alte Frau sie am Ärmel fest.

«Ich kenne auch einen Witz», sagte die Frau.

«Und welchen?», Sara wollte es schnell hinter sich bringen.

«Was ist das elfte Gebot?»

Sara kannte so viele Witze, daher war sie überrascht, dass es sich um einen handelte, den sie noch nie gehört hatte. Neugierig antwortete sie: «Ich weiß es nicht.»

«Du sollst nicht in eine jüdische Familie hineingeboren werden.»

Sara musste auflachen und sagte dann: «Das hätte ich mal vorher wissen müssen.»

Die alte Frau freute sich sichtlich über das Lachen.

Anschließend sah sie Sara dankbar an: «Danke für deine Hilfe.»

Sara erwiderte das Lächeln kurz und setzte sich wieder in Bewegung. Von Höhe Leszno-Straße 101 in Richtung *Femina*-Theater, das sich im Haus mit der Nummer 35 befand. An ihre kalten Hände dachte sie dabei nicht mehr, auch nicht mehr an die Soldaten. Nur noch daran, dass sie nicht zu spät kommen durfte. Sie rannte und rannte, immer durch den Nebel ihres eigenen Atems. Einmal rutschte sie fast aus, schlitterte ein Stück, aber konnte sich gerade noch fangen. Sara wurde nur kurz langsamer, als sie einen Laden mit reichhaltiger Auslage passierte. Bester Schinken, edler Käse, sogar frischer Fisch. Ihr Magen knurrte. Aber sie würde sich die wucherteure Schmugglerware nie leisten können. Diejenigen, die es konnten, kauften in ihren feinen Anzügen und Pelzmänteln ungeniert ein. So wie die Frau, der Sara im Vorbeilaufen ausweichen musste.

Es gab einige dieser Läden im Ghetto. Und wie durch ein Wunder wurde nie eine Scheibe eingeschlagen. Kein Ladenbesitzer überfallen. Oder gar ein Geschäft von einem Mob geplündert. Sara machte sich keine Illusionen. Es lag nicht etwa daran, dass die Juden friedfertiger waren als andere Völker, auch wenn sie sich gegenüber den Deutschen verhielten wie Schafe. Die Läden wurden schlicht und ergreifend nicht überfallen, weil die Hungernden zu schwach dazu waren.

Sie riss sich von dem Anblick des Essens los, rannte noch schneller als zuvor und ging erst in ein zügiges Gehen über, als sie hinter einer Biegung sah, wie die Straße erneut von einer Menschenmenge blockiert wurde. Diesmal waren es nicht fünfzig ängstliche Menschen, die von deutschen Soldaten aufgehalten wurden. Sondern Hunderte, die sich ganz in Ruhe freiwillig anstellten.

Vor einem fünfstöckigen Haus.

In dessen Keller das *Femina*-Theater lag.

900 Menschen passten in den Saal.

900!

Vor dem Krieg war es als ein Kino gebaut worden, in dem amerikanische, polnische, deutsche, aber auch jiddische Filme hätten laufen sollen. Doch der jüdische Besitzer hatte nie eine Lizenz zum Betreiben erhalten, da die Deutschen bereits in Polen einmarschiert waren. Jetzt gehörte das *Femina* einem Deutschen, der auch den *Melodie-Palast* besaß und der von jeder Vorstellung das Gros der Einnahmen kassierte, obwohl er nie in seinem Leben einen Fuß ins Ghetto gesetzt hatte.

Das *Femina* war nicht das schönste der fünf Theater im Warschauer Ghetto. Das war ohne Zweifel das *Nowy Azazel*, das einem Schwarzmarkthändler gehörte, der das Schauspiel fast so sehr liebte wie Geld und leichte Frauen. Er hatte es mit viel Geld aufwändig renoviert, mit roten Sesseln, einem samtenen smaragdgrünen Vorhang und einem Deckenbild in der Empfangshalle, das von Michelangelo hätten stammen können. Auch das *Nowy Kamralany*, das in der verlassenen St.-Augustine-Kirche lag, war schöner als das *Femina*. Doch hier wurde die beste Qualität geboten. Und vor allem: Es war Saras Theater!

Heute stand auf der großen weißen Tafel, die über dem breiten Eingang prangte, unter dem Namen FEMINA in schwarzen Lettern der Titel der neuesten Komödie:

Die Liebe sucht ein Zimmer

Sara hielt inne und lächelte.

Wie sollte einer Schauspielerin nicht das Herz aufgehen, wenn sie gleich das erste Mal in ihrem Leben eine Hauptrolle spielte? Und sich so viele Menschen voller Vorfreude und ohne zu drängeln in das Theater begaben? Sara ging langsam auf die Menschen zu. Am liebsten hätte sie jeden einzelnen von ihnen genauer betrachtet. Doch sie besann sich, schlug einen Bogen um die Menge herum und lief seitlich vorbei zu der Gasse, in der der Hintereingang des Theaters lag.

Am Eingang der Gasse waren zwei Bettler, die hier ihre Stammplätze hatten und unterschiedlicher nicht hätten sein können. Auf der einen Seite saß ein Mann in Smoking, Hemd und mit Fliege. Natürlich waren seine Kleider schmutzig und durchnässt. Noch vor drei Jahren hatte der Mann eine Schraubenfabrik besessen. Die Nazis hatten sie ihm gestohlen. Und im Laufe der Ghettozeit musste er sein buchstäblich vorletztes Hemd weggeben, um seine krebskranke Frau erst von Ärzten, dann von Quacksalbern und schließlich von Wunderheilern behandeln zu lassen. Vergeblich. Nur den Smoking hatte er behalten, weil seine Frau ihn darin stets so adrett gefunden hatte, als sie in den besseren Zeiten das Theater besucht hatten. Der ehemalige Industrielle saß jeden Tag beim *Femina*, um dem Theater und seiner verstorbenen Liebe nah zu sein. Er, der sich früher privat nie mit Schauspielern abgegeben hätte, sprach nun jeden von ihnen mit Namen an: «Hallo, Sara. Ich würde heute gerne deinen Auftritt sehen.»

«Ich werde dir morgen berichten», wimmelte Sara ihn ab. Es gab die strenge Regel, niemanden hineinzulassen, der nicht bezahlte.

Der kurze Wortwechsel wurde nicht nur von den Gesprächen der Zuschauer am Einlass untermalt, sondern auch vom Gesang der Lumpengestalt, die sich auf der anderen Seite der Gasse befand. Es handelte sich um eine Frau, die vermutlich einmal sehr schön gewesen war. Genau konnte das niemand sagen, denn ihr Gesicht war voller Dreck. Jeden Tag saß sie da und sang mit einer wundervollen Stimme das Gleiche:

Das Leben kalt und leer, gebt mir Brot und helft mir sehr ...

Ohne Unterlass. Immer und immer wieder:

Das Leben kalt und leer, gebt mir Brot und helft mir sehr ...

So schön, wie ihre Stimme klang, musste sie einmal Sängerin gewesen sein. Vielleicht hatte sie deswegen ihren Bettelplatz hier am Theater gewählt, ähnlich wie der ehemalige Schraubenfabrikant. Doch kein Sänger, kein Musiker, kein Schauspieler kannte die Frau. Niemand hatte sie jemals auf einer Bühne gesehen. Vielleicht gehörte sie zu den vielen Menschen, die ihre Begabung nie ausgelebt hatten. Fragen konnte man sie nicht, sie sprach mit niemandem, sang immer nur diese eine Zeile.

Das Leben kalt und leer, gebt mir Brot und helft mir sehr ...

Sara ging auf die schwere, schwarze Holztür zu, die stets ein wenig klemmte. Sie stemmte sich gegen sie, öffnete sie nur einen kleinen Spalt und schlüpfte ins Innere.

Garderobe

Sara eilte durch den schwach beleuchteten Flur des Erdgeschosses, in dessen hinterem Teil das Theaterbüro und die Garderobe für die Schauspielerinnen lagen. Die für die Männer befand sich einen Stock tiefer, in einem Gang hinter der Bühne.

Ihren Mantel behielt Sara an. Zwar lagen die Temperaturen hier drinnen im Plus, aber das Haus wurde bereits seit zwei Wintern nicht mehr geheizt. An einigen Stellen konnte man hinter abgerissenen Tapeten schwarzen Schimmel sehen. Sara wollte gar nicht wissen, wie weit er sich schon verbreitet hatte. Es roch aber nicht nur nach feuchtem Muff und Schimmel, auch Zigarettenrauch strömte Sara entgegen. Wenigstens funktionierte in diesem Stockwerk noch der Strom. Unten musste der Zuschauersaal mit Kerzen beleuchtet werden und die Bühne mit Gaslampen.

Weiter vorne ging William rauchend auf und ab. Seine Eltern hatten dem jungen Mann mit dem Mondgesicht bei der Geburt den englisch klingenden Namen gegeben, warum auch immer. William unterstrich ihn, indem er stets einen abgetragenen Mantel englischen Stils trug und eine etwas zu kleine Melone, die schief auf seinem Kopf saß. Letztere hatte er einem Straßenhändler viel zu teuer abgekauft. Williams Stil passte kein bisschen zu seinem Äußeren. Es war, als ob sich ein großes Kind als Schauspieler verkleidet hatte.

«Sara!», rief er.

«Das bin ich!», antwortete sie und ging auf ihn zu. Dabei lächelte sie das erste Mal, seit die Waisenkinder bei der Schlussszene von *Romek und Tomek reisen nach Spanien* vor Lachen auf dem Boden gelegen hatten.

«Ich bin so aufgeregt!», sagte William. «Ich bin so aufgeregt! Ich bin so aufgeregt!»

«Sag mal», grinste Sara, «bist du aufgeregt?»

«Ich bin völlig aufgeregt!», nahm William ihre Frage ernst.

William war kein Schauspieler, kein Sänger, kein Musiker und schon gar kein Regisseur. Erst recht kein Autor, jener Beruf, den Sara von allen am meisten bewunderte. William war Beamter in der Ghettoverwaltung, verbrachte aber viel mehr Zeit im Theater. Sogar mehr als der eine oder andere Schauspieler.

Wenn er kein junger Mann gewesen wäre, hätte man ihn wohl ‹Mädchen für alles› genannt. Durch seine vielfältigen Kontakte besorgte er Kohlen für die Öfen, spezielle Requisiten wie die Shakespeare-Büste, die im heutigen Stück eine wesentliche Rolle spielen würde, und sogar Lippenstift für die Schauspielerinnen. Wie er die Dinge immer auftrieb, wusste keiner, und man mochte es auch gar nicht wissen. Während der Vorstellungen gab es für William meist nichts mehr zu tun, da saß er stets auf seinem Stammplatz in Reihe 4 am Mittelgang und lachte am lautesten, selbst wenn er einen lustigen Dialog zum zwanzigsten Mal hörte.

«Du musst doch», plapperte William, «auch wahnsinnig aufgeregt sein.»

Bisher war Sara dafür viel zu beschäftigt gewesen. Doch jetzt, wo William sagte:

«Deine erste Hauptrolle!»

... begann es in ihrem Magen zu kribbeln.

«An deiner Stelle würde ich gar nicht mehr atmen können!»

Das glaubte Sara sofort. Einmal hatten sie versucht, William in dem Stück *Der Schneider und seine Schwiegertöchter* eine kleine Nebenrolle zu geben. Er hatte nur einen Satz zu sprechen: «Schneider, ich habe eine Jacke.» Dabei betonte er bei den Proben jedes Wort überdeutlich, ruderte unbeholfen mit den Armen und stakste seltsam über die Bühne. Es gab wohl niemanden auf der ganzen Welt, der unbegabter war als William.

Nach der Generalprobe fragten die Schauspieler sich, was ihn wohl mehr verletzen würde: Seinen Auftritt im letzten Moment gestrichen zu bekommen, um ihn vor sich selbst zu schützen, oder das Gespött des Publikums ertragen zu müssen? Niemand brachte es übers Herz, ihm ins Gesicht zu sagen, er solle nicht spielen. Und so stakste William bei der Premiere auf der Bühne herum, ruderte mit den Armen und vermasselte seinen Satz, indem er sagte: «Schneider, ich habe eine Macke.»

Die Schauspieler, die hinter dem Vorhang alles bangen Herzens beobachteten, wollten am liebsten im Boden versinken. Doch das Publikum dachte, Williams Satz wäre genau so gedacht, und belohnte ihn mit Gelächter und Applaus. Niemand war nach der Aufführung glücklicher als er. Wäre William in diesem Augenblick gestorben, hätte er sich für ein erfülltes Leben bedankt.. Und dennoch ließen sie ihn lieber nicht noch einmal auf die Bühne.

«Du kriegst doch schon jetzt kaum mehr Luft», lachte Sara ihn an.

«Das stimmt. Ohne meine Beruhigungszigaretten würde ich schon mit einem Herzinfarkt auf dem Boden liegen!»

«Das kannst du uns nicht antun.»

William lächelte dankbar.

«Wir könnten uns dein Begräbnis gar nicht leisten», grinste Sara. Ihr Scherz hatte einen bitteren Hintergrund. Die Leichen der meisten Toten im Ghetto wurden nachts von ihren verarmten Verwandten auf die Straße gelegt. Bei Tagesanbruch stahlen verzweifelte Menschen ihre Kleidung, sodass die Toten mehr oder weniger nackt da lagen. Irgendwann kam ein Totengräber und lud die Leichen auf einen Karren, brachte sie zum Friedhof und verscharrte sie in einem Massengrab.

Beim Gedanken daran verzog William sein Gesicht.

Sara, die sich mal wieder wunderte, wie sensibel er auf schwarzen Humor reagierte, tätschelte seine Schulter und sagte: «Ich verspreche dir, wir würden dich nie auf die Straße legen. Wir lieben dich doch.»

«Ich euch auch», murmelte William leise.

«Wie lange noch bis zur Aufführung?»

William schaute auf seine Armbanduhr – als Einziger der Theaterleute trug er eine Uhr, wenn auch keine wertvolle – und antwortete: «Fünfzehn Minuten.»

Sara atmete durch. Sie lag besser in der Zeit als gedacht. Und weil sie sich etwas entspannte, machte sich das Lampenfieber bemerkbar.

«Du musst nicht nervös sein», sagte William.

Sah man ihr das etwa an?

«Alles wird großartig laufen!» Er schien sich selbst mehr überzeugen zu wollen als Sara.

«So etwas soll man nie sagen!»

«Warum nicht?»

«Das bringt Unglück.»

«Ich glaube», seufzte William, «ich werde euch Schauspieler nie verstehen.»

«Das macht nichts», lächelte Sara. «Wir verstehen uns ja nicht mal selbst.»

Sie wollte sich zur Garderobe aufmachen, da hielt ihr William sein Zigarettenetui aus Messing hin: «Willst du auch eine Zigarette?»

«Gerne.»

William öffnete das Etui, und Sara nahm sich eine heraus, zündete sie jedoch nicht an. Zigaretten waren ihr seit ihrer Hochzeitsnacht vor zehn Jahren zuwider. Stattdessen steckte sie die Zigarette in die Manteltasche zur Puppe Romek, um sie für einen späteren Zeitpunkt als Tauschware zu nutzen.

Mit seinem Etui hatte William damals den Weg in ihre

Gemeinschaft gefunden. Als das *Femina* am 20. Juni 1941 mit der Revue *Das Bataillon des Humors* seine Pforten öffnete, saß er, damals noch ohne Melone, in der Vorstellung und kam anschließend jeden Tag aufs Neue. Nach der zweiten Woche begab er sich zum Hinterausgang und verteilte an die Schauspieler Zigaretten. Oft hatte er auch Brot für sie dabei. Manchmal sogar ein Stück Wurst. Nach einer weiteren Woche besuchte er auch nachmittags die Proben für *Der Schneider und seine Schwiegertöchter* und setzte sich dabei in die hinterste Reihe. Irgendwann wanderte er auf seinen zukünftigen Stammplatz in Reihe 4. Und für die Theaterleute fühlte es sich schnell ganz normal an, William bei den Proben dabeizuhaben. Wie er die Zeit dafür fand, fast die ganze Zeit im *Femina* zu verbringen, war allen schleierhaft. Der junge Mann schien zwar weder Frau, Freundin noch Freunde zu haben, aber dass er seiner Stelle in der Verwaltung so oft und lange fernbleiben konnte, ließ sich nur damit erklären, dass Beamte sogar im Ghetto nicht viel zu tun hatten.

«Soll ich», fragte William Sara, während er für sich selbst eine neue Zigarette aus dem Messing-Etui nahm, obwohl die erste noch nicht aufgeraucht war, «dir dann Unglück wünschen?»

«Das übliche Hals- und Beinbruch reicht.»

«Ach», sagte William, «jetzt verstehe ich, warum man das so sagt. Weil ihr glaubt, ein Glückwunsch verhext.»

«Du bist ein kluges Mädchen.»

«Mädchen?», fragte William halb empört, halb verunsichert und wurde dabei rot.

«Für alles», grinste Sara und ging an ihm vorbei in Richtung Garderobe. Dabei nahm sie wahr, wie William sich hektisch die neue Zigarette anzündete. Bei allem Lampenfieber, das sie verspürte, William war ungleich nervöser. Er gehörte offenbar zu jener Sorte Mensch, der zwar keinerlei künstlerische Begabung besaß, aber das Theater so sehr liebte, dass er seine Luft jeden Tag schnuppern wollte. Diese Welt war für viele Menschen eine Droge. Einmal davon probiert und man war für sein Leben verloren.

Manchmal beneidete Sara William deswegen. Für sie war das Theater keine Glücksdroge, es hatte ihr das Leben gerettet:

Als sie dreizehn Jahre alt war, lag in der Hochzeitsnacht der von der Feier nach Alkohol, kaltem Rauch und Schweiß stinkende, zwölf Jahre ältere Efrajim auf ihr. Sara weinte. Und weinte. Es war, als ob Efrajim sie gar nicht hörte. Erst als er fertig war und sich seine Schläfenlocken wieder zurechtgemacht hatte, wurde er wegen ihrem ‹Geflenne› zornig und schlug sie. Dann zischte er ihr zu: «Du bist jetzt meine Frau.»

Anschließend rollte er sich zur Seite und schlief sofort ein, während Sara sich die ganze Nacht weder traute zu weinen, noch sich zu bewegen. Wenn es möglich gewesen wäre, hätte sie auch das Atmen eingestellt.

Als Efrajim am nächsten Tag in das Lebensmittelgeschäft seines Vaters zur Arbeit ging, sollte Sara in der kleinen Wohnung, die der Kaufmannsvater ihnen besorgt hatte, sauber machen. Doch als sie sich sicher war, dass ihr Ehemann gegangen war, schlich sie sich aus der Wohnung und rannte durch das halbe Schtetl zu ihren Eltern. Völlig außer Atem erreichte sie die Schmiede des Vaters, hinter der das kleine Holzhaus stand, in dem sie bis gestern noch mit ihrer Familie gelebt und sich mit ihren kleinen Schwestern Miriam und Ruth ein Bett geteilt hatte. Im Gegensatz zu der Wohnung von Efrajim waren Schmiede und Häuschen weder an Elektrizität noch an die Kanalisation angeschlossen. Daher war die Wohnung, in die das frischvermählte Ehepaar gezogen war, den Eltern wie ein Paradies erschienen.

Nachdem Sara sich vergewissert hatte, dass ihre kleinen Schwestern außer Hörweite waren, erzählte sie, neben einem frisch beschlagenen Brauereipferd stehend, ihren Eltern, wie Efrajim sie geschlagen hatte. Sie verriet jedoch nicht, wie fürchterlich die Schmerzen gewesen waren, als er sie entjungfert hatte.

Am Ende ihres Vortrags sagte der Vater mit hochrotem Kopf: «Geh zurück!»

Sara hatte gedacht, ihr Vater wäre aus Wut darüber, was ihr Efrajim angetan hatte, so erzürnt. Sie konnte nicht glauben, was sie hörte. Der Vater, der sie noch Wochen zuvor mit seinen starken Armen durch die Luft gewirbelt hatte und sie ‹seine kleine Prinzessin› genannt hatte, wollte, dass sie zu Efrajim zurückkehrte?

Flehentlich sah sie zu ihrer Mutter. Doch obwohl Sara meinte, eine Träne in ihrem Auge zu sehen, sagte sie nur streng: «Mach uns keine Schande.»

Sara begann wieder zu weinen. Doch der Vater erhob

seine mächtige, vom Schmiedeofen schwarze Hand und rief: «Geh zurück!»

Ihr Vater hatte sie nie geschlagen. Auch ihre Schwestern nicht. Jetzt wirkte er wie ein anderer Mensch.

Ein Fremder.

Besessen von einem Dibbuk. Einem Totengeist. So musste es sein.

Sara rannte, so schnell sie konnte, aus der Schmiede heraus und die Straße herunter. Sie hatte eine solche Angst, dass der Dibbuk, der von ihrem Vater Besitz ergriffen hatte, sie verfolgen und eigenhändig an Efrajim ausliefern würde.

Nach zwei, drei Kilometern erkannte Sara, dass der Dibbuk sie nicht verfolgte. Eine Weile irrte sie durch das Schtetl, unbeachtet von den Menschen. Dann setzte sie sich auf eine Bank, die vor der Synagoge stand. Eine Stunde verging. Zwei. Drei. Sie bekam Hunger. Durst. Kopfweh. Und dennoch blieb sie sitzen.

Am späten Nachmittag wurde sie von einem freundlichen Mann mit Schläfenlocken und langem Bart angesprochen: «Na, Kind, du hast doch schon vor zwei Stunden hier gesessen. Hast du kein Zuhause?»

Da wurde Sara klar, dass sie wirklich kein Zuhause mehr besaß. Der Dibbuk hatte es ihr genommen.

Doch bevor sie zurück zu Efrajim ginge, würde sie sich lieber vom Dach stürzen – das spürte sie mehr in ihrem Körper, als dass sie es verstand.

Sara antwortete dem freundlichen Herrn nicht, obwohl er sich aufrichtig um sie zu sorgen schien. Sie wollte nie wieder einem Mann trauen. Oder einer Frau. Denn auch ihre Mutter war offenbar von einem Dibbuk besessen und hatte sie verraten.

«Gut», sagte der freundliche Mann, der nicht mitbekam, was in ihr vorging. «Ich komme nachher wieder hier vorbei, kurz bevor die Sonne untergeht. Wenn du dann noch da bist, bringe ich dich zu deinen Eltern.»

Niemand konnte ihr helfen.

Der Mann ging davon. Er hatte es geschafft, dass Sara nicht mehr in sich versunken zu Boden starrte, sondern sich wieder im Hier und Jetzt befand. Sie musste von der Bank aufstehen und woanders hingehen. Sie durfte nicht mehr da sein, wenn er zurückkehrte.

Sara erhob sich und eilte in die entgegengesetzte Richtung, in die der Mann eben verschwunden war. Dabei wurde sie von der Sonne, die über den Dächern langsam hinabsank, geblendet. Plötzlich meinte sie, Efrajim auf sich zukommen zu sehen. Bis heute wusste Sara nicht, ob er es tatsächlich gewesen war. So viele Männer in Dębica, die allermeisten von ihnen anständige Menschen, trugen Bart, Schläfenlocken, schwarzen Anzug und weißes Hemd. Damals aber fuhr ihr der Schreck so in die Glieder, dass sie sich umdrehte und um ihr Leben rannte.

Voller Panik bog sie in die nächste Gasse ein und lief auf ein großes Haus zu, dessen Hintertür offen stand. Sie rannte einfach hinein, in der Hoffnung, sie könne einen Menschen finden, der sie beschützen würde. Und in der Tat fand Sara dort so einen Menschen, denn in dem Gebäude gastierte gerade die weltberühmte Theatergruppe *Jung Wilne* aus Vilnius.

«Wie schön», hörte Sara ihre Kollegin Zivia sagen, als sie die Damengarderobe betrat, «dass du uns auch schon beehrst.»

«Ich bin da, oder?», gab Sara zurück und ging zu ihrem Schminktisch, auf dem ein kleiner, mit Falschgold umrandeter Spiegel stand.

«Mal wieder den Kindern was vorgespielt?», fragte Zivia abfällig. Die Schauspielerin mit den wilden schwarzen Locken und den eisblauen Augen, die einen frösteln lassen konnten, saß in einen langen dunkelgrünen Mantel gehüllt vor einem überdimensionierten schmucklosen Wandspiegel und trug sich roten Lippenstift auf. Zivia war Sara gegenüber noch nie ein Ausbund an Freundlichkeit gewesen. Für sie war die Schauspielerei ein Kampf um die besten Rollen. Und für eine gute Rolle tat Zivia so ziemlich alles, außer irgendjemandem nach dem Mund zu reden.

«Das ist auch eine gute Arbeit», erwiderte Sara, während sie vor dem Spiegel Haare, Gesicht und Nacken nach Läusen absuchte.

«Für die man Wassersuppe bekommt.»

«Die Kinder haben sehr gelacht.»

«Du solltest ihnen lieber beibringen, sich auf den Tod vorzubereiten.»

«Zivia, du bist und bleibst ein Sonnenschein.»

Sara wollte sich von der Kollegin auf keinen Fall ihre Tätigkeit in den Waisenhäusern schlechtreden lassen.

Sie war so stolz, dass die von ihr geschriebene Geschichte die Kleinen zum Lachen brachte. *Romek und Tomek fahren nach Spanien* war Saras erstes selbst verfasstes Stück. Für das *Femina* würde sie jedoch gewiss nie schreiben können. Die jüdische Theaterwelt war zwar der beste Ort für Frauen, die es den Männern gleichtun wollten. Hier konnten sie von Zuschauern bejubelte Darstellerinnen sein, kunstfertige Kostümschneiderinnen, handfeste Bühnenbildnerinnen, gar Beleuchterinnen. Nur das Stückeschreiben schien den Männern vorbehalten.

Einmal hatte Sara es gewagt, eine Zeile in *Der Schneider und seine Schwiegertöchter* ändern zu wollen. In der Komödie will der Schneider Yossel, der stolz den längsten Bart in ganz Lemberg trägt, seinen hübschen, aber schüchternen Sohn Mosche mit einer reichen Kundin verheiraten. Aber Mosche liebt die arme und vorlaute Haviva – im *Femina* war auch diese Rolle natürlich von Zivia besetzt worden. Haviva traut sich als Einzige, über Yossels Bart zu scherzen. Kein Wunder, dass der Schneider dieses Mädchen nicht als Schwiegertochter haben will.

Am Anfang des Stückes gibt Haviva, kurz bevor sie zum ersten Mal auf ihre große Liebe Mosche trifft, dem begnadeten Schneider den Auftrag, aus alten Stoffresten einen Rock für sie zu nähen. Aber Yossel lässt im Laufe der Handlung Tag um Tag vergehen, ohne ihr das Kleidungsstück auszuhändigen. Er kann Haviva nun mal nicht leiden. Als er ihr schließlich am achten Tag den Rock überreicht, schimpft Haviva: «Du hast für den Rock länger gebraucht als Gott für die Erde!»

Und Yossel antwortet: «Wie kannst du es wagen, mich mit Gott zu vergleichen?»

«Seit wann stört dich die Lästerung Gottes?»

«Du hast meiner gelästert!»

«Deiner?»

«Schau dir diesen wundervollen Rock an. Und dann diese schäbige Erde!»

Sara, die eine Brautjungfer in dem Stück spielte, hatte vorgeschlagen, noch eine Zeile hinzuzufügen, in der Haviva erwidert: «Wahrlich, wäre die Erde so perfekt wie dieser Rock, würdest du keine Suppenreste im Bart haben.»

Yossels Darsteller Zylberman hatte darüber laut gelacht und dabei den Kopf so weit nach hinten geworfen und den Mund so weit geöffnet, dass man fast befürchten musste, sein für das Stück angeklebter Vollbart würde abfallen. Aber Michal, der nicht nur der Intendant des Theaters war, sondern auch Regisseur und Autor des Stücks, hatte Sara mit einem finsteren Blick betrachtet, der sie erstarren ließ. Danach hatte sie sich nie wieder getraut, einen Vorschlag zu machen.

Und dennoch wünschte sich Sara nichts mehr, als dass ein Werk von ihr einmal auf einer großen Theaterbühne aufgeführt würde. Daher schrieb sie heimlich an einem Drama. Es hieß *Golema* und spielte in Łódź im Jahr 1678. Der Kabbala-Student Shimon formt – wie einst Rabbi Löw in der Sage vom Golem – ein gigantisches Wesen aus Lehm. Allerdings ein weibliches. Anschließend erweckt Shimon es mit einem geheimen Ritual, das er einem Rabbiner am Sterbebett auf brutale Weise abtrotzt, zum Leben. Golema soll seinem Schöpfer untertan sein und ihn mit ihrer übermenschlichen Kraft zum König machen. Golema sorgt dafür, dass er König wird, doch dann beginnt sie, von einem eigenen Leben zu träumen, und sagt sich los von Shimon. Sie will in Freiheit leben, aber der neue König jagt sie mit seinen Truppen, um sich Golema wieder untertan zu machen.

Sara verfasste *Golema* auf dem Rücken von Theaterflugblättern. Sie hatten im Ghetto nur Flugblätter, um ein neues Stück zu bewerben. Sie hatte ihre Aufzeichnungen noch niemandem gezeigt. Vermutlich würde sie es sich nicht trauen.

Wie Zivia so ein Stück kommentieren würde, konnte Sara sich schon denken. Ihr Urteil würde ähnlich ausfallen wie ihre Bemerkung zu Saras Puppenspiel in den Waisenhäusern: «Du bist und bleibst eine Traumtänzerin.»

Sara hätte sich jetzt noch ein weiteres Wortgefecht mit ihrer Kollegin liefern können, doch sie war nicht in der Stimmung dafür. Ihren feuchten Mantel würde sie erst einmal anbehalten, denn laut Regieanweisung trug sie in ihrer ersten Szene auf der Bühne einen. Der linke Fuß im durchnässten Schuh würde allerdings selbst dann noch nicht trocken sein. Aber ein anderes Paar Schuhe besaß Sara nicht. Und es gab auch keins in der Kleiderkammer, wenn man denn den kleinen Nebenraum der Bühne, in dem zwei Kleiderständer und eine alte, mit Holzschnittarbeiten verzierte Eichentruhe standen, Kleiderkammer nennen wollte. Die Darsteller des *Femina* traten in der Regel in ihren eigenen Sachen auf, nur für spezielle Kostüme, wie zum Beispiel den Talar eines Rabbis, die Robe eines Richters oder ein Hochzeitskleid, wurde Geld ausgegeben.

Sara puderte sich das Gesicht, und die beiden Schauspielerinnen schminkten sich eine Weile schweigend. Bis Zivia plötzlich, ohne Sara anzublicken, sagte: «Heute werden sie klatschen.»

«Was?», Sara hielt inne.

«Heute werden sie klatschen.»

Jetzt musste Sara lächeln. Zivia war wirklich die Ehrgeizigste von allen. Und es wäre schön, wenn sie recht behalten würde. Es hatte noch nie Applaus in einer Wintervorstellung gegeben. In keinem der Ghetto-Theater. In der Kälte saßen sämtliche Zuschauer im Mantel da, ihre Hände tief in den Taschen oder Ärmeln vergraben.

«Glaubst du wirklich?», war Sara skeptisch.

«Ja, denn diesmal», Zivia blickte jetzt zu ihr, «haben wir ein richtiges Stück. Keine alberne Operette. Keine Revue. Keine Adaption von irgendeiner alten Geschichte. Sondern eine Komödie, die hier im Ghetto entstanden ist.»

So hatte es Sara noch nicht betrachtet.

«Aber das ist noch nicht alles.»

«Was ist da noch?»

«Die Lieder im Stück sind wunderschön.»

Das waren sie.

Besonders jenes von Esther, die das gleiche herausragende Gesangstalent wie ihr Bruder Edmund besaß.

Wie gerne hätte Sara Esthers Lied selbst gesungen.

«Und am meisten hilft, dass die Komödie richtig lustig ist», fügte Zivia lächelnd hinzu. Ihre eisblauen Augen konnten nicht nur frösteln lassen, sie konnten mit ihrem hellen Leuchten auch begeistert strahlen.

«Ich hoffe, du hast recht.»

«Habe ich schon mal falschgelegen?»

Sara fand, dass Zivia schon so einige Male falschgelegen hatte, zuletzt, als sie darauf beharrte, den Monolog der Haviva über die Schattenseiten der Ehe so realistisch wie möglich vorzutragen, obwohl sie damit Abend für Abend für einige Zeit die Stimmung im Theatersaal kippen ließ. Zivia stand nun mal in der realistischen Schauspieltradition, mit der die Gründer der Theatergruppe *Jung Wilne* das jüdische Theater seit 1919 prägten. Und das, obwohl Zivia dem Ensemble nie angehört hatte, im Gegensatz zu Sara, für die es lange eine Heimat gewesen war.

Um des lieben Friedens willen und um ihrerseits Zivias Stimmung nicht kippen zu lassen – denn wann lächelte Zivia schon mal hinter der Bühne so wie jetzt? – antwortete Sara: «Das sind die drei Naturgesetze: Der Himmel ist oben. Die Deutschen sind Sadisten. Zivia liegt niemals falsch.»

«Genauso ist es.»

Zivia wandte sich dem Spiegel wieder zu und begann, sich die wilden Haare zu kämmen. Es war so vergeblich, wie Flöhe zu hüten. Vermutlich waren diese Haare mit ihrem Eigenleben die einzigen Geschöpfe auf Erden, die Zivia Widerstand leisten konnten.

Sara griff nach ihrem Lippenstift, der nur noch ein Stummel war. Sie musste William bitten, ihr einen neuen zu besorgen.

«Na, na, na!», tadelte Zivia, ohne sie anzusehen.

«Was ist?»

«Du wirst doch nicht mit dem Fetzen um deine Hand auf die Bühne gehen?»

«Ich habe eine Frostbeule.»

«Die kannst du ebenfalls abpudern. Dann sieht sie keiner.»

Zivia hatte recht. Es war unerheblich, welche Wunden ein Schauspieler hatte, er musste sie für die Bühne überdecken. So wie er sich auch nicht anmerken lassen durfte, wenn er auf der unbeheizten Bühne fror.

Sara legte den Lippenstift zur Seite, rollte behutsam den Fetzen von der Hand und betrachtete die Beule, die in der Mitte des Handrückens lag. Sie war rot wie ein starker Sonnenbrand und hatte einen blauvioletten Rand. In der Mitte war eine Blase aufgeplatzt. Sie nässte, roch unangenehm und begann zu brennen. Sara verdrängte den Schmerz und griff beherzt nach der Puderdose.

«Na, na, na!», sagte Zivia wieder.

«Was ist denn diesmal?»

«Nimm nicht das teure Zeug.»

«Ist schon gut», lenkte Sara ein. Sie bückte sich unter den Schminktisch und holte eine alte Konservendose, die voller Kalk war, nach oben. Sara zerbröselte das weiße Pulver fein zwischen ihren Fingern und strich es vorsichtig auf die Beule. Als sie die offene Wunde erreichte, schoss der Schmerz wie Feuer durch ihren Körper. Sara biss die Zähne aufeinander, damit Zivia nichts von ihrer Schwäche bemerkte. Die Kollegin hasste es, wenn Schauspieler jammerten. Sie selbst, das musste man Zivia zugestehen, tat es nie. Auch nicht bei hohem Fieber.

«Und noch etwas.»

«Was?», fragte Sara gereizt, ohne von der Frostbeule aufzuschauen.

«Vermassele es nicht.»

«Wie bitte?»

«Vermassele es nicht. Ich möchte, dass die Leute klatschen.»

«Das werden sie», funkelte Sara ihre Kollegin böse an, denn sie wusste genau, dass Zivia ihr nicht so viel zutraute. Zivia traute niemandem so viel zu wie sich selbst.

«Die Rolle hätte mir gehört», sagte sie.

«Ach, ja?», Sara spürte in sich die Wut hochkochen.

«Ja», Zivias blaue Augen schienen zu blitzen.

Sara wäre ihr am liebsten an die Gurgel gegangen, aber diese Genugtuung wollte sie Zivia nicht geben. Sie hielt dem Blick stand und sagte: «Das hättest du mit Michal besprechen sollen.»

«Das habe ich.»

«Du wolltest meine Rolle?» Saras Wut drohte überzukochen. Nur mit Mühe konnte sie sich beherrschen.

Es erschreckte Sara jedes Mal aufs Neue, wie viel Zorn in ihr wohnte. Bisher hatte sie ihn nie herausgelassen, sie fürchtete, sich in eine tobende Golema zu verwandeln.

Das Wesen, so war es Sara beim Schreiben erschienen, lebte tief verborgen in ihr. Und es schien darauf zu warten, von ihrem Körper Besitz zu ergreifen.

Schrieb sie etwa deswegen dessen Geschichte auf?

«Ich habe mir», sagte Zivia, «Michal gleich nach dem Vorsprechen geschnappt. Wir haben uns fast eine Stunde lang gestritten. Aber er ist nicht vernünftig geworden.»

In Saras Innerem rüttelte Golema an den Gittern des Kerkers, in den Sara sie eingesperrt hatte. Das Verlies sah vor ihrem geistigen Auge aus wie jenes, in dem König Shimon das Wesen vor den Augen der Welt verborgen hielt. Aber Shimon, der die schwarze Magie beherrschte, hatte das Geschöpf nicht ewig im Kerker halten können.

Wie sollte es dann erst einer einfachen Schauspielerin gelingen?

Sara fürchtete den Tag, an dem der Zorn der Golema aus ihr herausbrechen würde. Sie atmete noch mal ein und aus.

«Du machst», stichelte Zivia, «schöne Atemübungen.»

Sara atmete noch tiefer ein ...

«Ich hätte», redete Zivia weiter, «noch drei Stunden mit Michal weiterstreiten können, aber es hätte nichts genutzt.»

... und wieder aus.

«Michal will, dass du mit diesem Stück groß rauskommst.»

Die Golema in Sara beruhigte sich.

Glaubte Michal so sehr an ihre Kunst?

Das wäre schön.

Geradezu wunderbar.

Aber leider auch auf die falsche Weise unglaublich.

Als die Deutschen den Juden im letzten Winter erlaubten, im Ghetto Theater zu eröffnen, hatte Michal sich bei der Deutschen Verwaltung die Intendanz des *Femina* erkämpft. Vor dem Krieg war er einer der jungen Hoffnungsträger des polnischen Theaters gewesen und hatte sein eigenes Haus in Łódź geführt. Das *Femina* gehörte zwar seit Kriegsbeginn einem Deutschen, aber Michal hatte es künstlerisch fest in seiner Hand. Gleich zu Beginn sprachen alle bekannten polnischsprachigen Schauspieler des Ghettos bei ihm vor. Als auch Sara und ihre Mentorin Ada etwa einen Monat später erschienen, war er überglücklich. Er hatte immer davon geträumt, mit Ada zusammenzuarbeiten, nachdem er sie im Sommer 1938 in Warschau auf der Bühne gesehen hatte. Doch dann hatte der Kriegsbeginn seine Pläne durchkreuzt. Saras Vorspiel hatte ihn jedoch nicht überzeugt. Er hatte sie nur ins Ensemble aufgenommen, weil Ada ihm klipp und klar erklärt hatte, dass er sonst auch auf sie verzichten müsste. Dass Michal für Sara Gefühle entwickeln würde, ahnten damals beide noch nicht.

«Er liebt dich halt immer noch», winkte Zivia verächtlich ab und band ihr widerspenstiges Haar zu einem Zopf.

Die Bemerkung traf Sara bis ins Mark. Alle Empörung und Wut verließ sie wie die Luft einen Boxkämpfer, wenn er bei einem Kampf einen schweren Haken gegen den Brustkorb hinnehmen muss.

Sara sah zur Seite. Sie plagte ein schlechtes Gewissen wegen dem, was sie Michal angetan hatte. Als vor sechs Wochen die Proben zu *Die Liebe sucht ein Zimmer* begannen, hatten sie und Edmund sich kennengelernt und ineinander verliebt.

Sie wandte sich wieder ihrer Hand zu und verstrich sorgsam den Kalk, fast froh über die Ablenkung durch den Schmerz.

«Hallo, ihr Hübschen!», ertönte eine Stimme von der Garderobentür.

Sara drehte sich um und sah Rachel in die Garderobe hineinhumpeln. Die Schauspielerin mit dem leichten Altersbuckel hatte sich von den Ärzten im Laufe der Jahre bereits vier Zehen entfernen lassen müssen, weil sie von der Zuckerkrankheit schwarz geworden waren. Für ihre Rolle als strenge Vermieterin hatte Rachel ihr Haar zu einem Dutt hochgesteckt und ihn mit zwei Stricknadeln durchstochen. Es war für Sara kaum zu glauben, dass diese Frau in den längst vergangenen Zeiten, als man auf den Bühnen noch mit übertriebenem Pathos Melodramen darbot, eine atemberaubende Schönheit gewesen war, die die männlichen Zuschauer landauf, landab zum Träumen gebracht hatte. Träume, die sie, wie Rachel gern erzählte, den besser Betuchten nach der Vorstellung gerne erfüllte. Denn wie pflegte sie zu sagen: «Man kann nicht allein von Luft, Liebe und Theater leben.»

«Habt ihr Michal gesehen?», fragte Rachel und nahm sich ein Tuch von Zivias Tisch, um sich den Mund abzuwischen. Ihr Lippenstift war verschmiert. Über die Gründe dafür machte sich Sara in diesem Augenblick keine Gedanken, denn sie war von der Frage genauso verblüfft wie Zivia. Die antwortete: «Wieso? Ist er nicht unten?»

«Da hat ihn noch keiner gesehen.»

«Da hat ihn noch keiner gesehen?»

«Spreche ich Schwedisch?»

«Michal kann doch nicht weg sein.»

«Da ist er jedenfalls nicht.»

Er konnte in der Tat nicht weg sein, dachte Sara. Michal war eigentlich immer im Theater. Das *Femina* war sein Leben. Und ausgerechnet heute, da sein neustes Stück, auf das er stolzer war als auf alle zuvor, Premiere hatte, sollte er nicht da sein?

Das ließ das Fürchterlichste erwarten.

«Hast du schon im Theaterbüro nachgeschaut?», fragte Zivia. «Vielleicht hat er sich da verbarrikadiert, um noch letzte Änderungen zu schreiben, mit denen er uns nerven will.» Wenn Zivia etwas noch mehr hasste als jammernde Schauspieler, dann waren es Autoren, die kurz vor der Vorstellung neue Zeilen lieferten. Für sie bedeutete es, dass sie vorher schlampig gearbeitet hatten. Sara hingegen, die allein die ersten Zeilen von *Golema* mindestens dreißigmal geändert hatte, wusste, dass es keinen einzigen Satz gab, für den man nicht später eine bessere Idee besaß.

«Klar habe ich das. Ich bin zwar alt, aber im Oberstübchen noch jung wie eh und je», Rachel tippte sich gegen die Stirn.

«Michal kann nicht weg sein!», sagte Zivia und stand

auf, was Rachel dafür nutzte, um sich auf ihren Platz zu setzen. Sara hoffte inständig, dass Zivia recht hatte.

«Der Dirigent will», sagte Rachel, «dringend mit ihm reden, weil er mit ihm immer noch nicht abgesprochen hat, wann das Orchester aufhören soll, *Hochzeitsreise im Pferdebus* zu spielen. Bevor oder nachdem der Vorhang fällt.»

«Ich suche ihn!», sagte Zivia und machte sich auf den Weg.

«Und was ist ...», Sara wollte es gar nicht aussprechen.

«... wenn er sich von den Deutschen hat gefangen nehmen lassen, dann bringe ich ihn um!»

Zivia stürmte raus. Dabei sorgte sie sich anscheinend weniger um Michal als darum, dass die Premiere verspätet oder sogar gar nicht stattfinden könnte.

«Das Schlimme ist», grinste Rachel, «sie würde ihm tatsächlich etwas antun.»

Die alte Frau schnappte sich Zivias Lippenstift. Sie fragte nie, ob sie die Sachen der anderen benutzen durfte. In ihren Augen galt das Privileg des gealterten Ruhms, der nur für sie allein noch nicht verblasst war. Die Jüngeren gewährten es ihr, wenn auch widerwillig.

Für Sara war der Gedanke, dass Michal etwas zugestoßen war, unerträglich. Die beiden waren zwar kein Paar mehr, aber er hatte ihr in einer dunklen Phase ihres Lebens beigestanden. Sonst hätte sie damals Hand an sich gelegt.

Krampfhaft begann Sara zu überlegen: Michal war nicht in der Menge gewesen, die von den SS-Soldaten aufgehalten worden war. Aber das bedeutete noch lange nicht, dass er nicht woanders in eine Falle getappt sein konnte.

«Alles wird gut», sagte die alte Rachel und formte ihren Mund vor dem Spiegel zu einem Kussmund.

Sara antwortete nicht.

Wie sollte man diesen Satz noch glauben?

Rachel, zufrieden mit dem nachgezogenen Lippenstift, stand auf und grinste Sara an: «Keine Premiere ohne Chaos! Das war schon immer so und wird immer so bleiben!» Anschließend humpelte sie aus dem Raum.

Als Sara allein in der Garderobe war, betrachtete sie ihre mit Kalk gepuderte Hand. Kein Zuschauer würde die Frostbeule erkennen können. Aber sie brannte immer noch.

Sara sorgte sich um Michal.

Sie umklammerte die rechte Hand mit ihrer linken und beruhigte sich auf diese Weise etwas. Danach zog sie die Schublade ihres Schminktischs auf. Darin lag eine kleine Spieluhr aus hellem dünnem Holz. Sara öffnete sie und drehte an der Kurbel. Mozarts *Kleine Nachtmusik* erklang. Anschließend holte sie aus dem Deckel ein kleines Schwarz-Weiß-Foto und betrachtete es. So wie vor jeder Vorstellung. Bis die Musik verklang.

Das Foto war an den vergilbten Kanten hie und da eingerissen. An einer Stelle lief der Riss weit in das Bild hinein und machte erst kurz vor dem Gesicht des Mädchens halt. Es war Sara im Alter von dreizehn Jahren. Sie würde nie vergessen, was sie an diesem Tag trug: ein blaues Kleid mit kurzen Ärmeln, die weder ihr Ehemann Efrajim noch ihre Eltern gestattet hätten. Kein Kopftuch und deutlich kürzere Haare als bei ihrer Hochzeit. Als Sara verheiratet wurde, reichte ihr Haar fast bis zum Po.

Die Sara auf dem Foto sah ernst in die Kamera, als ob kein Fotograf auf Erden sie mit einem ‹Hier ist das Vögelchen› zum Lächeln hätte bringen können. Es war kein Widerstand gegen die Welt, der sie so schauen ließ, es war die Angst vor einer Strafe. Tiefgläubige Juden ließen sich nicht fotografieren, es galt als Sünde. Der Allmächtige hatte Adam und damit alle Menschen nach seinem Abbild erschaffen. Ließ man sich fotografieren, machte man daher auch ein Bild von Gott. So verstieß man gegen das zweite der Zehn Gebote. Die junge Sara brach also das erste Mal in ihrem Leben wissentlich ein Gebot Gottes. Danach wartete sie wochenlang auf ihre Bestrafung. Sie blieb aus.

Neben Sara lachte eine Frau in die Kamera. Sie war nur ein wenig größer als Sara, und die Gebote Gottes schienen sie nicht zu interessieren. Sie trug ein rotes Kleid und besaß für Juden ungewöhnliche, feuerrote Haare sowie grüne Augen. Letztere waren für ihr Gesicht viel zu groß, ebenso wie der Mund, deren volle Lippen stets aussahen, als ob sie einen gleich küssen wollten.

Es war Ada.

Geliebte Ada!

Auf dem Foto standen Sara und sie im Bahnhof Dębica auf dem Gleis Richtung Krakau. Hinter ihnen ein Güterwagen, in dem die Requisiten, die Kostüme und die Bühnenbilder der *Theatergruppe Jung Wilne* lagerten, um in die nächste Stadt zum nächsten Gastspiel gebracht zu werden.

Als Sara am Tag nach der Hochzeit vor jenem bärtigen Mann mit Hut und Schläfenlocken in das große Haus geflohen war, lief sie der kleinen Frau direkt in die Arme. Bei ihrem Anblick fuhr Sara der Schreck in die Glieder. Nicht nur, weil sie in ihrem Leben noch niemanden mit so feuerroten Haaren gesehen hatte, sondern auch weil das Gesicht der kleinen Frau totenbleich und ihre grünen Augen rot umrandet waren. Dass die Frau bereits für ihren Auftritt geschminkt war, begriff Sara in ihrer Panik nicht. Für sie erschien es, als sei eine Hexe aus einem furchtbaren Märchen entsprungen.

Sara wollte am liebsten direkt wieder zurück auf die Gasse laufen, um woanders Schutz zu suchen, aber kaum hatte sie sich umgedreht, packte die kleine Frau sie am Schlafittchen und lachte: «Nicht so schnell, junge Dame.»

Starr vor Angst blieb Sara stehen. Bei Efrajim hatte sie das Fürchterlichste erlebt, mehr würde sie nicht ertragen können.

«Dreh dich mal zu mir um», sagte die Frau und ließ sie los.

Sara folgte der Bitte.

«Ich bin Ada. Und du?»

Sara antwortete nicht.

«Was machst du hier?»

Sara antwortete wieder nicht.

«Du bist ganz verschwitzt.»

Sara blickte zu Boden.

«Na, du bist ja eine richtige Quasselstrippe», lächelte Ada.

Sara wollte im Boden versinken und dort durch einen Tunnel wegrennen, gemeinsam mit Mäusen, die ihr helfen sollten, der unheimlichen Frau zu entfliehen.

«Ist jemand hinter dir her?»

Sara begann zu zittern.

«Also ja.»

Sara hörte nicht mehr auf zu zittern.

«Magst du mir mal deine Arme zeigen?»

Sara fühlte wieder, wie sehr die blauen Flecken an den Armen schmerzten. An den Beinen. Auf dem Rücken. Der Brust. Tränen stiegen ihr in die Augen.

«Ich bin auch ganz vorsichtig.»

Ada kniete sich vor Sara hin, rollte behutsam den linken Ärmel des schweren Kleides auf, das die Nachbarn zur Hochzeit geschenkt hatten. Schon am Unterarm entdeckte Ada die ersten Blutergüsse. Ihr Lächeln wich einem ernsten Gesichtsausdruck. Sie rollte den Ärmel wieder herunter und fragte: «Möchtest du etwas essen?»

Saras Magen grummelte.

«Du lässt ja deinen Bauch für dich sprechen. Sehr gut. Mal sehen, was er sonst noch so zu sagen hat.»

Ada beugte sich zu Saras Bauch, legte eine Hand hinter ihr Ohr und sah dabei nicht mehr aus, wie eine schreckliche Hexe, sondern wie ein kleiner Kobold. Trotz ihrer Furcht fand Sara sie ein wenig lustig.

«Sag mal, lieber Bauch, möchtest du vielleicht eine Hühnersuppe?»

Der Bauch grummelte sehr laut.

Sie war sogar sehr lustig.

«Und dazu ein Schinkenbrot?»

Der Bauch hörte gar nicht mehr auf zu knurren.

Fast hätte Sara gelacht.

«Dann komm mal mit, lieber Bauch.»

Ein weiteres Grummeln.

«Was sagst du, lieber Bauch? Du kannst nicht gehen, wenn das kleine Mädchen nicht mitkommt?»

Grummel-grummel.

Sara kicherte.

«Was meinst du, soll ich das Mädchen fragen, ob es sich bewegen kann?»

Grummel-grummel.

Sara kicherte noch mehr.

«Na, dann mache ich das mal.»

Ada richtete sich auf und sagte: «Dein Bauch möchte eine Hühnersuppe und ein Schinkenbrot. Du auch?»

«Ja», antwortete Sara leise.

«Sie kann reden!», jubelte Ada und begann vor lauter übertriebener Freude, durch den Gang zu hüpfen. «Das kleine Mädchen kann reden!»

Dass eine Erwachsene so hüpfte, fand Sara lustig. Und als Ada bei ihrem Jubel auch noch einen Purzelbaum schlug, konnte sie nicht mehr anders, als zu lachen.

Ada sprang vom Boden auf, reichte ihr die raue Hand und nahm sie mit zum Essen.

Von diesem Moment an waren sie unzertrennlich.

Bis heute wusste sie nicht, warum Ada sie so herzlich

aufgenommen hatte. Sie vermutete, dass Ada als Kind etwas Ähnliches widerfahren war wie ihr. Aber erzählt hatte sie davon nie. Nicht eine Silbe hatte sie über jenes Leben verloren, das sie vor dem Theater geführt hatte. Ada wich allen Fragen dazu mit einem Scherz aus: «Ich bin auf der Theaterbühne aus einem Ei geschlüpft.»

Selbst auf ihrem Totenbett beschrieb sie noch hustend, wie schwer es war, die Schale zu zerbrechen.

Es war der Typhus, der Ada vor drei Monaten dahingerafft hatte. Zwei Wochen nach dem Biss einer Laus brach er aus. Am letzten möglichen Tag der Ansteckung, als alle schon gehofft hatten, sie würde nicht krank werden. Es folgten fünf Wochen hohes Fieber, das durch nichts gelindert werden konnte. Fünf Wochen Schmerzen im Kopf, Hals, Bauch, in allen Gelenken und Muskeln. Und Husten, der die Krankheit nicht auswerfen konnte, sosehr der Körper es auch versuchte. So lange, bis Ada, deren feuerrotes Haar mit den Jahren grau geworden war, nichts mehr zuzusetzen hatte. Jede andere, die so klein war wie sie – Ada hätte wahrlich ein Kobold aus einem Shakespeare-Stück sein können; ach was, Shakespeare hätte ihr ein eigenes Stück auf den Leib geschrieben –, wäre viel früher verendet. Aber kein Mensch besaß Adas Willen. Und niemand auf der Welt hatte Sara mehr geliebt als dieser Kobold, nicht mal ihre beiden kleinen Schwestern Miriam und Ruth.

Bis Edmund in Saras Leben trat.

Ihr Licht.

Ihr Leben.

Ihr Frühling im kältesten Winter.

Die *Kleine Nachtmusik* war verklungen.

Sara legte das Foto wieder in die Spieluhr, klappte sie zu und legte sie zurück in die Schublade. Sie betrachtete sich noch ein letztes Mal im Spiegel, stand auf und verließ die Garderobe. Sie hoffte inständig, dass Michal mittlerweile aufgetaucht war. Und sie freute sich darauf, Edmund zu sehen. Jenen Mann, den sie liebte, aber niemals würde heiraten dürfen.

Einlass

Sara trat in den Flur. William war nicht mehr da. Wie bei jeder Vorstellung spähte er zu dieser Zeit gewiss durch den Bühnenvorhang und sah zu, wie sich der Saal füllte.

Durch den Nebeneingang betraten zwölf Musiker das Theater und trugen dabei ihre Instrumente herein: Geigen, Bratschen, Kontrabass, Trompeten, Saxophon. Nur der Schlagzeuger schleppte lediglich zwei seiner Trommeln, da der Rest des Schlagzeugs durchgehend im Theater stand. Kurz zuvor hatte das kleine Orchester noch eine Vorstellung im *Melodie-Palast* gegeben, jetzt eilten die Männer schnurstracks zu der Treppe, die nach unten führte. Sara folgte ihnen. Dabei ging es ihr wie beim ersten Mal, als sie im August 1941 gemeinsam mit Ada zum *Femina*-Theater stieß: Sie konnte nicht fassen, dass die besten Musiker Polens – Juden waren in allen Künsten herausragend gewesen – ihre Auftritte untermalten. Dirigiert wurden sie dabei von dem genialen Iwo Wesby, der auch die Musik für die Lieder von *Die Liebe sucht ein Zimmer* komponiert hatte. Wesby leitete vor dem Krieg das *Groyse-Revie*-Orchester, das, wie viele seiner Verehrer meinten, sogar noch besser gewesen war als die großen Swing-Orchester von Duke Ellington, Tommy Dorsey und sogar als das von Benny Goodman, deren Musik heute von den Deutschen im Ghetto verboten war und dennoch heimlich auf Schallplattenspielern von einigen jungen Menschen gespielt wurde.

Wesby war nicht nur ein großer Bandleader, er schrieb auch die Filmmusik zu polnischen und jiddischen Filmen wie *Mamele*. Bei dessen Dreharbeiten hatte Sara mit siebzehn Jahren zuschauen dürfen, da Ada darin eine Nebenrolle gespielt hatte. Anfangs war sie ganz aufgeregt gewesen, doch schon nach wenigen Stunden langweilte sie sich, bestand das Filmen doch zum großen Teil aus Umbau- und Umziehpausen sowie quälenden Wiederholungen. Kino mochte auf der Leinwand glamourös sein, aber Erfüllung, das wurde Sara am Drehort klar, konnte man als Schauspieler nur im Theater finden.

Auf der Treppe nach unten gab es keinen Strom mehr, und das Licht, das aus dem Gang von oben hineinfiel, wurde mit jeder Stufe schwächer. Daher standen brennende Kerzen auf kleinen, an der Wand befestigten Holzständern. Sie flackerten leicht im Durchzug. Sara erschien das Treppenhaus in diesem unsteten Licht jedes Mal wie ein Übergang in eine andere, bessere, magische Welt. Eine Welt, die so gar nichts mit der grausamen dort oben zu tun hatte. Und hoffentlich auch niemals von dieser heimgesucht werden würde.

Unten angekommen, hatten sich Saras Augen schon an das Kerzenlicht gewöhnt, das zuckende Schatten an die Wand warf. Die Streicher begannen, ihre Instrumente zu stimmen – im Winter verzogen sich die Saiten schneller – die Bläser setzten die Mundstücke auf, und der

Schlagzeuger trug seine Trommeln den Gang herunter, um sie im Saal zu dem Rest des Schlagzeugs zu stellen. Inmitten der kleinen Kakophonie der Töne, Melodien und des Fluchens über zu kalte Hände hörte Sara:

Ja, im Frühling, ja, im Frühling,
da fliegt frei der Schmetterling …

Die kleine Esther übte ihr Lied.

… und das Mädchen, und das Mädchen
träumt von der Ehe vor sich hin.

Es klang jedoch nicht wie bei den Proben. Esther war heiser, sie war offenbar krank. Sara folgte dem Gesang, bahnte sich ihren Weg zu dem Gang, aus dem der Gesang ertönte.

Hier verliebt sich eine Blume in die Blume nebenan …

Sie bog um die Ecke und sah, dass Esther einen roten Schal um den Hals gewickelt hatte. Das ohnehin von Natur aus blasse Mädchen wirkte noch fahler als sonst. Schweißperlen standen ihr auf der Stirn, trotz der Kälte, die selbst hier unten herrschte. Menschenwärme und Kerzen ersetzten keine arbeitende Heizung, und die wenigen kleinen Kohleöfen, die das *Femina* besaß, wurden für den Zuschauerraum benötigt.

«Esther», sprach Sara das Mädchen an.

«Ich schaffe das heute», antwortete es abwehrend.

«Hast du Fieber?»

Ohne eine Antwort abzuwarten, hielt Sara die Hand an Esthers Stirn.

«Du glühst ja.»

Es war kein Typhus, das war gewiss. Aber auch eine schwere Grippe konnte tödlich sein. Selbst für junge Menschen. Der Hunger machte auch die Jungen anfällig für schwere Krankheiten.

«Ich schaffe das», wich Esther aus.

Auch wenn Sara bereits als Mädchen von Ada darauf getrimmt worden war, bei Krankheit ohne zu jammern aufzutreten, wollte sie Esther am liebsten unter Decken packen. Was nützte es, wenn sie auf die Bühne schwankte und dort zusammenbrach wie Sara vor lauter Durchfallfieber gleich bei einem ihrer ersten Auftritte, und das mitten im Choral des großen jüdischen Dramas *Der Dibbuk*? Ada pflegte Sara danach zwar, sprach jedoch kein Wort mit ihr, so enttäuscht war sie von der Schwäche ihres Mündels. Nur einen Satz sagte sie: «Was immer auch geschieht, du musst bis zum Ende durchhalten!»

«Ich bin nur ein wenig heiser», versuchte die mehr als nur ein wenig heisere Esther zu beschwichtigen. Sie wollte so sehr auf die Bühne. Etwas anderes sein als nur ein vom Hunger geschwächtes, krankes Mädchen.

Sara verstand das nur zu gut, war es ihr doch genauso ergangen, nachdem das Theater sie vor Efrajim und ihren Eltern gerettet hatte.

Esther sang weiter, um zu beweisen, dass sie es schaffen konnte. Ihr Gesang war jedoch eher ein Krächzen:

Und das Mädchen weint, das Mädchen weint,
weil's keinen Mann für sich hat ...

«Ich weine auch gleich», sagte Zivia, die hinter Esther auftauchte. Das Mädchen hörte auf zu singen, und Zivia mahnte: «Das muss nachher besser klingen.»

«Ich weiß», entschuldigte sich Esther leise.

«Es muss viel besser klingen!»

Gerne hätte Sara die Kollegin geschüttelt und ihr gesagt, dass sie die Kleine gefälligst in Ruhe lassen sollte, aber es gab Dringlicheres: «Hast du Michal gefunden?»

«Nein», antwortete Zivia. Erst jetzt schien sie nicht mehr so sehr wegen der Premiere beunruhigt, sondern wegen Michal.

Und das steigerte Saras Angst.

«Wenn er tot ist, bringe ich ihn um!», witzelte Zivia, wohl um sich nicht einzugestehen, wie sehr sie sich sorgte.

Sara sah zu Esther. Die schien nicht zu begreifen, wie ernst die Situation war. Vermutlich nahm sie alles nur durch einen Fieberschleier wahr.

«Michal hat noch Zeit bis zu seinem ersten Auftritt», versuchte Sara ihre Kollegin, aber auch sich selbst, zu beruhigen.

«Ich schau draußen nach, ob er schon im Anmarsch

ist.» Zivia eilte los. Sara betrachtete erneut die kleine Esther. Die begann wieder zu krächzen:

Nicht mehr lang, bald kommt der Winter …

«Hör auf», unterbrach sie Sara. «Geh in meine Kammer, leg dich dort hin und schone dich und deine Stimme.»

Esther nickte. Sie schien dankbar zu sein, fürs Erste niemandem beweisen zu müssen, dass sie den Auftritt nicht vermasseln würde.

Sara gab ihr einen kleinen freundlichen Schubs in Richtung des Ganges, der zu der Abstellkammer führte, die sie ihre ‹kleine Wohnung› nannte. Während sich das Mädchen auf den Weg machte, versuchte Sara vergeblich, die wieder aufkommenden Gedanken an Michal zu verdrängen. Daran, dass er in einem Folterkeller der Deutschen sein oder bereits tot auf der Straße liegen könnte. Seine Leiche gefleddert von den Hungrigen und Frierenden des Ghettos.

Sara ging zurück in den Hauptgang, wo die Musiker sich nun warm spielten. Sie blickte in Richtung Treppenhaus, in der Hoffnung, Michal würde dort erscheinen, aber er tat es nicht.

Stattdessen schlurfte Józek im braunen Pelzmantel durch die Schar der Musiker, offenbar ohne sie überhaupt wahrzunehmen. Er war wie ein Schlafwandler. Nur eben einer, der sich an einen Flachmann klammerte. Der war aus Edelstahl und daher viel mehr wert als der schwarzgebrannte Billig-Wodka darin, den nicht nur

Józek ‹Blindmacher› nannte. Obwohl er den Flachmann mindestens fünfmal am Tag auffüllte, hatte das Gesöff ihm noch nicht das Augenlicht geraubt. Auch hatte es seine Leber noch nicht zerfressen. Aber leider hatte es ihm auch nicht den Schmerz genommen, von dem Sara annahm, dass er schon seit der Geburt in ihm wohnte, und der sich noch ins Unermessliche gesteigert hatte, als Ada gestorben war. Am Tag ihres Todes hatte Józek sich sein Haupthaar abrasiert, das Ada – selbst noch auf dem Sterbebett – so gerne mit ihren Händen durcheinandergewuschelt hatte. Seitdem trug er Glatze.

Die beiden waren ein ungleiches Paar gewesen. Nicht nur weil Ada zwei Köpfe kleiner war als Józek, bei dem es sich, wenn er mal ausnahmsweise nicht mit hängenden Schultern lief, um ein stattliches Mannsbild handelte. Sie war auch fünfzehn Jahre älter gewesen als er. Sie hatten nur gemein, dass sie gerne mal einen oder sieben über den Durst tranken.

Verliebt hatte Józek sich in Ada gleich bei ihrem ersten Auftritt im *Femina* in der Revue *Die Räder sind geschmiert*. Sie hatte darauf bestanden, außer satirischen Liedern auch ein Gedicht namens *Die verrückte Shoscha* vorzutragen. Michal war zuerst dagegen gewesen: Ein ernstes Gedicht hatte in einer fröhlichen Revue nichts zu suchen. Schließlich aber ließ er Ada gewähren. Er verehrte sie so sehr, dass er ihr alles erlaubt hätte.

Als Ada mit dem Gedicht auftrat, war es für alle Zuschauer im Publikum wie hinter der Bühne ein Ereignis. Sie trug den Text nicht nur eindringlich vor, sie lebte ihn. Als Ada an die Stelle des Gedichts gelangte, bei der es um Shoschas ungeborenes Kind ging, das sie mit dem König der Friseure gezeugt hatte, nahm sie das Ungeborene in die Arme und sang ihm ein Schlaflied vor. Es bestand nur aus Phantasiewörtern und besaß eine seltsame, hypnotisierende Melodie, zu der Ada zu tanzen begann. Erst tanzte sie elegant eine Art Walzer wie eine Ballkönigin, doch der ging bald über in einen wilden, den aufkommenden Wahnsinn von Shoscha unterstreichenden Tanz. An dessen Ende stand Ada regungslos da und sang ihr ebenso unheimliches wie berührendes Lied immer leiser, aber doch laut genug, dass man es noch in der letzten Reihe im Zuschauerraum hören konnte. Als Ada verstummte, legte sie das Ungeborene zu Boden, setzte sich zu ihm und starrte es an.

Das Publikum im Saal war mucksmäuschenstill. Ebenso Michal, Zivia, Rachel, Edmund und Józek hinter der Bühne. Vor allen Dingen Józek. Selbst Sara, die Ada in den gemeinsamen zehn Jahren so viele Male auf der Bühne erleben durfte, staunte über die dargebotene Kunst: Ada hatte in einer Sprache gesungen, die keiner kannte und dennoch jeder verstand. Es war die Sprache der Seele.

Mit einem Mal war Ada wieder sie selbst, erhob sich und lächelte freundlich ins Publikum. Das begann, frenetisch zu klatschen. Auch die Schauspieler hinter der Bühne spendeten Beifall. Es war der Augenblick, in dem sie begriffen, was Sara schon lange wusste: Niemand konnte Ada schauspielerisch das Wasser reichen. Gegen sie waren alle Amateure, wie sehr sie sich auch mühten. Der kleine Kobold war nun mal wie von einem anderen Stern. Oder womöglich doch auf einer Theaterbühne aus dem Ei geschlüpft.

Seit Adas Lächeln auf der Bühne war Józek ihr verfallen. Sie genoss sein Werben und gab ihm schließlich nach, wie so vielen jüngeren Männern im Laufe der zehn Jahre, seitdem Sara sie kannte. Mit Älteren teilte Ada nie das Bett. Sie fand: «Die Alten lassen sich bedienen, die Jungen wollen zeigen, was sie können. Und man kann ihnen noch etwas beibringen.»

Selbst als junge Frau von mittlerweile 23 Jahren hatte Sara die Freizügigkeit ihrer Ersatzmutter rot werden lassen. Nicht nur, weil Sara gottesfürchtig aufgewachsen war und die erlernten Moralvorstellungen nur schwer abstreifen konnte, sondern auch, weil sie nach ihrer Hochzeitsnacht nie wieder mit einem Mann das Bett geteilt hatte.

Józek ging an Sara vorbei, ohne sie zu bemerken. Tagsüber war er der Schatten eines Menschen, auf der Bühne jedoch war er stets auf den Punkt hellwach. Er lieferte seine Texte bravourös ab, tanzte sicher seine Schritte und traf beim Gesang jede Note. Auf seine eigene traurige Weise war er ebenfalls ein geborener Schauspieler.

Sara überlegte, ob sie ihn nach Michal fragen sollte, ließ ihn jedoch in Ruhe.

«Na wunderbar», zeterte Zivia, als sie zu Sara zurückkam, «der feine Herr Józek ist mal wieder voll wie sämtliche Haubitzen an der Ostfront. Bei jedem Kuss muss die arme Fayge nachher auf der Bühne seine Fahne ertragen.»

Sara bemerkte, dass etwas Schnee auf Zivias dunkelgrünem Wollmantel lag. Dieser schöne, warme Mantel war das Einzige an Zivia, um das sie sie beneidete.

«War Michal draußen?»

Zivia schüttelte den Kopf.

Beide Frauen standen nun schweigend da, während um sie herum die Musiker beim Einspielen immer lauter wurden. Sara war sich sicher, dass sie und Zivia die gleichen Ängste plagten. Doch Zivia wäre nicht Zivia gewesen, wenn sie das eingestanden hätte. Stattdessen wechselte sie das Thema: «Dein Edmund hat auch Mundgeruch.»

«Hat er nicht!», empörte sich Sara, war aber insgeheim froh, dass die Kollegin auf ihre Weise versuchte, die fürchterlichen Sorgen um Michal zu vertreiben.

«Liebe macht anscheinend nicht nur blind», grinste Zivia, «sie verstopft einem sogar die Nase.»

Sara lachte. Übertrieben. Weil sie ebenfalls alles dafür tun wollte, um nicht weiter um Michal zu bangen.

«Worüber wird denn hier gelacht?», fragte Edmund mit seiner melodiösen Bariton-Stimme, während er Sara von hinten umarmte. Wenn er nicht wie die meisten Ghettobewohner viel zu dünn gewesen wäre, hätte er wie ein Hollywood-Star ausgesehen. Wie Cary Grant – groß und mit charmantem Lächeln, das einem stets zu sagen schien: ‹Das Leben ist trotz allem lebenswert.› Und einer Ausstrahlung, die große Wirkung auf Frauen hatte. Sara hatte zwar eine Ahnung, warum er sich ausgerechnet für sie entschieden hatte, hoffte aber, dass sie damit unrecht hatte.

«Wir reden über Mundgeruch», grinste Zivia.

«Was für ein schöner Gesprächsgegenstand», lächelte Edmund.

«Und über die Liebe. Und ihre benebelnde Wirkung.»

Sara verkniff sich, «Sie meint damit, dass du Mundgeruch hast, was nicht stimmt, jedenfalls meistens nicht» zu sagen, und lächelte ihrerseits, sowohl über Zivias Formulierung, aber noch mehr vor Freude darüber, dass Edmund sie so sanft an sich drückte. Dabei sagte er theatralisch: «Die Liebe? Hach, die ist mein Fachgebiet.»

«Ich dachte, das wäre das Übertreiben», lachte Zivia – selbst sie konnte Edmunds Charme nicht so recht widerstehen.

Er löste die Umarmung und kniete sich, sehr zu Saras, aber mehr noch zu Zivias Überraschung, vor Zivia nieder und deklamierte: *«Meine Zärtlichkeit ist so grenzenlos wie die See. Meine Liebe so tief, je mehr ich dir gebe, je mehr ich habe, denn beide sind unerschöpflich.»*

Seine Worte klangen so überzeugend, dass Zivia ein wenig unsicher wurde.

Sara aber musste lachen und tippte Edmund auf die Schulter: «Erstens ist das der Text von Julia, du Romeo.»

«Und zweitens?», fragte er ganz unschuldig.

«Zweitens kniest du vor der falschen Frau!»

«Das kann doch dem besten Romeo passieren», grinste Edmund, zog dabei kräftig an seinen Hosenträgern und ließ sie mit einem Knall zurückschnellen.

«Sollte es aber nicht, sonst läuft ihm seine Julia davon.»

«So ein Risiko darf Romeo auf gar keinen Fall eingehen!»

Edmund rutschte auf dem Knie zu Sara und wiederholte, diesmal ganz aufrichtig: *«Meine Zärtlichkeit ist so grenzenlos wie die See, meine Liebe so tief, je mehr ich dir gebe, je mehr ich habe, denn beide sind unerschöpflich.»*

Einige der umstehenden Musiker klatschten und johlten.

Zivia verzog spöttisch das Gesicht, aber Sara konnte ihr ansehen, dass sie sich auch nach einer solchen Liebe sehnte. Oder an ihre große Liebe dachte, die sie verloren hatte. Dankbar beugte Sara sich zu ihrem Romeo, nahm sein Gesicht in ihre Hände und gab ihm einen innigen Kuss.

«Na großartig», sagte Zivia, «jetzt hat er Kalk im Gesicht.»

Sara zog erschrocken die Hände weg und löste sich von Edmund. Der lachte, nahm ein Taschentuch aus seiner Hosentasche und wischte sich das Gesicht ab.

«Da ist noch etwas auf der Wange», sagte Sara und schämte sich für ihre Unachtsamkeit. So war sie seit Kindertagen. Immer wenn ihr ein Missgeschick unterlief, wollte sie sich am liebsten unter dem Teppich verkriechen.

«Dann muss ich halt noch mal in die Garderobe.»

«Gleich beginnt die Vorstellung», schimpfte Zivia.

«Und dann bin ich auch wieder da», lächelte Edmund.

«Im Gegensatz zu Michal», wurde Zivia nun bitterernst.

«Michal?», Edmund schien nicht zu verstehen.

«Weißt du nicht», fragte Sara, «dass er noch nicht aufgetaucht ist?»

«Ich habe die Bühne eingerichtet.»

«Wenn der Kerl sich hat ermorden lassen ...», hob Zivia an.

«... bringst du ihn um», erwiderte Sara, die es nicht mehr komisch fand. Kein Witz, das hatte sie von Michal gelernt, ist bei der dritten Wiederholung ohne überraschende Variation noch zum Lachen. Erst recht nicht, wenn er eigentlich durch schwarzen Humor eine ernste Lage erträglicher machen sollte.

«Ich überprüfe den Vorhang», schnaubte Zivia und entfernte sich.

«Michal», fragte Edmund, «hat niemandem erzählt, wo er hinwollte?»

«Nein», antwortete Sara.

«Das sieht ihm nicht ähnlich.»

«Und das macht mir Angst», gestand Sara. Seit ihren Kindheitstagen war Edmund der erste Mensch, dem sie gestehen konnte, wenn sie sich fürchtete. Ada hatte gleich in der ersten gemeinsamen Woche zu ihr gesagt: «Stell dich nicht so an. Angst ist nur was für Hasen!»

Edmund drückte Sara an sich und sagte: «Michal würde sich nicht mal von Hitler persönlich von der Premiere abhalten lassen. Selbst wenn der Cancan für ihn tanzen würde.»

Sara musste lächeln.

Edmund konnte Ängste lindern.

Was brauchte man mehr, um jemanden zu lieben?

Und dennoch musste sie sich losreißen, die Zeit wurde knapp: «Du musst noch den Kalk aus dem Gesicht wischen.»

Edmund nickte.

«Ich habe deine Schwester in meine Kammer geschickt, damit sie sich ein wenig ausruht.»

«Danke.»

«Ich glaube nicht, dass sie heute auf die Bühne kann.»

«Sie will es so sehr», sagte Edmund.

«Ich weiß.»

«Aber wenn es heute nicht geht, geht es morgen», erklärte Edmund. «Oder übermorgen. Sie wird schon in den Genuss ihres ersten Auftritts kommen.»

«Und was wird mit ihrem Lied heute?», fragte Sara.

«Ich verkleide mich als kleines Mädchen und singe es.»

«Das Schlimme ist, du könntest das ernst meinen», grinste Sara.

«Das Schlimme ist, du könntest daran zweifeln», grinste Edmund zurück, gab ihr einen Kuss auf die Stirn und machte sich auf den Weg zu seiner Schwester, vorbei an der alten Rachel, die Sara zuraunte: «Romeo und Julia waren Idioten.»

«Wieso?»

«Für die Liebe zu sterben, ist nur was für Idioten.»

«Für die Liebe zu sterben», rief Edmund, ohne sich umzudrehen, über den Lärm der Musiker hinweg, «heißt, für die Liebe gelebt zu haben!»

«Sag ich doch», winkte Rachel ab, «Idioten!»

Sara suchte nach Worten, die sie erwidern konnte, da erschallte Iwo Wesbys kräftige Stimme durch den Gang: «Fünf Minuten bis zum Auftritt! Musiker bitte in den Saal!»

Das Orchester folgte der Anweisung ihres Dirigenten. Rachel machte sich auf den Weg nach oben zur Damengarderobe. Und Sara überlegte, was sie tun sollte: Rachel folgen und im Spiegel nachsehen, ob durch den Kuss, den sie Edmund gegeben hatte, der Lippenstift verschmiert war? Und sich dabei weiter um Michal sorgen? Oder lieber ihr zweites Ritual begehen, das sie zusätzlich zum Abspielen der Spieluhr bei jeder Vorstellung abhielt?

Sara entschied sich für das Ritual und folgte dem kleinen Orchester, bis sie alle ans Ende des Gangs kamen. Hier gabelte sich der Weg: Die Musiker nahmen die Abzweigung zum Saal, Sara ging zur rechten Seitenbühne, von wo sie das lebhafte Geplapper der Zuschauer hören konnte sowie das knarzende Geräusch der Sitze beim Herunterklappen, wenn die Besucher ihre Plätze einnahmen. Außerdem strömte Sara der Geruch der kleinen Kohleöfen entgegen, die im Saal für ein wenig Wärme sorgten. Und natürlich der Geruch von 900 Menschen, die im Ghetto nicht mehr regelmäßig baden konnten, einerlei wie sehr sie sich danach sehnten.

Neben Sara stand ein dunkelbrauner Lederkoffer mit hellbraunen Riemen, den sie gleich als Requisite benutzen würde. Ebenso wie den großen Kochtopf, aus dem ein ramponierter rosa Damenhut mit Federn der besonders albernen Sorte herausragte. Sowie ein kleiner toter Kaktus, der umgekippt auf dem Boden lag. Michal fand, dass Kakteen immer lustig waren, selbst im abgestorbenen Zustand.

Sara stellte den Kaktus wieder hin, auch wenn ihm das nicht mehr helfen würde. Dann trat sie auf die im Dunkeln liegende Bühne. Der dunkelrote Stoffvorhang wirkte in diesem Licht fast schwarz. Nach Wochen der Proben kannte sie den Bühnenaufbau in- und auswendig und stieß weder gegen Bett, Tisch, Kommode oder Shakespeare-Büste, die allesamt die Hauptrequisiten für *Die Liebe sucht ein Zimmer* waren. Sie trat auch nicht auf den Geigenkasten, der vor dem Bett lag, oder das Gemälde einer hässlichen alten Frau, das extra für das Stück bei einem Maler für einen halben Laib Brot in Auftrag gegeben worden war.

Im Vergleich zu den anderen Theatern im Ghetto war ihre Bühne sehr schmal, da das *Femina* als Kino gebaut worden war und nur einen schmalen Streifen Bühne vor der Leinwand hatte. Die Deutschen hatten die Leinwand gleich in den ersten Tagen des Ghettos abmontiert – Juden durften keine Filme mehr sehen. Gewiss war die moderne Leinwand nach Deutschland abtransportiert worden und hing jetzt in einem Kino in Weimar, Nürnberg, Berchtesgaden oder sonst wo.

Als Sara an den Vorhang trat, stand dort, wie erwartet, William und linste gebannt durch einen kleinen Spalt in den Saal. Sara konnte sich den Spaß nicht verkneifen, ihm auf die Schulter zu tippen.

«Ah!», rief er vor Schreck und zog den Vorhang hastig

zu, damit niemand in den ersten Reihen sehen konnte, wer da aufgeschrien hatte. Dabei fiel ihm die Melone vom Kopf. Sara fing sie in der Luft auf. Erst dann entdeckte William sie und flüsterte: «Ein für alle Mal, du darfst mich nicht so erschrecken.»

«Es macht aber so viel Freude», flüsterte Sara zurück.

«So werde ich nicht alt», seufzte der junge Mann, nahm ihr die Melone aus den Händen und setzte sie wieder auf.

«Wie sieht es aus?»

«Es ist bis auf den letzten Platz ausverkauft», freute sich der Mann.

Sara öffnete den Vorhang einen Spalt und blickte nun ihrerseits in den Zuschauerraum, der von kleinen Kerzen im Gang und von der Glut der Öfen so weit erleuchtet war, dass die Zuschauer zu ihren Plätzen finden konnten. Rechts neben der Bühne im Gang nahm das Orchester seinen Platz ein. Dort standen die Stühle eng aneinander, damit die Musiker nicht den Blick auf die Schauspieler versperrten. Einen Orchestergraben gab es in dem ehemaligen Kino nun mal genauso wenig wie eine große Bühne.

Die Logen waren für die Könige des Schwarzmarkts reserviert. In der besten saß Abraham Fajerman, dem das *Nowy-Azazel*-Theater gehörte, was ihn aber nicht davon abhielt, auch zu den Premieren aller anderen Theater zu kommen. Seine Liebe zur Unterhaltung konnte sich mit der von William messen. Wer wusste schon, vielleicht sehnte sich Fajerman danach, irgendeine künstlerische Begabung zu besitzen. Ohne den illegalen Schmuggel, den er organisierte, würden noch mehr Juden vor Hunger sterben. Die Könige des Schwarzmarkts waren die einzigen Juden im Ghetto mit dickem Bauch.

Fajerman teilte sich seine Loge mit seinen beiden Hauptschergen und seiner mit Klunkern behängten Frau. Außerdem waren noch zwei hübsche, leicht bekleidete und daher garantiert frierende Mädchen aus seinem Bordell dabei. Gewiss waren die beiden seine aktuellen Liebhaberinnen.

Über der Loge saßen in der ersten Reihe der Galerie die Mitglieder des Judenrats. Sie waren die obersten Ghettoverwalter, eingesetzt von den Deutschen. In Saras Augen waren sie Befehlsempfänger, die sich einredeten, sie würden das Schlimmste verhindern. Saras Schauspielkollegin Fayge hingegen, die erst später im Stück ihren Auftritt haben würde, war voller Verachtung für die Mitglieder des Judenrates. Sie schimpfte sie Kollaborateure und Verräter und hoffte, wenn der Widerstand endlich zuschlagen würde, dass unter den Opfern nicht nur Deutsche, sondern auch Mitglieder des Judenrats wären.

Das Publikum im Saal sortierte sich in gewisser Weise nach gesellschaftlichen Schichten: Vorne die Wohlhabenden in feinen Anzügen, Kleidern und Mänteln, dahinter die einfachen Beamten der Verwaltung – William war der Einzige, der mit seinem Stammplatz in Reihe vier so weit vorne sitzen würde. In den hinteren Reihen nahmen die Erschöpften Platz, die in den Werkstätten der Deutschen arbeiten mussten und dort unter anderem die Uniformen für ihre Peiniger der SS und der Wehrmacht nähten. In der Mitte des Saals wurde eine Sitzreihe von der Judenpolizei belegt. Junge Männer mit Knüppeln, die die Drecksarbeit für die Deutschen machten und auf diese Weise für sich und ihre Familien Geld verdienten, weniger mit dem Lohn, den sie für ihre Arbeit bekamen, als mit Bestechungsgeldern. Fayge war der festen Überzeugung, dass diese Kerle selbst ihre eigenen Eltern an die Deutschen ausliefern würden, wenn es ihnen einen Vorteil verschaffte.

Der größte Teil des Theaters war gefüllt mit Menschen, die sich den Eintritt von zwei Złoty vom Munde abgespart hatten, um der rauen Wirklichkeit wenigstens für zwei Stunden zu entfliehen. Höhere Eintrittspreise konnten sie nicht verlangen, auch wenn das Geld, nach Abzug des stattlichen Anteils für den deutschen Theaterbesitzer, für Schauspieler und Musiker nicht zum Überleben reichte. Es waren die einfachen Menschen, die Arbeiter aus den Werkstätten, die den Saal vor lauter Vorfreude zum Knistern brachten. Auch wenn Sara sie in dem schummrigen Licht nur als gesichtslose Masse erfassen konnte. Die Reichen und die Beamten hingegen saßen wie in sämtlichen Theatern der Welt mit der Haltung da: ‹Na, dann wollen wir doch mal sehen, ob das fahrende Volk was zustande bringt›. Nur der dicke Fajerman war voller kindlicher Vorfreude. Bei seinem Anblick erlaubte sich Sara kurz den Gedanken, wie es wäre, eines Tages das ganze Theater mit Kindern zu füllen.

Die Wohlhabenden mussten also stets erst einmal von den Schauspielern gewonnen werden. Hatte man die

Bornierten geknackt, wurde die Vorstellung ein Erfolg. Wie sagte Michal immer: «Die Verachtung der Reichen den Komödianten gegenüber wird, wie der Judenhass, bis ans Ende aller Zeiten bestehen.»

Michal.

Hoffentlich war er mittlerweile eingetroffen!

Die Musiker begannen, die Ouvertüre zu spielen: *Rhapsody in Blue* von George Gershwin. Die deutsche Zensur erlaubte im Ghetto nur Musik von Juden. Gershwin war zwar einer, aber er war auch ein verbotener Amerikaner. Deswegen hatte Michal dem Zensuroffizier erklärt, das Lied stamme von einem galizischen Juden namens Jacob Gershovitz. Er verschwieg, dass dies Gershwins früherer Name gewesen war.

«Eine Minute noch», sagte William, doch Sara wusste selbst, was die *Rhapsody in Blue* bedeutete. Er eilte zur linken Seitenbühne, um von da aus in den Saal und zu seinem Platz zu gelangen. Auch die letzten Zuschauer nahmen rasch ihre Plätze ein. Sara betrachtete das Treiben voller Vorfreude, bis sie hinter sich Zivia zischen hörte: «Verschwinde von der Bühne.»

Sara ging nach rechts ab, während Zivia auf der Bühne ihren Platz einnahm.

«Michal?», fragte Sara.

Zivia schüttelte den Kopf.

Saras Magen knotete sich vor Furcht zusammen.

Edmund kam ihr entgegen, immer noch mit ein wenig Kalk im Gesicht. Gut, dass Zivia das noch nicht gesehen hatte. Er überquerte die Bühne, überprüfte, ob alles an seinem Platz war. Dann sagte er: «Er wird schon noch kommen.»

Sara war schleierhaft, woher er seine Zuversicht nahm. Ob er sie von seinen Eltern hatte, würde sie nicht mehr herausfinden können. Sie hatten weder Krieg noch Besatzung, Hunger oder Typhus gebraucht, um zu sterben. Ein Autounfall im Jahr 1937 kostete sie das Leben. Damals, in den Jahren zwischen den Pogromen der Polen und dem Einmarsch der Nazis, starben Juden für wenige Jahre tatsächlich eines natürlichen Todes wie andere Menschen auch.

Seit dem Tod seiner Eltern zog Edmund seine kleine Schwester Esther groß. Sara hatte mit dem Mädchen so viel gemein: Beide hatten sie ihre Eltern verloren, wenn auch auf unterschiedliche Weise. Und beide benötigten Edmunds Liebe, um nicht die Hoffnung zu verlieren.

Mitunter fragte sich Sara, ob Edmund nach dem Tod von Vater und Mutter seine Lebensfreude wie eine Rolle einstudiert hatte, um seiner kleinen Schwester über die schwere Zeit zu helfen. Und ob ihm diese Rolle im Laufe der Jahre dann in Fleisch und Blut übergegangen war. Je schrecklicher die Zeiten wurden, desto mehr Kraft musste er aufwenden, um Esther zu beschützen. Manchmal, wenn Edmund glaubte, sie schliefe, beobachtete sie ihn verstohlen dabei, wie er mit traurigen Augen an die Decke starrte. In diesen Momenten zeigte sich der verletzte Edmund. Vielleicht war das der Grund, warum er Sara zur Freundin genommen hatte: Wenn er mit Menschen zusammen war, denen er Freude spenden konnte, schenkte er sie auch sich selbst. Liebte er Sara etwa nur, weil sie eine traurige Seele besaß, die es zu beschützen galt? Und wäre das ein gutes Fundament für eine Liebe?

Doch wenn Sara ehrlich mit sich war, waren ihr seine Gründe einerlei, solange er nur bei ihr blieb. Und vielleicht lag sie auch völlig falsch, und Edmund war als glücksbegabtes und von einer höheren Kraft mit Talent und Charisma gesegnetes Wesen irgendwo aus einem Ei geschlüpft.

Sara hätte Edmund jetzt gerne noch einen Kuss gegeben und ihm viel Glück gewünscht, doch dafür war es zu spät. Sie nahm ihren Platz neben Koffer, Topf, Damenhut und Kaktus ein und schaute von der Seite auf die Bühne. Zivia drehte sich noch mal kurz zu ihr um und bekräftigte: «Heute werden sie klatschen.»

Sara nickte: «Heute werden sie klatschen.»

Sie glaubte jedoch nicht daran.

Und vor lauter Sorge um Michal war es ihr auch einerlei.

Zivia stellte sich auf ihre Position in der Mitte der Bühne.

Edmund hob das Gemälde der hässlichen alten Frau hoch und stellte sich an die Wand, die mit einer Blümchentapete verziert war. Gegenüber war ein Fenster aufgemalt. Betreten werden konnte die Bühne durch eine Holztür.

Die Musik wurde schwungvoller.

Sara blickte zu Józek, der ein paar Meter hinter ihr auf die Seitenbühne geschlichen war. Józek trank zwar viel und wirkte oft wie ein Schlafwandler, aber er kam verlässlich seinen Aufgaben nach. Er trat an das Seil, mit dem der Vorhang aufgezogen wurde. Zivia drückte auf der Bühne ihr Kreuz durch. Edmund nahm den Hammer, der auf dem Boden bereitlag. Und Józek zog mit Schwung den Vorhang auf und verknotete das Seil an einem Haken in der Wand. Sara konnte von der Seitenbühne aus in einen Teil des schwach beleuchteten Zuschauerraums linsen.

Die Musiker hörten auf zu spielen. Im Publikum wurde es still, niemand wagte es zu atmen. Auch Sara nicht.

Zivia und Edmund standen regungslos im Dunkeln. Bis Józek einen Schalter umlegte und damit die Gaslampen entzündete, die durch Rohre, die er vor Monaten eigenhändig verlegt hatte, untereinander verbunden waren.

Die Bühne erstrahlte im hellen Licht.

Erster Akt

Edmund und Zivia spielten im Stück ein frisch vermähltes Paar, das gerade ein kleines Zimmer im Ghetto bezog. Edmund hielt das Gemälde mit der hässlichen alten Frau gegen die Blumentapete.

Zivia drehte sich zu ihm und sagte empört: «Mundi, du hängst Oma ja falsch herum auf!»

«So», entgegnete Edmund, «sieht sie doch gleich viel besser aus!»

Das Publikum lachte.

Gleich beim ersten Witz.

Jedenfalls in den hinteren Reihen und in Fajermans Loge. Am lautesten lachte natürlich William in Reihe 4, der seine Melone in den Händen hielt, um den Zuschauern hinter ihm nicht die Sicht zu nehmen.

Ein guter Start, fand Sara.

«Wir können die alte Dame», schlug Edmund vor, während er den Hammer auf das Bett warf, «auch neben die Shakespeare-Büste stellen, dann hat sie endlich mal wieder einen Mann!»

Nun gab es außer von William noch ein paar weitere Lacher in den vorderen Reihen.

«Edmund!», sagte Zivia noch empörter als zuvor.

«Zivia!», äffte er sie nach.

Michal hatte sämtlichen Rollen die Namen ihrer jeweiligen Darsteller gegeben. Das war natürlich kein Zufall, und es gefiel Sara ganz und gar nicht. Denn dadurch wurde für alle im Ensemble offensichtlich, um was es ihm, neben der Gesellschaftskritik, ebenfalls ging: um die Liebe einer Schauspielerin namens Sara zu einem Sänger namens Edmund, und um die Liebe eines Mannes namens Michal zu ihr.

Das, und nicht etwa ihr Talent, war der eigentliche Grund, warum sie die Hauptrolle bekommen hatte. Dennoch hatte sie nicht gegen die Komödie protestiert. Es stand keinem Schauspieler zu, den Autor zu hinterfragen, schon gar nicht, wenn er zudem auch noch der Regisseur war. So etwas wagten selbst die Größten im jüdischen Theater nicht. Wenn man unzufrieden war, grummelte man als Schauspieler im Hintergrund. Und in diesen Zeiten grummelte man gar nicht. Es sei denn, man hieß Zivia. In diesen Zeiten musste man dankbar sein, überhaupt spielen zu dürfen. Die Deutschen konnten die Theater jederzeit schließen. Und für Michal war jeder Tag ein Tanz auf der Rasierklinge, sein Publikum auf hohem Niveau zu unterhalten und gleichzeitig die Zensur in Schach zu halten.

«Das da», ging Zivia zu der Büste, die mitten auf der Bühne stand, «ist nicht Shakespeare, das ist Julius Cäsar!»

«Nach einer durchzechten Nacht», gab Edmund zurück.

Jetzt lachten alle Zuschauer.

Scherze über Säufer gingen immer.

Nur nicht bei Fajermans Klunker-Ehefrau. Aber es war wohl nicht einfach, sich zu amüsieren, wenn eine Prostituierte auf den Schoß des Ehemanns saß.

Michal schrieb seine Stücke so, dass es gleich am Anfang viele Lacher gab. So knackte man seiner Ansicht nach ein Publikum am besten. Erst später ging er zu dem ersten Lied über, obwohl es ihm eigentlich wichtiger war, die Menschen mit dem Gesang zu berühren.

Rachel hinkte auf der Seitenbühne zu Sara.

«Michal jetzt da?», fragte Sara leise.

«Sollte langsam mal antanzen», gab Rachel zurück. Dann ging sie hinter der Bühnenkulisse entlang zu der Holztür, durch die man das Zimmer betreten konnte, in dem Zivia und Edmund mittlerweile an dem Gemälde zerrten.

«Gib das Bild her!», schimpfte Zivia.

«Ich denk nicht dran!», erwiderte Edmund.

Die beiden zerrten weiter, bis das Gemälde an einer Sollbruchstelle in zwei Teile zerfiel, die leicht für die nächste Vorstellung wieder repariert werden konnte. Zivia fiel mit ihrer Hälfte auf das Bett. Edmund zu Boden. Genau auf den Hintern.

Die ersten Zuschauer grölten vor Lachen.

Es war einfach, Menschen zu unterhalten, die um jeden Preis der Welt entfliehen wollten.

Rachel trat durch die Holztür und bekam von Fajerman und ein paar anderen Männern im Publikum spontan Beifall. Sie waren wohl die Einzigen, die sich noch daran erinnerten, dass die alte Frau vor Jahrzehnten ein heller

Stern am Theaterhimmel gewesen war. Dass sie mittlerweile grau und etwas buckelig war, schien sie dabei nicht zu stören.

Unter anderen Umständen hätte Sara sich gefragt, ob Rachel sich eher darüber freute, dass es noch Männer gab, und darunter einen wohlhabenden wie Fajerman, die sich an sie erinnerten, oder ob sie von dem spärlichen Jubel eher enttäuscht war. Doch Sara war in ihren Gedanken bei Michal. Wie sollten sie ohne ihn, der die dritte Hauptrolle spielte, über die ersten zehn Minuten hinauskommen?

«Sie schlagen Nägel in die Wand?», fragte Rachel und rollte dabei wild mit der Hand herumfuchtelnd entsetzt mit den Augen. Sie neigte immer zur Übertreibung. Es war die Schule des Melodrams, die sie nicht ablegen konnte.

«Werte Hauswirtin», antwortete Edmund, «das ist doch besser als ins Fensterglas.»

«Das Hämmern ist verboten, weil sonst die Wände zerbröckeln.»

«Aber was mache ich dann mit Oma?» Zivia zeigte auf die Gemäldehälften.

«Wir stellen sie hinter das Bett», schlug Edmund vor und tat es sogleich. «Und wenn Gäste kommen, nehmen wir sie als Tablett.»

Gelächter im Publikum.

«Edmund!»

«Keine Besucher!», sagte die Hauswirtin streng.

«Keine Besucher?», staunte Zivia.

«Sie haben wohl keine Angst vor Typhus. Vielleicht sind Sie sogar geimpft. Aber ich kann mir das nicht leisten!»

Edmund holte eine Geige aus dem Kasten.

«Spielen Sie das Ding etwa?»

«Nein, ich jage damit Ratten», grinste Edmund frech.

In Saras Kopf arbeitete es fieberhaft: Józek könnte Michals Rolle übernehmen, wenn er nicht auftauchte. Zu seinen Talenten gehörte es nicht nur, Blindmacher in rauen Mengen zu vertragen, sondern auch, sich sämtliche Texte von allen Rollen der Stücke, in denen er auftrat, zu merken. Michal könnte dann später die Rolle von Józek übernehmen, der erst im zweiten Akt dran war.

Was geschehen sollte, wenn Michal gar nicht kam, wollte Sara nicht in Gedanken durchspielen.

«Ich sage Ihnen mal was», schimpfte die Hauswirtin auf der Bühne, «Geige spielen ist bei mir nicht erlaubt. Ich habe hier schon so einen, den Pianisten vom *Femina*-Theater. Diesen Iwo Wesby, der klimpert den ganzen Tag ...»

Iwo Wesby spielte am Klavier die *Rhapsody in Blue* an.

Aus dem Publikum gab es anerkennende Pfiffe. Die Zuschauer liebten Wesby und sein Orchester. Sie mochten es offensichtlich auch, dass in diesem Stück das reale Leben im Ghetto behandelt wurde. Die Typhusimpfungen wurden noch nie am Theater im Ghetto angesprochen. Dabei war es durchaus gewagt, über etwas so Trauriges Scherze zu machen. Denn wohlhabende Menschen waren bereit, auf dem Schwarzmarkt viel Geld für die teuren Spritzen zu zahlen. Wer nicht genug Geld hatte, machte oft den Fehler, eine Dosis mit dem Ehepartner zu teilen oder gleich mit der ganzen Familie. Damit wurden ihre Impfungen genauso wirkungslos wie jene in den gefälschten Ampullen, mit denen Verbrecher, unter ihnen auch Ärzte, einen Reibach machten. Von den falschen Ampullen waren mehr im Umlauf als von den echten.

Wesby klimperte weiter.

Die Wirtin baute sich vor Edmund und Zivia auf und erklärte dem frisch vermählten Paar die Hausregeln: «Das Wasser darf man nur einmal am Tag kochen, Wäsche waschen ist gar nicht erlaubt, sonst wird der Boden nass, und auf der Toilette darf man sich nicht länger als zwei Minuten aufhalten. Und wehe, Sie werfen Papier hinein, dann verstopft sie. Am besten, Sie benutzen gar keins.»

Edmund und Zivia verzogen das Gesicht und stellten sich hin wie Menschen, die ganz dringend auf Toilette mussten, aber nicht durften.

Jetzt johlten die Zuschauer.

Besser noch als Witze über Säufer gingen welche über das Müssenmüssen.

Sara hörte hinter sich Schritte. Sie drehte sich um und erkannte die Silhouette sofort: Es war Michal.

Gott – oder wem auch immer – sei Dank: Michal!

Am liebsten hätte sie ihn umarmt.

Doch als er nähertrat, erkannte sie, dass ihm sein sonst so akkurat gekämmtes Haar schweißnass am Kopf klebte, seine Brille schief auf der Nase saß und er über dem linken Auge einen Kratzer hatte. Auch sein feiner Anzug war zerknittert. Und sein markantes Gesicht, das für einen Intellektuellen stets ein wenig verwegen wirkte, da schon wenige Stunden nach der Rasur wieder Haare sprossen, war fahl wie das eines Vampirs.

War er von den Deutschen in die Mangel genommen worden?

«Wo warst du?», flüsterte Sara.

«Das ist jetzt nicht wichtig», antwortete Michal ebenso leise.

«Du hast einen Kratzer im Gesicht.»

«Ich habe gesagt, es ist nicht wichtig», zischte er abwehrend.

«Hauptsache, du bist da», versuchte Sara zu beschwichtigen. Michal wirkte so aufgewühlt. Es gab keinen Zweifel, dass ihm etwas zugestoßen war.

Auf der Bühne ging die alte Rachel gerade in Richtung Tür und warnte die Frischvermählten: «Und zerdeppern Sie mir nicht den Napoleon!»

Großes Gelächter bei ihrem Abgang.

«Sie lieben», sagte Sara zu Michal, «was du geschrieben hast.»

Er ging nicht darauf ein, sondern sagte nur: «Wir müssen dringend reden.»

«Du bist doch gleich dran.»

«Jetzt!»

Er zog sie außer Hörweite der Bühne und sagte fast atemlos: «Ich kann uns aus dem Ghetto bringen.»

«Was?»

«Ich bringe uns aus dem Ghetto raus», seine Augen leuchteten.

Sara verstand nicht, wovon er redete.

«Ich habe zwei SS-Wachen an der Mauer bestochen.»

Sie verstand immer noch nicht. Es kam so unvermittelt und war außerhalb jeglicher Vorstellungskraft.

«Die Wachen lassen uns passieren. Wir bekommen von ihnen Papiere, mit denen wir uns zu meinem Heimatdorf durchschlagen können. Dort verstecken wir uns bei einem befreundeten Bauern.»

Sara war nicht in der Lage, sich auch nur ansatzweise so eine Flucht und so ein Leben auszumalen. «Woher hast du das Geld dafür?»

«Das willst du nicht wissen», antwortete er, und sein Blick verlor sich. Er wirkte wirr, aber zugleich überzeugt von seinen Worten. Er wollte sie retten. Tatsächlich retten. Schien es auch zu können.

Was würde das bedeuten?

Alles hinter sich zu lassen.

Das Ghetto.

Aber auch das *Femina* und ...

«Was ist mit Edmund?»

«Ich habe nur Geld für zwei.»

Sara lehnte sich überfordert an die Wand.

«Du bist immer noch der Mensch», flüsterte Michal, «der mir am meisten bedeutet.»

Sara wusste nicht, was sie darauf antworten sollte.

Michal sagte, fast schon flehentlich: «Ich will dich nicht heiraten. Ich will dein Leben retten.»

Das Leben retten.

Nicht mehr von Tod umgeben sein.

Saras Beine begannen zu zittern.

«Was ist hier los?», hörten sie beide Rachel sagen.

Michal drehte sich um.

Rachel hinkte auf die beiden zu. Ihrem Gesichtsausdruck nach zu urteilen, hatte sie das Gespräch jedoch nicht mitgehört. Sie sagte: «Du hast gleich deinen Auftritt, Michal.»

Er nickte. Dann nahm er Sara noch mal ein paar Schritte zur Seite und flüsterte ihr ins Ohr: «Heute Nacht. Gleich nach der Vorstellung.»

Michal ging hinter der Bühnenkulisse entlang in Richtung Holztür.

Sara wurde schwindelig. Sie bemühte sich, aufrecht stehen zu bleiben und sich gegenüber Rachel nichts anmerken zu lassen. Die grinste Sara wissend an: «Ich habe in meiner Jugend auch immer mehrere Männer am Laufen gehabt.»

Sara versuchte, wieder Kraft in ihre Beine zu bekommen. Sie zu bewegen. Vergeblich. Von der Bühne her hörte sie Zivia sagen: «Hach, Mundi, wir werden es uns in unserem neuen Heim richtig gemütlich machen.»

Iwo Wesbys Klavierspiel verwandelte sich von der *Rhapsody in Blue* in ein sentimental-hoffnungsvolles Lied. Und Edmund begann zu singen:

Einerlei,
ob zu klein oder nicht

Zivia übernahm:

Ob der Raum ohne Sicht.

Das Orchester setzte mit ein.
Und dann sangen beide zusammen:

Schöner könnt' es nicht sein,
ein Zuhaus für uns zwei,
du und ich hier allein.

Edmund tanzte mit Zivia elegant an den Requisiten vorbei einen Walzer und sang mit ihr im Duett:

Einerlei,
Wäsche passt in den Schrank.
Und der Hut an die Wand,
Seife, Schüssel und Tuch,
Platz dafür ist genug!
Ein Ort für uns allein,
Vor Glück könnt' ich wein'.

Edmund wirkte glücklich. Weil die Rolle es von ihm verlangte, aber auch weil er es liebte, vor Publikum zu singen.

Als sie ihn so sah, dachte Sara, dass sie ihn niemals verlassen könnte.

Einerlei, ob sie damit ihr Leben retten würde.

Auftritt Sara

Sara würde Michal auf die Bühne folgen, ihr Auftritt war kurz nach seinem. Sie setzte sich den rosa Damenhut mit den Federn auf, klemmte sich den Kochtopf unter den Arm und griff mit der freien Hand den dunkelbraunen Reisekoffer mit den hellen Schnallen. Es war verrückt: Sie war völlig aufgewühlt und musste dennoch plötzlich daran denken, wann sie zum letzten Mal einen eigenen Koffer besessen hatte. Das war, lange bevor die Deutschen die Juden im Ghetto eingepfercht hatten und sie beim Überqueren der Grenze einen Leinensack mit ihren wenigen Habseligkeiten über der Schulter trug.

Siebzehn Jahre alt war sie damals im Jahr 1935 gewesen. Der Bühnenbildner Chaim von der *Theatergruppe Jung Wilne* hatte ihr einen alten Koffer geschenkt. Er fand, dass eine reisende Schauspielerin – und eine solche war Sara mittlerweile geworden, auch wenn ihre Rollen meist nur drei, vier Sätze umfassten – einen eigenen Koffer besitzen sollte. Besonders da ihre erste Tournee bereits ins Ausland ging: über Łódź, Olmütz, Prag, Pilsen, St. Pölten und viele kleinere Orte dazwischen bis nach Wien.

Die *Jung Wilne* war 1919 in Litauens größter Stadt Vilnius von Laienschauspielern, die das Theater revolutionieren wollten, gegründet worden. Bereits zwei Jahre später hatte sich die Truppe im Streit zerteilt. Im Lauf der Jahre kamen noch viele weitere Ableger dazu, die alle den ursprünglichen Namen behielten und dennoch unabhängig voneinander waren. Sie alle waren berühmt für ihre Tourneen, die in der ganzen Welt für Aufsehen sorgten, denn selbst im hintersten Winkel der Erde gab es Menschen, die Jiddisch sprachen. Wie sagte Ada so gerne: «Polnische Schauspieler, deutsche, englische, französische, alle müssen in ihrem eigenen Land bleiben, um aufzutreten. Uns Juden aber haben sie aus jeder Heimat, die wir jemals besaßen, vertrieben. Dank des Hasses haben wir jiddischen Darsteller nun einen Vorteil gegenüber all den anderen: Wir sind im wahrsten Sinne Schauspieler von Welt.»

Aber nicht nur Juden sahen sich Aufführungen in Jiddisch an, auch nichtjüdische Theatergrößen wie Regisseur Fritz Lang in Berlin, Schauspielerin Ethel Barrymore in New York oder Virginia Fábregas in Tijuana, die von allen nur die mexikanische Sarah Bernhardt genannt wurde.

Vor all diesen Berühmtheiten war Ada in den zwanziger Jahren aufgetreten, und sie waren fasziniert gewesen von der speziellen Stil-Mischung, die die Aufführungen der Truppe so einzigartig machte. Sie bestand zu einem Teil aus modernem Realismus und zum anderen aus expressionistischen Elementen, wie man sie sonst nur aus Filmen kannte wie *Das Kabinett des Doktor Caligari* oder *Der Golem, wie er in die Welt kam*. Wie gerne hätte

Sara den *Golem*-Film einmal gesehen, um Inspiration für ihre Figur der Golema zu finden.

Vor ihrer ersten Tournee war Sara sehr aufgeregt gewesen. Sie ging fest davon aus, dass auch sie stehende Ovationen erleben würde, umso enttäuschter war sie, dass die Truppe meistens vor halb leerem Haus spielte und das eingenommene Geld nicht mal bis nach Pilsen, geschweige denn über die Grenze nach Österreich reichte. Nach der Hälfte der Reise mussten sie die Tournee abbrechen, ohne dass sie auch nur einen berühmten Menschen gesehen hatte. Nur ältere Juden schienen sich in den Zeiten der Weltwirtschaftskrise noch für das jiddische Theater zu interessieren und Geld für eine Aufführung von *Der Dibbuk*, *Mamele* oder jiddischen Versionen von Tschechows *Der Kirschgarten*, Gogols *Der Revisor* oder Shakespeares *Macbeth* auszugeben. Jüngere sahen lieber Stücke in der Sprache des jeweiligen Landes, in dem sie sich assimiliert hatten, oder gingen lieber gleich ins Kino.

«Seit dem Tonfilm», seufzte Ada, als sie neben Sara in der Holzklasse des Zuges Richtung Łódź saß, «müssen die Leute nicht mehr ins Theater gehen, um Schauspieler bei ihrem Spiel und Gesang zu hören.»

Noch während der Fahrt begann sie damit, Sara ihren jiddischen Akzent auszutreiben, damit sie auch auf polnischsprachigen Bühnen auftreten konnte. Es hatte drei Jahre gedauert, bis Sara perfektes Polnisch sprach. Als Sara sogar in polnischer Sprache träumte, brach der Krieg aus. Gemeinsam mit Ada konnte sie in den Wirren der ersten Tage von Warschau aus, wo sie im *Teatr Polski* eine neue Bühnenheimat gefunden hatten, in den sowjetisch besetzten Teil Polens fliehen. Dort traten sie in Białystok noch bis zum Juni 1941 auf den Brettern des *Teatr Nowy* auf. Dann rollten die deutschen Panzer in Richtung Sowjetunion, und die beiden Frauen schlugen sich nach Warschau durch, weil sie gehört hatten, dass Juden dort wieder Theater spielen durften.

Ob Ada zu Hause Polnisch gesprochen hatte und das Jiddische erst erlernen musste, um dem damals revolutionären Theater der Künstler aus Vilnius beizutreten, hatte sie nie preisgegeben. Sie war stets bei ihrer ‹Ich bin aus dem Ei geschlüpft›-Geschichte geblieben, die Sara, je älter sie wurde, von Mal zu Mal anstrengender fand. Nun, da ihre Ziehmutter verstorben war, fand sie die Geschichte umso schöner. Legenden, und seien sie von einem selbst erfunden, waren oftmals besser als die Realität.

Von den Städten, in denen die Truppe gastiert hatte, hatte Sara fast genauso wenig gesehen wie von ‹Spananien›. Beim Aufbau helfen, für die Truppe kochen, abends auf der Bühne stehen und Risse in den Kostümen nähen, waren nur einige ihrer Aufgaben. Als sie als Kind von Ada aufgenommen wurde, hatten die Mitglieder der Truppe zwar ihre Anwesenheit geduldet – keiner mochte sich mit Ada anlegen –, aber durchfüttern wollten sie Sara nicht. Sie musste für ihr Geld hart arbeiten.

Heute besaß Sara keine Möglichkeit mehr, sich Prag oder Wien anzusehen. Noch nicht mal durch die Straßen von Łódź zu wandern oder auch nur die Chłodna-Straße zu überqueren, ohne die Holzbrücke zu benutzen. Sie hatte sich nicht mal mehr nach so etwas gesehnt.

Bis jetzt.

Wenn sie mit Michal gehen würde, könnte sie einen Wald sehen, Felder, den Bauernhof, in dem sie sich verstecken würden. Wo genau eigentlich sollten sie das tun? In einem Stall? Auf einem Dachboden? Vielleicht wäre es ihnen möglich, falls der Bauernhof abgelegen genug war, im Dunkeln ins Freie zu gehen.

In Freiheit atmen.

Du und ich, hier allein …

… sangen Edmund und Zivia auf der Bühne Arm in Arm.

Du und ich, nur wir zwei!

Edmund!

Nur wir zwei!

Sie durfte an nichts anderes denken als an ihn!

Nicht an einen freien Himmel. Schon gar nicht an Łódź, Prag und Wien. Spananien. Oder auch nur die Chłodna-Straße unter ihren Füßen.

Nur an sie zwei!

Sara eilte mit Federhut auf dem Kopf, Kochtopf unter dem Arm und Koffer in der Hand hinter der Kulisse zu Michal, der an der Holztür auf seinen Auftritt wartete, bei dem er dem liebenden Paar Edmund und Zivia erklären würde, dass auch er in ihrem frisch bezogenen Zimmer wohnte.

Sara gesellte sich nicht, wie sie es sonst getan hätte, direkt neben ihn, sondern hielt etwa einen Meter Abstand und stellte den Koffer so auf den Boden, dass er wie eine kleine Mauer zwischen ihnen stand.

Michal sah zu ihr. Sein Blick war im Gegensatz zu eben ganz klar. Auffordernd. Er erwartete eine Antwort auf sein Angebot.

Sara gab sie ihm leise: «Ich werde Edmund nicht verlassen.»

«Dann wirst du hier sterben.»

Michal flüsterte es nicht drohend oder gar zornig, sondern fast schon flehentlich. Für ihn war der Umstand glasklar: Flucht oder Tod. Durch Typhus, Hunger oder die Deutschen. Was immer die Bastarde sich noch ausdenken würden. Er hatte Sara in den letzten Wochen von seinen Alpträumen erzählt. Einen hatte er sogar in das Stück eingebaut. Von einem Zug.

Sara wollte etwas erwidern: Dass sie durchaus im Ghetto überleben könnte, bis die Russen sie irgendwann hoffentlich befreien kämen, sich bis dahin mit dem Schauspielen ihr kärgliches Essen verdienen, dem Typhus ein Schnippchen schlagen, den Deutschen ebenfalls, so wie vorhin bei der Kontrolle, dass all seine Alpträume nichts anderes waren als eben Alpträume ...

Aber in ihrem Herzen wusste sie, dass Michal recht hatte.

Es hieß: Flucht oder Überleben.

Die Musik verklang.

Michal hatte bereits die Türklinke in der Hand. Er drückte sie runter, hielt jedoch noch einen kurzen Moment inne, bevor er die Bühne betrat, und sagte ganz ruhig: «Wenn Edmund dich tatsächlich liebt, wird er nicht wollen, dass du stirbst.»

Er öffnete die Tür und war verschwunden. Michals Worte klangen in ihren Ohren nach: ‹Wenn Edmund dich tatsächlich liebt ...›

Dem Dialog auf der Bühne konnte Sara gar nicht folgen, obwohl sie wusste, dass sie auf ihr Stichwort achten musste.

Edmund liebte sie.

So sehr, dass er ...?

Sie musste aufhören, darüber nachzudenken!

Sie war gleich dran!

Wie hatte Ada doch immer wieder zu ihr gesagt: «Reiß dich zusammen!»

Sara stellte sich vor, wie der kleine Kobold sie mit hochrotem Kopf ausschimpfte, so wie damals, als Sara bei einer Probe in einem Stall den Text vergessen hatte, weil ihr das Heu in der Nase kribbelte: «Reiß dich zusammen, oder ich reiße dir den Kopf ab!», drohte Ada unerbittlich.

Diese Zurechtweisung, die Ada ihr auch nach ihrem Tod noch geben konnte, benötigte Sara, um sich auf ihren Auftritt zu konzentrieren. Gleich würde sie zu Edmund, Michal und Zivia auf die Bühne treten mit Koffer, Topf, Federhut, Domino-Steinen und Kaktus ...

Der Kaktus!

Der verdammte Kaktus!

Sie hatte ihn vergessen.

Sara stellte den Topf neben dem Koffer ab und rannte, den rosa Federhut mit einer Hand festhaltend, zur Seitenbühne. Dabei schimpfte Ada in ihrem Kopf: «Reiß dich zusammen!» Immer wieder: «Reiß dich zusammen!». Sara schnappte sich hastig das blöde Ding, piekte sich dabei in die Handinnenfläche, verkniff sich ein Fluchen: «Reiß dich zusammen, verdammt noch mal!», eilte mit dem Kaktus zurück zur Tür und stellte ihn zu den Domino-Steinen in den Topf. Sie saugte sich den Stachel aus der Haut – von wegen Kakteen waren immer lustig. Mit dem Topf im Arm schloss sie die Augen, atmete tief durch und lauschte, wie Michal auf der Bühne Edmund und Zivia erklärte: «Ich habe eine Zuweisung vom Amt für dieses Zimmer.»

«Aber», protestierte Zivia und stampfte dabei mit dem Fuß auf. «Wir wohnen hier!»

«Ach, er kann doch auch hier leben», beschwichtigte Edmund, «ein alleinstehender Mann nimmt doch nicht viel Platz weg.»

«Als ob es hier irgendetwas an Platz zum Wegnehmen gäbe.»

Und das war Saras Stichwort!

Sie atmete noch einmal tief ein und aus, drückte die Klinke herunter, nahm mit der freien Hand den Koffer, und trat schwungvoll auf die Bühne. So energiegeladen und schwungvoll, wie sie im echten Leben noch nie einen Raum betreten hatte und es wohl auch niemals tun würde.

Jetzt war sie nicht mehr Sara.

Sie war Sara, die Hauptfigur in *Die Liebe sucht ein Zimmer*.

Fröhlich, lebendig, exaltiert!

In der Mitte der Bühne blieb sie stehen, ließ den Koffer so fallen, dass er aufrecht stehen blieb, und flötete: «Michal! Nimm mir mal den Topf ab. Da ist alles drin, was ich zum Leben brauche: das Domino-Spiel und meinen Kaktus!»

Das Publikum lachte.

Obwohl Sara die Gaslampen blendeten und sie vor nicht mal einer Minute noch über das Überleben oder den Tod nachgedacht hatte, freute sie sich darüber, dass gleich ihre erste Zeile auf der Bühne den Zuschauern gefiel. Kakteen waren wohl doch immer lustig.

Michal nahm den Topf, stellte ihn auf den Tisch und sagte zu Zivia und Edmund: «Darf ich Ihnen meine Frau vorstellen?»

Zivia wandte sich gereizt an Edmund: «Den nennst du einen ‹alleinstehenden Mann›?»

Die Zeile war kein Lacher, obwohl sie eine hätte sein sollen.

«Sara?», fragte Edmund und blickte sie dabei überrascht an.

Jetzt hätte sie sagen sollen: «Mundi? Was machst du denn hier?»

Aber Sara schaffte es nicht, sie musste an das Angebot von Michal denken. Wie könnte sie Edmund davon erzählen, ohne dass es ihn erschütterte?

Zivia räusperte sich leise in Richtung Sara.

Es war zwar kein ‹Reiß dich zusammen›, reichte aber allemal.

«Mundi?», rief Sara fröhlich, wie sie es im Herzen nicht war. «Was machst du denn hier?»

«Ihr kennt euch?», fragte Zivia mit einem Hauch von Eifersucht, die sich im Laufe des Stücks steigern sollte.

«Wir sind uns», antwortete Edmund, «im Café Grünspan begegnet. Sara ist eine tolle Sängerin.»

«Wie schön», sagte Zivia mit einem falschen Lächeln.

«Lebt ihr etwa auch hier?», fragte Sara arglos fröhlich.

«Auch?», schnaubte Zivia.

Kichern im Saal, jetzt hatte auch der letzte Zuschauer begriffen, worum es ging: Zwei Paare bewohnten das gleiche Zimmer.

«Edmund», fragte Zivia indigniert, «du hattest doch auf dem Wohnungsamt alles geregelt?»

«Das wollte ich morgen machen.»

«Morgen, morgen, nur nicht heute ...»

«... nörgeln alle pingeligen Leute», vollendete Edmund mit seinem unwiderstehlichen Lächeln und hatte die Lacher auf seiner Seite.

Sara konnte nicht anders, als ihn verliebt anzusehen.

‹Wenn Edmund dich tatsächlich liebt ...›

Zivia räusperte sich erneut.

Sara riss sich zusammen und fragte: «Michal, hast du uns keine andere Wohnung organisieren können?»

«Auf dem Wohnungsamt haben sie gesagt, das Zimmer wäre frei.»

«Beamte und denken», antwortete Sara, «das passt nun mal nicht zusammen!»

Jetzt hatte sie ihren ersten großen Lacher. Scherze auf Kosten von Beamten gingen auch immer. Außer natürlich bei Beamten. Von ihnen konnte sich nur William über sich selbst amüsieren. Und das vielleicht auch nur, weil er sich mehr als ein Theatermensch sah.

«Wozu», fragte Sara und wandte sich dabei mehr ans Publikum als an Zivia, «hat man einen Mann, wenn man alles selber machen muss?»

Diese Bemerkung war eine Freude für die Frauen im Saal. Und nur für die Frauen.

«Genau!», fand Zivia. «Wie lange seid ihr schon verheiratet?»

«Seit heute Morgen!»

«Frisch vermählt!»

«Und ihr?», fragte Sara.

«Schon einen ganzen Tag!»

«Gratuliere, welche Ehe hält schon so lange?»

Darüber amüsierten sich nun die Frauen und die Männer im Saal gleichermaßen.

Außer Fajermans Klunker-Ehefrau.

«Unsere Ehemänner haben es vermasselt», verkündete Sara. «Also geht nur eines: Wir vier wohnen in diesem Zimmer zusammen!»

«Großartige Idee», antwortete Zivia. «Lass uns zur Wirtin gehen und ihr von dem Plan erzählen!»

Auf dem Weg zur Tür sagte Sara: «Das Zimmer ist klein, aber auch fein wie diese Büste von Julius Cäsar.»

«Das ist Shakespeare.»

«Könnte auch Apollo sein.»

Begleitet von Gelächter traten die beiden durch die Holztür ab. Hinter der Kulisse blieben sie jedoch stehen, weil sie gleich wieder zurück auf die Bühne mussten.

«Was ist mit dir los?», zischte Zivia scharf.

«Nichts», flüsterte Sara beschwichtigend.

«Du hast zweimal den Einsatz verpasst.»

Sara antwortete nicht.

«Ich will, dass sie am Ende klatschen», zischte Zivia noch schärfer.

«Werden sie», wiegelte Sara ab und betrachtete durch den Spalt zwischen Holztür und Wandkulisse Edmund und Michal. Michal stand am Tisch und stöhnte: «Zeig mir die Frau, der man es recht machen kann ...»

Edmund stöhnte ebenso, während er seinen Geigenkasten unter das Bett schob, und vollendete den Satz: «... und ich zeige dir das achte Weltwunder!»

‹Wenn Edmund dich tatsächlich liebt, wird er nicht wollen, dass du stirbst.›

Michals Satz hatte sich wie ein Widerhaken in Saras Hirn und mehr noch in ihr Herz gebohrt.

Sie wollte bei Edmund bleiben. Und dennoch fragte sie sich, ob er sie tatsächlich gehen lassen würde.

Von allein würde sie keine Antwort darauf finden.

Sara blickte zu Zivia, die konzentriert das Geschehen auf der Bühne verfolgte. Mit ihr hatte sie noch nie über etwas Vertrauliches geredet. Es gab nicht viele Menschen im Leben, mit denen sie Vertrauliches ausgetauscht hatte, selbst nicht mit ihrer Freundin Fayge. Nur mit Edmund. Und für wenige Tage nach Adas Tod auch mit Michal. Ada hatte man mit so etwas nicht kommen können.

Allerdings war Zivia einmal nett zu ihr gewesen. Als Ada starb, hatte sie Sara tröstend in die Arme genommen und gesagt: «Solange man an jemanden denkt, ist er noch nicht ganz tot.»

Sara, die wusste, dass Zivia damals aus Erfahrung gesprochen hatte, sagte nun leise: «Zivia?»

«Ja?», antwortete die gereizt.

«Darf ich dich etwas fragen?»

«Wie man eine gute Schauspielerin wird?»

«Etwas wegen Stefan.»

«Stefan?», flüsterte Zivia erstaunt und hatte für einen kurzen Augenblick Mühe, ihren Schmerz zu verbergen.

Stefan war Zivias Mann gewesen. Nichtjude. Flieger in der polnischen Armee. Und in Kriegsgefangenschaft gestorben.

«Du hast», sagte Zivia, «ihn doch gar nicht gekannt.»

Das hatte keiner aus dem *Femina*, aber in dem Moment der Umarmung nach Adas Tod hatte Sara gespürt, dass Zivia immer noch an dem Verlust litt. Nur deswegen traute Sara sich, sie jetzt zu fragen: «Hätte Stefan unter allen Umständen gewollt, dass du überlebst? Egal was es für ihn und eure Liebe bedeutet?»

«Was ist das für eine Frage?»

«Entschuldige, das war dumm», antwortete Sara und schämte sich, sie überhaupt gestellt zu haben.

«Ja, das war sie.» Zivia sah wieder zur Bühne. Erst nach einigen Sekunden antwortete sie, ohne Sara anzusehen: «Natürlich hätte er das gewollt.»

Und Edmund, da war sich Sara jetzt sicher, würde es auch bei ihr wollen.

Doch was bedeutete das für ihre Entscheidung?

Bevor Sara darüber nachdenken konnte, forderte Zivia sie auf: «Na, dann wollen wir mal», öffnete die Holztür und betrat mit fröhlicher Miene die Bühne. Sara gab sich einen Ruck und folgte ihr, nicht minder frohgelaunt.

«Die Wirtin», jubelte Zivia im neu bezogenen Zimmer, «ist einverstanden!»

«Wir sollen noch etwas ausrichten», ergänzte Sara.

«Was denn?», wollte Michal wissen.

«Das Klo hinten am Gang ist verstopft.»

«Und was hat die Wirtin dazu gesagt?»

«Ich hätte es halt nicht benutzen dürfen.»

Gelächter im Publikum. Wer kannte das nicht?

«Ach», seufzte Sara, «es ist eine Schande. Wir vier sollten eigentlich auf Hochzeitsreise in fernen Ländern sein.»

«Ach», stimmte Zivia mit einem Seufzer ein.

«Ach», tat es Michal gleich.

«Ach was», stieß Edmund lachend aus: «Wir haben den Pferdebus. Der fährt zwar nicht weit, dafür ist er aber langsam.»

Das Orchester begann, eine eigens für dieses Lied komponierte schmissige Musik zu spielen.

«Auf zur Hochzeitsreise!», jubelte Sara.

«Auf zur Hochzeitsreise!», tat Zivia es ihr gleich.

Die vier Schauspieler stellten vier Stühle zusammen, die die Sitze eines Pferdebusses darstellen sollten. Edmund begann zu singen:

Einstieg in der Solna-Straße, drinnen voll gedrängt ...

Die vier Schauspieler taten so, als ob sie in einen Bus einstiegen ...

Jetzt noch warten, bis das Pferd ordentlich getränkt ...

... und setzten sich auf die Stühle. Auf denen wippten sie hin und her, als ob die Fahrt losging. Sara begann zu singen und hoffte inständig, dass sie mit ihrem Gesang gegenüber Edmund nicht zu sehr abfallen würde:

Nach 'ner Stunde; Pfiffe, Schreie, Bus rollt an.
Jedes Herz hüpft vor Freude - ob von Kind, von Frau,
von Mann!

Die Musik wurde immer schwungvoller. Alle vier ruckelten immer wilder auf ihren Stühlen und schmetterten nach einer weiteren Strophe gemeinsam den Refrain, der nur aus Kommandos an die Pferde bestand:

Hüha, hüha, brr, brrr, brrr,
hüha, hüha, brr, brr, brr ...

Dann ging es zu jener Strophe, die Sara am lustigsten fand, weil sie von Ada in einem Pferdebus mal Ähnliches gehört hatte:

Jeder wird hier durchgerüttelt,
Mama, sag, warum's so schüttelt?
Halt dich fest, hör auf zu reden,
schneller wär's, wir würden gehen!

Obwohl alles so fröhlich war und sie auf der Bühne strahlten und obwohl einige Zuschauer den einfachen Refrain mitsangen, was sie sich bei den Proben stets erhofft hatten, war Sara, während sie ihren Federhut schwenkte, im Herzen traurig. Nicht mal so eine lächerliche Hochzeitsreise in einem Pferdebus würde sie mit Edmund erleben. Denn vor wenigen Wochen hatten die Deutschen den Juden verboten zu heiraten. Saras Zwangsehe mit Efrajim würde die einzige in ihrem Leben bleiben. Und diese hatte sie nur mithilfe einer List nach vielen Jahren wieder lösen können, indem sie Efrajim dazu gebracht hatte, den Scheidebrief zu unterschreiben.

Hüha, hüha, brr, brrr, brrr ...

... sang jetzt fast der ganze hintere Teil des Saals mit. Und vorne William, ohne einen Ton zu treffen, sowie in seiner Loge Fajerman, der seine beiden Gespielinnen und seine Hauptschergen dazu animierte, mitzumachen.

Zivia rief: «Und nun Retour!», und sang:

Nach 'ner Stunde, Pfiffe, Rufe, wilde Drängelei ...

Edmund übernahm:

Drinnen – einer auf dem anderen,
hinten ...

Und mitten im Lied änderte er die vorgesehenen Zeilen:

... Judenpolizei,
die hauen dich vielleicht zu Brei!

Höhnisches Gelächter im Publikum, außer in der Reihe der Judenpolizisten. Edmund strahlte wegen seines Coups, Zivia sah ihn entsetzt an, Michal war zornig und Sara erschrocken: Es musste nur einer der Judenpolizisten der Ansicht sein, die Aufführung sollte beendet werden, dann würden sie den Saal räumen müssen. Und Edmund würde wie schon im letzten Sommer Gefahr laufen, erneut zusammengeschlagen zu werden.

Doch das Hohngelächter verebbte, die Musik hatte bereits eine Schleife drehen müssen, um nicht aus dem Takt zu geraten. Es musste weitergesungen werden!

Michal setzte wieder ein fröhliches Lächeln auf, das von nahem wie eine Maske wirkte, und rief: «Solna-Straße, aussteigen!»

Er hatte damit den Ausstieg aus dem Bus im Text spontan vorgezogen und so das ganze Lied abgekürzt.

Das begriff auch Dirigent Wesby und bedeutete mit

seinem Taktstock den Musikern, jetzt schon in den Schlussrefrain überzugehen.

Vielleicht bemerkte auch der ein oder andere Zuschauer, dass das plötzliche Ende vom Lied so nicht gedacht war. Gewiss konnte sich da nur William sein, der auf seinem Stammplatz verblüfft dreinblickte. Umso wichtiger war es, dass die vier auf der Bühne alles für den letzten Refrain gaben, während sie von ihren Stühlen aufstanden und aus dem imaginierten Pferdebus mit großen Schritten ausstiegen:

Hüha, hüha, brr, brrr, brrr!

Die vier Hochzeitsreisenden schwankten, durchgeschüttelt von der Reise. Sie stießen aneinander, wieder und wieder, Sara ließ dabei ihren Hut fallen, und mit dem Schlussakkord purzelten sie allesamt zu Boden. Das Bühnenlicht erlosch, und der Vorhang wurde zugezogen.

Noch bevor er ganz geschlossen war, schimpfte Zivia leise in Richtung Edmund: «Scheiße, Edmund! Wie kannst du nur?»

Nur Sara wusste, warum er es getan hatte, denn nur ihr hatte Edmund anvertraut, wie Judenpolizisten ihn im Sommer verprügelt hatten. Er hatte an jenem Tag zwischen zwei Auftritten in Cafés auf der Straße für Geld gesungen. Als eine Streife Judenpolizisten vorbeikam, hörte er auf. Ein Polizist fragte: «Warum singst du nicht weiter?» Und er antwortete: «Für Verräter singe ich nicht!» Da schlugen die Polizisten zu.

Die Wahrheit schmerzte die Unterdrücker. Und die Unterdrückten mussten dadurch umso mehr unter ihr leiden.

«Ging ganz einfach», grinste Edmund Zivia an und stand mit den anderen auf, während das Orchester für die Umbaupause spielte.

«Die Deutschen können uns dafür das Theater schließen», schimpfte Zivia weiter mit Edmund.

«Der SS ist es doch egal», widersprach er, «ob wir uns über ihre Handlanger lustig machen.»

«Aber diese Handlanger können uns auch verprügeln.»

«Das wagen sie hier nicht, vor all den Leuten. In unserem Theater. Hier sind wir zu Hause!»

Sara hoffte, dass er damit recht behielt.

Zivia drehte sich zu Michal: «Sag du ihm, dass er den Text nicht einfach verändern darf. Er bringt uns alle in Gefahr.»

Michal, der eben auf der Bühne noch zornig in Richtung Edmund geschaut hatte, wirkte nun erschöpft. Er sah Sara an, sie schaute weg. Dann wandte er sich Zivia zu: «Lass ihn.»

«Lass ihn?», sie konnte es nicht fassen. «Lass ihn?»

Michal ignorierte sie und begann, die Bühne für die nächste Szene umzubauen. Zivia ging kopfschüttelnd zur rechten Seitenbühne, um mit Józek, der dort schon bereitstand, eine Matratze auf die Bühne zu tragen. Dabei sagte sie nichts, Michals Antwort hatte ihr die Sprache verschlagen.

«Wir müssen», sagte Sara zu Edmund, «die spanische

Wand holen», und ging nach links von der Bühne ab. Edmund folgte ihr, er war noch aufgeputscht von seiner Tat: «Hast du die Gesichter der Polizistenschweine gesehen?»

Für ihn war seine Frechheit ein Triumph. Er hatte es den Kerlen vor allen Leuten heimgezahlt. Unter anderen Umständen hätte Sara ihm vielleicht eine Standpauke gehalten, oder aber sie hätte sich mit ihm gefreut, dass er seine alte Wunde hatte lindern können. Vermutlich hätte sie sich für beides entschieden. Vielleicht hätte sie sich zudem gewünscht, Efrajim auch einmal vor einem so großen Publikum demütigen zu können.

Doch Sara ging nur eins durch den Kopf: ‹Wenn er dich tatsächlich liebt, wird er dich ziehen lassen.›

Sie musste wissen, wie Edmund dachte.

«Edmund?», fragte sie, als sie zur spanischen Wand traten, die in der nächsten Szene das Zimmer in zwei Hälften trennen sollte, allerdings nur symbolisch, damit kein echtes Hindernis für das Hin- und Herlaufen entstand. Deren roter Stoff war, wie die Tapete der Kulissenwand, mit Blumen in allen Farben verziert. Man konnte gar nicht genug Blumen haben.

«Sara?», machte Edmund sie aufgedreht nach.

Sara hob zum Sprechen an, setzte aber sogleich wieder ab. Es war falsch, jemandem Michals Plan zu verraten. Selbst Edmund.

«Was hast du?», begann Edmund sich zu sorgen.

Es war falsch, aber sie musste einfach wissen, wie er dazu stand.

«Michal ...», Sara stockte erneut.

«Michal?», fragte Edmund lieb, aufmunternd.

Sara nahm all ihren Mut zusammen und zog Edmund hinter die spanische Wand.

«Was ist los?», fragte Edmund überrascht.

«Psst!»

«Ist etwas Schlimmes geschehen?» Edmund wurde ganz leise.

«Michal will mit mir fliehen», gestand Sara, kaum hörbar.

«Fliehen?»

«Gleich nach der Vorstellung.»

Edmund traf es wie ein Schlag.

«Er hat die SS-Wachen an der Mauer bestochen und ein Versteck auf einem Bauernhof in seinem Heimatdorf.»

Was würde Edmund nun sagen?

Dass er sie ziehen lassen würde?

Würde sie das hören wollen?

«Wie lange weißt du das schon?», wollte Edmund wissen, und obwohl er von der Nachricht geschockt wirkte, spürte Sara, dass er Verrat witterte. Hastig bemühte sie sich, ihm zu versichern: «Michal hat es mir gerade erst gesagt.»

«Vor der Aufführung?», Edmund schien ihr nicht zu glauben.

«Vor meinem ersten Auftritt.»

Das war für ihn noch weniger zu glauben.

«Es ist wahr!»

Edmund schwieg.

Wieso vertraute er ihr nicht?

«Deshalb habe ich eben», legte Sara nach, «auch meine Einsätze verpasst.»

Das schien Edmund zu überzeugen. Dann sagte er: «Ich dachte, er wäre darüber weg, dass du ihn verlassen hast ...»

War das Eifersucht, die aus ihm sprach?

«Ist er auch.»

«Und dennoch will er mit dir fliehen?»

Es war Eifersucht.

Hatte er das Recht, eifersüchtig zu sein?

Nein!

Michal sagte vorhin, dass er sie nicht heiraten wollte, es ihm nur darum ging, ihr Leben zu retten. Und selbst, wenn es gelogen war, sie wollte nicht mit Michal als Paar leben. Und Edmund sollte es auch gar nicht wichtig sein, wie Michal fühlte, sondern was dieses Angebot für sie bedeutete.

«Michal dachte ...», hob Sara an, hörte dann aber auf zu sprechen, weil sie von ihrem plötzlich aufkommenden Zorn überrascht war.

«Was dachte er?»

«Dass», sagte sie bemüht milder, «du auch möchtest, dass ich überlebe.»

Edmund trat einen Schritt von ihr weg, es wirkte, als ob er taumelte. Er, der die kräftigste Stimme von ihnen allen besaß, sprach jetzt ganz heiser, als hätte ihm jemand einen Hieb gegen seinen Kehlkopf versetzt: «Und, möchtest du mit ihm gehen?»

So bleich hatte Sara Edmund noch nie gesehen. So verletzlich. Er war es doch stets, der ihre Ängste linderte. Er hatte große Angst, sie zu verlieren. Wie konnte sie ihm das antun? Sie musste sagen, dass sie bei ihm blieb!

Aber sie konnte es nicht.

Wieso nicht?

Weil, musste Sara sich eingestehen, etwas in ihr überleben wollte.

«Gleich nach der Vorstellung ...», sagte Edmund mehr zu sich selbst, vergeblich bemüht, sich zu sammeln. Es war eindeutig: Er wollte nicht, dass sie ihn verließ.

Obwohl Sara wusste, dass sie Freude darüber empfinden sollte, wie sehr Edmund sie liebte, tat sie es nicht. Jetzt war sie es, die einen Schritt wegtrat. Enttäuscht. Und verwirrt. Sie brauchte einen Augenblick, um ihre Gefühle zu ordnen: Der Mann, den sie – wenn es denn möglich gewesen wäre – geheiratet hätte, wollte vor lauter Selbstsucht nicht, dass sie entkam.

Wie wäre es für sie, wenn es andersrum wäre?

Es würde ihr das Herz zerreißen, falls Edmund gehen würde. Und dennoch:

«Ich würde dich ziehen lassen.»

Edmund antwortete nicht.

Damit war alles gesagt.

Enttäuscht packte Sara die spanische Wand von der einen Seite, Edmund von der anderen, und gemeinsam trugen sie sie auf die Bühne. Józek kam ihnen mit dem Flachmann in der Hand entgegen. Gemeinsam mit Zivia und Michal hatte er im Halbdunkeln das Zimmer schnell in zwei unterschiedliche Hälften verwandelt: eine unordentliche, in der Gerümpel, wie der Kaktus, die Domino-Steine, der rosa Federhut und der Kochtopf, verstreut auf dem Boden lagen, mittendrin eine Matratze und über allem eine Wäscheleine. In der anderen Hälfte herrschte Ordnung, nichts flog herum, das Bett war akkurat gemacht, und die Shakespeare-Büste thronte auf einem Podest aus Holzkisten.

Aus dem Saal hörte man die Zuschauer miteinander reden, einige schienen sich im Mittelgang die Beine zu vertreten. Das Orchester spielte immer schwungvoller und lauter, um zu signalisieren, dass es gleich weitergehen würde. Noch war der Vorhang zugezogen, aber das Publikum wurde allmählich leiser.

Michal stand in der unordentlichen Hälfte und Zivia in der ordentlichen. Biestig sagte sie zu Sara und Edmund: «Schön, wie ihr uns geholfen habt.»

Die beiden gingen gar nicht auf sie ein.

«Ihr solltet mehr machen, als nur das Ding zu tragen», legte Zivia nach.

Sara und Edmund stellten die spanische Wand genau in der Mitte der Bühne ab. Zivias eisblaue Augen blitzten, als sie sagte: «Redet jetzt keiner mehr mit mir?» Noch weniger als Kollegen, die nicht mitanpackten, mochte Zivia welche, die nicht auf ihre Meckereien eingingen.

Sara und Edmund klappten die geblümte Wand so aus, dass sie das Bühnenzimmer teilte und dennoch genug Platz davor und dahinter blieb, damit die Darsteller zwischen den Hälften hin- und hergehen konnten.

«Geht es vielleicht noch langsamer?», Zivia konnte das

Biestern nicht lassen. Ihr Ehrgeiz, die Vorstellung zu etwas Besonderem zu machen, suchte sich ein Ventil. Sara fragte sich für einen Augenblick, warum Zivia ausgerechnet dieses Stück so wichtig war, wo sie doch noch nicht einmal die Hauptrolle spielte. Da traf ihr Blick den von Michal. Sie wich ihm aus, sah hinüber zu Edmund. Der wiederum funkelte Michal böse an. Nun dürfte Michal klar sein, dass sie Edmund eingeweiht hatte.

Es gab einen Tusch. Die Musik verstummte. Die Zuschauer ebenfalls, alle saßen wieder auf ihren Plätzen. Der dunkelrote Vorhang ging auf.

«Verschwinde», zischte Zivia in Richtung Sara, während sie ebenso wie Edmund in der ordentlichen Hälfte ihre Position einnahm und Michal in der unordentlichen. Sara blickte zum Vorhang, der schon halb geöffnet war. Wenn sie sich nicht sofort in Bewegung setzte, würde sie auf der Bühne stehen, obwohl sie dort gerade nichts zu suchen hatte.

Gerade noch rechtzeitig, bevor Józek das Licht anschaltete, huschte sie davon. Während die Gaslampen langsam hochglühten, warf Sara über die Schulter einen Blick zu Edmund. Gegen jede Wahrscheinlichkeit hoffte sie, dass sein Zorn darüber, dass sie ihm nicht hatte sagen können, sie bleibe, verflogen sein würde. Doch Edmund starrte Michal eifersüchtig an, während dieser Sara hinterherblickte. Nicht so sehr wie ein Mann, der sie liebte, sondern wie einer, der inständig hoffte, dass sie das Angebot, ihr Leben zu retten, annehmen würde.

Sara hatte ein paar Minuten bis zu ihrem nächsten Einsatz und wollte allein sein, um endlich einen klaren Gedanken fassen zu können. Sie eilte durch mehrere Gänge zu ihrer kleinen Kammer, die hinter einem Bretterverschlag lag. Die Tür war im vorigen Winter wie so viele hier unten verfeuert worden. Ihr Zimmer war eigentlich eine Abstellkammer, in der Metallboxen mit jiddischen Filmen aufbewahrt wurden. Sie durften nicht gezeigt werden, aber die deutschen Plünderer hatten sich auch nicht die Mühe gemacht, sie mitzunehmen oder zu verbrennen. Unter den Kinostreifen waren sogar in der Sowjetunion gedrehte Stummfilme wie *Mabul*. In dem Film, so hatte Ada erzählt, als die beiden die Kammer entdeckt und die Filmrollen inspiziert hatten, ging es um eine junge jüdische Arbeiterin namens Masha, die zu einer Revolutionärin wird. In Notwehr erschießt Masha bei einem Streik einen Polizisten. Darauf organisiert die Schwarze Hundert ein Pogrom, doch die Arbeiterkameraden von Masha retten die jüdische Gemeinde.

«Ein Märchen», fasste Ada die Geschichte zusammen, «gemacht von naiven jüdischen Träumern direkt nach der Revolution. Die Trottel glaubten, dass es irgendwo auf der Erde eine Gesellschaft geben kann, in der es egal ist, ob man Jude ist.»

Als Sara die beiden losen Bretter beiseiteschob, durch die sie ihre Kammer betreten konnte, hörte sie Esthers krächzende Stimme singen: *«Ja, im Frühling, ja, im Frühling, da fliegt frei der Schmetterling, und das Mädchen, und das Mädchen träumt von der Ehe vor sich hin ...»*

Sara ärgerte sich sowohl über den Liedtext als auch über die Tatsache, dass Esther sang. Sie hatte ihr doch gesagt, sie solle ihre Stimme schonen! Vor allem aber ärgerte Sara sich über sich selbst: Sie hatte die Pause zum Nachdenken nutzen wollen und dabei ganz vergessen, dass sie Esther hergeschickt hatte.

Die Kammer wurde von zwei Kerzen erleuchtet, die an der einzigen freien Wand auf Haltern befestigt waren. An den anderen drei Wänden standen Regale voll mit Metallkisten, in denen die Filmrollen lagen. Auf dem Boden lag Saras durchgelegene Matratze. Adas Bettpolster hatte Józek mitgenommen, der fünf Häuser weiter wohnte. In seiner Matratze hatten sich Wanzen eingenistet, und außerdem erinnerte Adas Polster ihn an seine verstorbene Liebe.

Seit Adas Tod hatte Sara keine der Filmrollen mehr angefasst. Stundenlang hatten Ada und sie gemeinsam die Streifen betrachtet. Sie hatten das Material durch ihre Finger gleiten lassen und sich dabei Dialoge zu den Bildern ausgedacht. Es waren diese Stunden, in denen Sara das erste Mal auf den verwegenen Gedanken gekommen war, sie könnte eine Begabung für das Geschichtenerzählen besitzen.

Saras Blick fiel auf die Stelle, an der Adas Matratze gelegen hatte. Verfluchter Typhus. Verfluchte Läuse. Sie musste den Mantel noch absuchen, fiel ihr wieder ein. Esther sang immer weiter: *«... dort ein Vöglein, dort ein Vöglein ...»*

«Du sollst doch nicht singen», schimpfte Sara und zog sich ihren dünnen Mantel aus. Trotz der Kälte würde sie ihn bei ihrer nächsten Szene auf der Bühne nicht mehr tragen.

«Ich liebe dieses Lied.»

Saras Zorn verrauchte, weil Esther es so ernst sagte. Und Sara gestand: «Ich auch.»

Von allen Liedern im Stück hatte es die schönste Melodie – es war so wehmütig und berührte sie immer wieder aufs Neue.

Sie würde es gewiss einmal singen.

In der Nacht auf dem Feld des Bauernhofs?

In Gedanken an Edmund, den sie zurückgelassen hatte?

Wie einst ihre Schwestern?

«Sara?», fragte Esther.

«Ja?», antwortete Sara, aus ihren Gedanken gerissen.

«Hast du etwas?»

«Nein, nein!»

Sie musste sich zusammenreißen. Wenn sie schon nicht in Ruhe nachdenken konnte, sollte sie sich zumindest auf das Naheliegendste konzentrieren. Es brachte nichts, mit Typhus aus dem Ghetto zu entkommen. Sorgfältig suchte sie ihren Mantel nach Läusen ab und war erleichtert, als sie keine finden konnte. Auch nicht auf der schmutzigen Armbinde mit David-Stern. Sie zog sie ab und über den Ärmel ihres Kleids. Dann setzte sie sich mit angezogenen Beinen auf die Matratze. Sie wollte verschwinden. Wenn schon nicht über die Ghettomauer, dann wenigstens in sich selbst, um keine Entscheidung treffen zu müssen.

«Sara?», fragte Esther.

«Ich habe nichts!»

«Das wollte ich gar nicht fragen», rechtfertigte sich das Mädchen.

Sara wusste, dass sie zu barsch gewesen war. Sie lächelte Esther freundlich an: «Was wolltest du wissen?»

«Wie ist es, wenn man sich verliebt?»

«Wie bitte?»

«Ich weiß nicht, wie das ist.»

«Du bist auch noch ein bisschen zu jung dafür.»

Esther schüttelte den Kopf und wirkte dabei noch jünger als nur ein bisschen zu jung für die Liebe. Das Lied hatte ihr offenbar Flausen in den Kopf gesetzt.

«Glaub mir, du bist zu jung.»

«Aber wenn eine Laus mich beißt?»

Wer weiß schon, ob noch jemals kommt ein Mai.

Esther würde vielleicht nicht so alt werden, dass sie die Liebe erfuhr.

Der Gedanke schnürte Sara die Kehle zu.

«Wie ist es bei dir und Edmund?», fragte Esther.

Was sollte sie ihr sagen? Dass er im Bett zärtlich war? Anders als Efrajim. Anders auch als Michal, dem gegenüber sie sich nie hatte völlig öffnen können, selbst wenn er der wunderbarste Liebhaber des Ghettos gewesen wäre. So eine Antwort würde Esthers naive Vorstellungen von der Liebe zwischen Mann und Frau zerstören.

Die Kleine sah sie sehnlich an, und Sara entschied, ihr das zu sagen, was sie hören wollte, ohne dabei zu lügen, aber auch ohne sie zu überfordern. Warum sollte ein

Kind nicht eine Weile naiv von der Liebe träumen dürfen? Sie hätte es in dem Alter auch gerne getan.

«Als ich deinen Bruder das erste Mal singen hörte, begann mein Herz, wie wild zu pochen.»

«War es Liebe auf den ersten Blick?», strahlte Esther.

«Es war Liebe auf den ersten Blick», bestätigte Sara. Dass sie damals sogleich panische Angst vor diesem überwältigenden Gefühl bekommen hatte, das ihr bis dahin unbekannt gewesen war, behielt sie für sich.

Esther gefiel das sichtlich. Sie fragte: «Glaubst du, dass mir so etwas auch mal geschieht?»

In einem normalen Leben, dachte Sara, gewiss. Aber hier ...

Esther merkte, wie Sara zögerte. Sie musste das Kind also doch anlügen. Die Wahrheit war nicht immer die beste Lösung. Von Ada hatte Sara gelernt, dass beim Lügen eine Prise Gefühlsübertreibung hilft. Sie knipste ihr Schauspielerlächeln an und antwortete: «Ich bin mir sicher, du wirst eine noch größere finden als ich.»

Esther lachte vor Freude. Doch dann musste sie wieder husten.

«Das klingt nicht gesund», befand eine Stimme hinter Sara. Fayge betrat die kleine Kammer. Saras Freundin besaß pechschwarze Haare und hatte als einzige unter den Darstellern des Ensembles das, was sämtliche Judenhasser auf der Welt als ‹Judennase› bezeichneten. Ihr bedeutete das Theater nicht mehr viel. Sie hatte sich dem Widerstand angeschlossen, der den Kampf gegen die Deutschen bisher nicht gewaltsam führte, aber bereits im Untergrund gegen die Unterdrücker agitierte. Dieser Kampf gab einigen wenigen, meist jüngeren Juden Würde und Hoffnung, den meisten allerdings machte er Angst: Bloß nicht die Deutschen provozieren.

Michal hätte Fayge schon vor langer Zeit rausgeworfen, wenn sie nicht so begabt gewesen wäre, so bekam sie von ihm immerhin noch kleinere Rollen zugeteilt. Bei *Die Liebe sucht ein Zimmer* trat sie erst im zweiten Akt auf. Daher konnte Fayge es sich auch leisten, erst jetzt im *Femina* zu erscheinen.

Fayges grauer Mantel und ihr Kopftuch, das sie sich umgebunden hatte, waren trocken. Offenbar hatte es aufgehört zu schneien. In der Hand trug sie eine große schwarze Ledertasche, die Sara noch nie zuvor bei ihr gesehen hatte.

«Mir geht es gut», flunkerte Esther, die nach Saras Lüge etwas Farbe ins Gesicht bekommen hatte.

«Und dennoch», sagte Sara bestimmt, «legst du dich jetzt hin und schonst dich, bis du dran bist.»

Esther legte sich folgsam hin und deckte sich zu. Fayge zog indessen vier Metallkisten aus dem Regal und stellte eine nach der anderen auf dem Boden ab.

«Was wird das?», fragte Sara.

«Ich muss die Tasche sicher verstecken.»

Sie legte die Tasche in das Regal. Anschließend hob sie Kiste für Kiste wieder hoch und schob sic so vor die Tasche, dass nichts mehr zu sehen war.

«Was ist da drin?»

Da die Filmkisten leicht über den Regalrand hervorstanden, drückte Fayge dagegen. Es half nicht viel.

«Ich habe dich was gefragt.»

«Musst du nicht längst wieder auf der Bühne sein?»

Sara ging hastig das Stück durch: Die Zuschauer hatten mittlerweile erlebt, wie unzufrieden Zivia mit ihrem Angetrauten war, weil er es wagte, eine Socke auf das Bett zu legen. Sie hatten ebenfalls erlebt, wie sehr es Michal störte, mit einer Frau zusammenzuleben, die keine Ordnung halten konnte. Zudem hatten sie von der Hauswirtin erfahren, wie oft jemand an der Haustür klingeln musste, wenn er das Zimmer der beiden zusammenlebenden Paare besuchen wollte. Fünfmal genau. Klingelte man nur viermal, öffnete der Zahnarzt im Zimmer nebenan. Bei dreimal Wesby eine Etage darunter. Bei zweimal die Wirtin. Und bei einmal machte man besser gar nicht auf, es könnte der Spendeneintreiber vom Hauskomitee sein.

Über diesen Witz lachten die Zuschauer unter Garantie. Alle hier lebten beengt in den Häusern zusammen, in denen es mehr Familien als Klingelschilder gab. Und sie wussten, wie es war, wenn man Złoty, die man dringend für etwas anderes benötigte, für Spenden hergeben sollte und es vor lauter schlechtem Gewissen auch noch tat.

Jetzt müsste gleich der Augenblick kommen, in dem Michal verkündete, dringend aufs Klo zu müssen, und in einem Affenzahn von der Bühne rannte. Woraufhin Zivia sagen würde: «Für einen Beamten ist er sehr schnell.»

Und kurz darauf müsste Sara auftreten. Sie eilte durch die Gänge zurück zur Bühne und erreichte die Holztür gerade noch rechtzeitig, um zu sehen, wie Zivia voller Wut auf ihren Ehemann Edmund die Bühne verließ.

Die beiden Frauen gaben sich die Klinke in die Hand, und Sara betrat die unordentliche Seite des Zimmers, während Edmund auf der ordentlichen Seite der spanischen Wand seinen Geigenkasten unter dem Bett hervorholte.

«Michal?», rief sie nach ihrem Ehemann, der hinter ihr auf die Bühne stürzte und freudig verkündete: «Ein Wunder ist geschehen!»

«Welches denn?»

«Die Toilette war nicht besetzt!»

Die Zuschauer lachten. Auch diese Erleichterung kannten sie nur zu gut.

«Was hast du», fragte Michal, «uns zum Frühstück gemacht?»

«Ein bisschen Marmelade», flötete Sara.

«Und was dazu?»

«Honig.»

«Kein Brot?»

«Dafür reichte das Geld nicht.»

«Ich will Kaffee und Brot. An einem aufgeräumten Tisch!», Michal deutete auf das Chaos im Zimmer.

«Du liebst mich nicht mehr!», sagte Sara theatralisch. Im echten Leben hätte sie sich das von ihm gewünscht.

«Doch, das tue ich», erwiderte Michal und trat zu ihr. Aus dem Augenwinkel schaute Sara an der geblümten Wand vorbei und bemerkte, dass Edmund Michals Bühnengeständnis offenbar missfiel. Die Zuschauer bemerkten das nicht, sie waren mit ihren Augen voll und ganz bei Michal und Sara.

«Du bist böse auf mich», gab Sara die auf niedliche Weise verletzte Ehefrau.

«Das bin ich nicht», antwortete Michal.

«Doch, das bist du.»

«Bin ich nicht», sagte Michal gereizt.

«Ich kann sehen, wenn du böse bist», sagte Sara nun noch verletzter. Noch niedlicher.

«Ich bin nicht böse!», Sara hatte ihren Ehemann durch ihr Beharren auf die Palme oder, wie Edmund bei einer Probe gescherzt hatte, auf den Kaktus gebracht.

«Siehst du, du bist böse!», begann Sara zu weinen.

«Ich kann das nicht mehr ertragen!», schimpfte Michal und ging unter Zuschauergelächter ab.

Kaum war das Lachen verebbt, begann Edmund, ein sentimentales Lied auf der Geige zu spielen. Sara trocknete sich die Tränen, ging zu der spanischen Wand und lauschte der Musik, ohne Edmund sehen zu können. Nach einer Weile sagte sie wehmütig: «Du hast am 22. Februar 1941 aufgehört, bei uns im Café zu spielen.»

«Du kannst dich aber gut erinnern», antwortete Edmund, ebenfalls ohne sie sehen zu können.

«Nur an die schönen Dinge.»

«Du hattest ein Gerstenkorn im Auge.»

«Du kannst dich aber gut erinnern», sagte Sara nun ihrerseits.

«Nur an die schönen Dinge», lächelte Edmund sanft.

«Ein Gerstenkorn ist schön?»

«Deine Augen sind schön», antwortete er nun so voller Gefühl, dass die Worte nicht klangen wie von einem Schauspieler, sondern ganz aufrichtig. Sein Zorn von eben schien verraucht zu sein.

«Nun», sagte Sara traurig, «hast du Zivia und ich ... ich ...»

«Du hast Michal», sagte Edmund ebenso betrübt und trat, mit Geige und Bogen in der Hand, zu seiner Seite der spanischen Wand.

Sara wollte ihm sagen, dass Michal ihr nichts bedeutete, aber sie stand auf der Bühne. Vor 900 Zuschauern. Und das war nicht ihr Text. Edmund spielte die Geige mit noch größerer Emphase, und Sara begann zu singen:

Ach ja, wie kalt und ungemütlich
ist das Leben ohne dich,
wie ist es sinnlos und betrüblich,
bin ich einmal ohne dich!

Schon heute Nacht könnte sie für immer ohne ihn sein.

Sie nahm einen Stuhl, stellte ihn vor die spanische Wand und stieg darauf. Nun konnte sie über das Hindernis hinweg Edmund betrachten, während sie sang:

Ach ja, wie trüb und ungemütlich
ist das Leben allein,
nur du, nur du, machst es vergnüglich,
ich will immer bei dir sein!

Vergnüglich.

Das war es gewesen, wodurch Sara ihre Angst vor den eigenen Gefühlen überwunden hatte und mit Edmund zusammengekommen war: Er hatte sie sieben Wochen nach Adas Tod zum Lachen gebracht, indem er in der Damengarderobe mit drei Schuhen der Schauspielerinnen jongliert hatte. Keine große Kunst. So eine Jonglage beherrschte jedes Mitglied der *Theatergruppe Jung Wilne*. Aber Edmund hatte die Schuhe immer wieder absichtlich gegen seine Nase geworfen und dabei so komische Schmerzgeräusche gemacht und sich dabei so lustig über die müffelnden Schuhe beschwert, dass Sara gar nicht anders konnte, als zu lachen.

Nach sechs Wochen der Dunkelheit konnte sie sich das erste Mal wieder vorstellen, dass sie weiterleben wollte.

Michal gegenüber war das ungerecht gewesen. Er hatte sie in der Nacht von Adas Tod davon abgehalten, sich umzubringen. Danach hatte er sie in die Arme genommen und getröstet, wann immer sie das brauchte. Dennoch konnte ihr nur Edmund das Gefühl vermitteln, dass es auf der Welt noch etwas anderes gab als Verzweiflung.

Edmund legte die Geige auf das Bett, und das Orchester übernahm die Musik. Bei den Proben hatte es lange Diskussionen zwischen Wesby und Michal gegeben, ob das Lied ausschließlich vom Orchester gespielt werden sollte oder nur von Edmund gefiedelt. Wesby fand Edmunds Spiel nur unwesentlich besser als amateurhaft, während Michal der Ansicht war, die Emotionen in dem Duett würden noch sichtbarer werden, wenn er selbst

Geige spielte. Schließlich einigte man sich auf den Kompromiss, dass das Orchester später einstieg.

Edmund nahm nun ebenfalls einen Stuhl und stellte sich auf seine Seite der spanischen Wand. Sara und er sahen sich nun in die Augen, während er sang:

Du und ich, einfach – du und ich,
die Welt wird schöner nur durch dich,
und jede Nacht hat ihre Kraft,
der Tag beginnt voll Leidenschaft …

Sein Gesang verzauberte Sara.

So sehr, dass sie ihn küssen wollte.

Und er schien sie auch küssen zu wollen.

Die beiden sangen gemeinsam …

Einfach nur ich und du … du und ich …

… und nur für sich. Das Publikum ließ sich von der Liebe auf der Bühne nur allzu gern verzaubern. Ihr Duett endete nach einer weiteren Strophe und zweimal Refrain, doch für die zwei in Raum und Zeit Verlorenen hätte es noch ewig so weitergehen können. Das Orchester ließ die letzten Töne verklingen, dann war es still. Der ganze Saal schien die Luft anzuhalten, denn Edmunds Lippen näherten sich jenen von Sara.

Er wollte sie küssen.

Obwohl es nicht im Text stand.

Die Zuschauer wünschten es sich fast so sehr wie Sara.

Ihre Lippen näherten sich einander an.

Da hörte Sara Adas Stimme in ihrem Kopf: ‹Disziplin.›

Sie musste sie wahren! Das galt für das Stück, aber auch für die schwere Entscheidung, die sie zu treffen hatte und für die ihr weniger als eine Stunde Zeit bleiben würde.

Sara wich Edmund aus. Dadurch verlor er auf dem Stuhl beinahe das Gleichgewicht. Einige der Zuschauer, vor allem die männlichen, lachten. Andere, vor allem die Frauen, seufzten enttäuscht.

Sara stieg vom Stuhl und sagte dem Textbuch entsprechend: «Ich muss an die frische Luft.» Genauso fühlte sie sich auch.

Damit war der Zauber endgültig gebrochen. Das Publikum musste sich bis zum glücklichen Ende der Geschichte gedulden und Sara darauf hoffen, dass sie sich für das weniger unglückliche entscheiden könnte, welches auch immer das sein mochte.

Sie rannte zur Holztür heraus, hinter der Zivia und Michal bereits auf ihre Auftritte warteten. Michal sah sie traurig an, als ob die Szene zwischen Sara und Edmund auf der Bühne eben nur bedeuten könnte, dass sie nicht mit Michal fliehen würde. Sara wich seinem Blick aus.

Zivia schien ahnungslos. Sie betrat die ordentliche Zimmerhälfte, entdeckte den Stuhl an der spanischen Wand und schimpfte mit Edmund, der sich auf das Bett geworfen hatte: «Wie sieht es hier denn aus?»

Darauf rief Edmund: «Ich halte es mit deiner Pingelei

nicht mehr aus!», sprang auf und war auf dem Weg nach draußen.

«Wo willst du hin?», fragte Zivia.

«Weg!»

«Geht es auch ein klein wenig genauer?»

«Raus!»

Jenseits der Holztür standen Michal und Sara. Keiner der drei sah einen der anderen an.

Sara wäre am liebsten vor den beiden Männern weggelaufen. An die frische Luft. Und dann immer weiter. So weit es ging. Um doch nur an der Mauer aufgehalten zu werden. Stattdessen trat sie an den Spalt zwischen Holztür und Zimmerwandkulisse und beobachtete, wie Zivia schluchzte: «Das war in der Tat nur ein wenig genauer.»

Für sie gab es im Publikum mitfühlende Schmunzler.

Das war das Wunder an Michals Stück: Es war komisch und anrührend zugleich.

Sollte *Golema* so werden?

Es beruhigte sie, an ihr Stück zu denken.

Michal betrat die unordentliche Zimmerhälfte, während er Zivia in der anderen traurig sagen hörte: «Das habe ich mir alles anders gewünscht.»

Michal sichtlich auch, im Stück und als Mensch. Er hörte Zivia weinen und fragte: «Darf ich zu dir rüberkommen?»

«Gerne.»

Zivia trocknete ihre Tränen und schnäuzte sich so laut, dass die Zuschauer lachen konnten.

Komisch und anrührend zugleich.

«Hast du etwa geweint?», fragte Michal, während er vor

der spanischen Wand auf die andere Seite des Zimmers ging.

«Willst du Frühstück?», wich Zivia der Antwort aus.

«Frühstück?», Michal konnte sein Glück kaum fassen.

«Ich habe Kaffee, Brot und Butter.»

Zivia begann, den Tisch zu decken. Michal sah ihr verzückt zu. Sie bemerkte es und fragte: «Was ist?»

«Ich habe das ganze Leben davon geträumt, mal einer so ordentlichen und umsorgenden Frau wie dir zu begegnen.»

Hinter der Holztür zischte Edmund Sara bitter zu: «Hätte er doch nur so eine kennengelernt.»

Sara ging darauf nicht ein. Sie rannte allerdings auch nicht davon, obwohl sie es nun noch mehr wollte. Aus Disziplin. Und weil es vergeblich wäre. Und weil ein Teil von ihr sagte, sie müsse sich Zivias folgenden Monolog anhören. In ihn hatte Michal einen seiner Alpträume einfließen lassen. Jenen, der Sara am meisten verstörte. Und sie wusste, welcher Teil in ihr sie dazu zwang hinzuhören: derjenige, der unbedingt überleben wollte.

«Ich habe», sagte Zivia auf der Bühne, «von dir geträumt.»

«Von mir?», staunte Michal.

«Der Traum war so eigenartig. Wir beide fuhren mit der Rikscha durch eine Gasse. Es war überall ganz finster ... So unheimlich ... Hinter uns, auf Schienen, drei Lampen, wie die von einer Lokomotive. Puff, puff, puff! ... Sie fuhr schnell hinter uns her. Puff, puff, puff! ... Als ob der Zug uns verschlucken wollte.»

Sara konnte sehen, wie die Menschen in den ersten Reihen, deren Gesichter von den Öfen und den Kerzen im Gang angestrahlt wurden, angespannt lauschten. Im ganzen Saal herrschte konzentrierte Stille. Alle fanden den Traum offenbar genauso unheimlich wie Sara. So ein Traum hatte in einer Komödie doch nichts zu suchen!

Und dennoch wurde er von Zivia erzählt. Mit jedem Wort zitterte ihre Stimme mehr: «Ich weiß noch, dass ich dachte, dass bereits Sperrstunde ist und wir gar nicht draußen sein dürften. Plötzlich hatte ich eine solche Angst. Und die Lokomotive wurde immer schneller: Puff, puff, puff! Die Scheinwerfer blendeten mich. Puff, puff, puff. Und ich wollte schreien und schreien, doch dann ...»

Zivia brach ab.

Sara wusste nun, warum sie stehen geblieben war: Der Traum sagte ihr, wie dringlich es war, aus dem Ghetto zu entfliehen. Etwas Fürchterliches würde kommen!

«Dann?», fragte Michal auf der Bühne.

«Hast du mich umarmt.»

«So?», fragte Michal und umarmte Zivia vorsichtig.

Hinter den Kulissen spürte Sara, wie Edmund ihre Hand nahm. Auch er ahnte offenbar, was der Traum in ihr auslöste.

«Nein», antwortete Zivia und drückte Michal fest an sich: «So!»

Sara drückte Edmunds Hand.

Fest.

«Wärst du nicht», lehnte sich Zivia an Michals Schulter, «für mich da gewesen, wäre ich gestorben.»

«Ich bin gerne für dich da.»

Edmund sah Sara an, jetzt konnte sie nicht anders, als den Blick zu erwidern. Und er sagte leise, offenbar tief bewegt vom Geschehen auf der Bühne: «Geh mit Michal.» Darauf löste er den Händedruck und ging.

Sie starrte ihm hinterher. Verzweifelt. Sie konnte Edmund nicht verlassen. Sie konnte aber auch nicht bei ihm bleiben. Puff, puff, puff!

Es gab nur eine Lösung!

Sara rannte Edmund hinterher: «Wir müssen alle gehen!»

Er schüttelte den Kopf: «Ich habe keine Ahnung, woher Michal auf einmal Tausende Złoty hat. Aber ich habe nicht das Geld für so eine Flucht, und ich werde es auch nie haben.»

Sie bogen in einen weiteren Gang und verstummten, denn dort standen Fayge und Józek und unterhielten sich offenbar über die Textänderung, die Michal gestern bei der Probe gemacht hatte, während Józek beim Kartenspiel mit Saufkameraden die Zeit vergessen hatte. Er fragte Fayge: «Und was ist dann mein Text?»

«Du erklärst mir: ‹Zwei Menschen unterschiedlichen Glaubens kommen nie zusammen, zwei Säufer immer.›»

«Das», grinste Józek, «kann ich mir merken.»

Sara und Edmund gingen weiter und kamen zu der geschlossenen Tür der Männergarderobe. Dort waren sie wieder außer Hörweite, und Sara sagte aufgewühlt: «Es muss doch möglich sein, das Geld aufzutreiben.»

«Das ist es nicht», antwortete Edmund.

«Aber ...», wollte Sara widersprechen, doch da packte Edmund sie an den Schultern: «Geh ... mit ... Michal!»

«Ich finde eine Lösung», hielt Sara trotzig dagegen.

Edmund lächelte. Sanft. Traurig. Er ließ Sara los, öffnete die Garderobentür, wandte sich noch einmal zu ihr um und wiederholte, diesmal ruhig: «Geh mit Michal.»

Danach betrat er die Männergarderobe und schloss hinter sich die Tür. Leise, nur für sich, wiederholte Sara: «Ich finde eine Lösung.»

Zylberman

Du siehst aus», sagte eine tiefe Stimme zu Sara, «wie schon mal gegessen.»

Im Dunkeln erkannte sie die Silhouette von Zylberman, der etwas weiter entfernt im Gang stand. Sara erschrak, sie hatte gedacht, Edmund und sie wären bei ihrem Gespräch unbeobachtet gewesen. Hatte er ihnen zugehört?

Zylberman kam langsam näher, mit jedem Schritt wurden seine Konturen sichtbarer: Der große Mann trug einen stolzen Schnurrbart, eine Schlagmütze und eine gigantisch weite Hose, die nur von einem Gürtel, in den neue Löcher gestanzt waren, gehalten wurde. Die Hose sah aus, als hätte sie einmal Oliver Hardy oder Fatty Arbuckle gehört. Aber es war Zylbermans Hose aus den Zeiten vor dem Ghetto. Damals war er der hellste Stern des polnischen Theaters gewesen, sein Bauch war ebenso bekannt wie seine großartige Darbietung des Falstaff. Auch im Ghetto war er so beliebt, dass er von theaterbegeisterten Menschen wie dem Schwarzmarkthändler Fajerman mit guten Speisen versorgt wurde. Doch er bekam sie kaum noch herunter. Sein Magen wurde vom Krebs zerfressen.

Dennoch spielte Zylberman als einziger Schauspieler des Ghettos in allen fünf Theatern und verdiente dadurch mehr als der Rest des Ensembles zusammen. Niemand wurde vom Publikum so geliebt wie er. Ada wurde, als sie noch lebte, bewundert, doch sie erschien den Zuschauern wie ein Wesen von einem anderen Stern. Zylberman hingegen wie ein Kumpel, mit dem man nach der Vorstellung ein paar Bier trinken konnte. Sara hatte ihn allerdings noch nie gemocht. Zu laut. Zu eitel. Zu schmierig.

«Reicht dir etwa», fragte Zylberman spöttisch und blieb direkt vor Sara stehen, «heißes Wasser mit einer Kartoffel nicht mehr?»

Er hatte offenbar mitbekommen, dass sie mit Edmund über Geld gesprochen hatte. Was noch? Was genau hatten sie gesagt? Sara beschloss, ihn direkt fragen: «Seit wann bist du schon hier?»

«Seit», antwortete Zylberman und machte sie nun nach: «‹Es muss doch möglich sein, das Geld aufzutreiben.›»

Wenn er die Wahrheit sagte, hatte er nichts davon mitbekommen, dass Michal die Flucht aus dem Ghetto plante. Sara nickte erleichtert und wollte weggehen, doch da murmelte Zylberman: «Du könntest Geld machen, indem du Fayge an die Deutschen verrätst.»

Mehr noch als über den grinsenden Zylberman ärgerte sich Sara über ihre Freundin: Wie oft hatte sie Fayge schon gesagt, sie solle vorsichtiger sein! Wenn Zylberman wusste, dass sie dem Widerstand angehörte, dann wusste es bald das ganze *Femina*. Was, wenn jemand hier ein Verräter war?

«Aber besser», lächelte Zylberman, «du machst es nicht.»

Natürlich nicht, dachte Sara, sie würde so etwas niemals tun!

«Sie würden dich vielleicht gleich mit ins Gefängnis stecken.»

Sara wollte sich das alles nicht länger anhören und ging. Sie wollte die wenigen Minuten bis zu ihrem nächsten Auftritt dafür benutzen, einen Plan zu schmieden.

«Ich habe eine Idee, wie du an Geld kommst», rief Zylberman ihr hinterher.

Sara blieb stehen. Obwohl sie sich ziemlich sicher war, dass seine Idee keine gute sein würde, drehte sie sich um. Immerhin bestand die winzige Möglichkeit, dass er helfen konnte, er besaß Kontakte zu den Großen in der Unterwelt.

«Du kannst deinen schönen Körper verkaufen.»

Sie konnte nicht glauben, was sie da hörte.

«Du bist sehr hübsch. Und du bist eine Schauspielerin. Du müsstest nicht auf der Straße stehen. Du könntest in den Clubs dein Geld machen. Fajerman zum Beispiel hatte noch nie eine Schauspielerin im Bett, das hat er mir gesagt. Er würde ein schönes Sümmchen springen lassen.»

Sara sah vor ihrem geistigen Auge Fajerman in der Loge sitzen. Neben sich seine Klunker-Ehefrau und eine seiner Gespielinnen. Und sich selbst statt der zweiten auf seinem Schoß.

«Du könntest ein besseres Leben haben.»

«Besser», sagte Sara angewidert.

«Du könntest endlich satt werden.»

Sie sah sich vor ihrem inneren Auge Fajerman liebkosen. In einem schönen Kleid. Und mit mehr Fleisch auf den Rippen.

«Alle drei von euch.»

«Drei?»

«Du. Edmund. Seine Schwester.»

Sara schluckte.

«Du müsstest keine Angst haben, dass die Kleine schon einer Grippe nichts entgegenzusetzen hätte.»

Sara wollte sich nicht vorstellen, wie es für die kranke Esther in dem Kabuff auf der Matratze zu Ende ging. Ähnlich wie für Ada. Aber sie konnte nicht anders.

«Ich könnte dein erster Kunde werden.» Zylberman trat zu ihr und strich ihr mit seiner rauen Hand über die Wange.

Efrajim.

Efrajim lag auf ihr.

«Kein Grund, so zu zittern.»

Erst jetzt merkte Sara, dass sie zitterte.

«Rachel macht es mir auch für Geld.»

Deswegen war bei ihr vor der Vorstellung der Lippenstift verschmiert gewesen.

«Um genau zu sein, macht sie es für Zigaretten. Du würdest von mir richtiges Geld bekommen.»

Efrajim!

«Überleg es dir.»

Zylberman nahm seine Hand wieder von ihrer Wange und ging. Sara zitterte noch immer. Sogar noch heftiger, weil ihr plötzlich klar wurde, dass er mit allem recht hatte: Würde sie im Ghetto bleiben, könnte sie, falls sie seinen Ratschlag befolgte, den Menschen, die sie liebte, ein besseres Leben ermöglichen. Nicht als Hure von Kerlen wie Zylberman, aber als Geliebte von Fajerman, der sie wenigstens mit Geld und Essen überhäufen könnte.

Sara stellte sich vor, wie sie sich nach der Vorstellung heute Abend von dem Schwarzmarkthändler bewundern ließ. Sich von ihm zu sich nach Haus einladen ließ. Dort würde sie Speisen aufgetischt bekommen, von denen sie nur träumen konnte: Schinken. Käse. Fisch. Fisch! Wie lange hatte sie keinen mehr gegessen? Vielleicht könnte sie in den nächsten Wochen Fajerman mit geschicktem Spiel so umgarnen, dass er seine Frau verließ und sie stattdessen zu seiner nahm. Selbst wenn man im Ghetto nicht heiraten durfte, für den Unterweltboss war es bestimmt kein Problem, das zu arrangieren. Sie wäre dann ‹Frau Fajerman›. Mit einem eigenen Geliebten namens Edmund, dessen kleine Schwester Esther wohlgenährt sein würde und sogar Einzelunterricht bei den besten Lehrern des Ghettos bekäme, obwohl auch dies verboten war. Aber Fajerman arbeitete so gut mit den Deutschen zusammen, dass sie ein Auge zudrücken würden. Und all das gute Leben als Gegenleistung dafür, dass sie zu ihrem neuen Ehemann zärtlich sein würde ...

Sara schüttelte sich und ekelte sich vor sich selbst, dass sie so eine Phantasie überhaupt zulassen konnte. Diese Welt veränderte sie. Die Not machte sie zu einem Menschen, der sie nie sein wollte.

Sara wusste nicht, wen sie mehr hassen sollte, Zylberman oder sich.

«Wir müssen auf die Bühne», sagte der Schauspieler und ging voraus.

Sara brauchte einen Augenblick, um ihren Selbsthass wenigstens so weit abzuschütteln, dass sie ihm folgen konnte. Im Gang hinter der Bühne kam ihnen Rachel entgegen. Diesmal war der Lippenstift nicht verschmiert. Sara konnte nicht anders, als von ihr abgestoßen zu sein.

«Was ist denn mit dir los?», fragte Rachel.

«Sara», grinste Zylberman, «mag wohl keine Konkurrenz.»

Jetzt wusste Sara, dass sie ihn mehr hasste als sich selbst.

Schweigend ging sie hinter Zylberman zur Holztür. Kaum öffnete er sie, musste Sara wieder ein Lächeln anknipsen und fröhlich strahlen. Die beiden betraten die Bühne. Zylberman spielte den bauernschlauen Vorsitzenden des Hauskomitees, der ein Konzert zum Spendensammeln organisierte. Und Sara flötete: «Selbstverständlich komme ich Ihrem Wunsch nach und singe auf dem Konzert.»

«Wie schön!», antwortete Zylberman. «Aber wissen Sie, es ist Folgendes: In Wohnung Nummer drei wohnt Feinmesser. Er ist hier der reichste Mieter, und er zahlt das meiste Geld fürs Komitee. Und das ist eben schlecht.»

«Es ist schlecht, dass er zahlt?», staunte Sara.

«Nein, das nicht. Aber er hat eine Tochter namens Esther. Und da liegt der Hund begraben.»

«Er hat auch einen Hund?»

«Nein, eine Tochter!»

«Die Tochter», fragte Sara erschrocken, «ist begraben?»

Das Publikum lachte.

Auch morbider Humor konnte Freude bereiten.

«Aber wo!», erwiderte der fleißige Spendensammler. «Sie singt!»

«Und was singt sie?»

«Sie singt nicht so gewöhnlich. Sie macht mit der Stimme so ... Wissen Sie, als ob sie gleichzeitig singen und Schluckauf haben würde. Kolektu... Kolafu... Kollo...»

«Sie meinen Koloratur?»

«Ja, genau! Kolo... kora... kuku... das Ding halt. Es geht also darum, dass Sie begutachten, ob sich seine Tochter eignet, bei dieser Feier aufzutreten. Ich kenne mich mit der Kolodingsdatur nicht aus, nur mit Manufaktur. Obwohl ich Bauer war.»

Das ging vielen im Saal so. Sie mussten in den Werkstätten der Deutschen Zwangsarbeit verrichten, egal welche Berufe sie früher einmal hatten.

«Ich soll mir das Mädchen mal anhören? Das mach ich doch gerne.»

«Danke. Vielleicht ist sie tatsächlich gut. Vielleicht aber sie redt zikh ays a lung is a leber ...»

«‹Lung is a leber›?»

«Sie redet sich ein, dass eine Lunge eine Leber ist ... Tut mir leid, ich kann mich nun mal besser in Jiddisch ausdrücken.»

Dass sich Zylberman auf vielen Bühnen als der volkstümlich jiddisch Sprechende ausgab, ärgerte Sara jetzt noch mehr als zuvor. Denn im Gegensatz zu ihr, für die

Jiddisch die Muttersprache war, beherrschte Zylberman lediglich die Sätze seiner jeweiligen Rolle. Doch durch seine Beliebtheit konnte er es sich leisten, mit Dialekt zu sprechen, sogar nasale Laute zu bilden, die es im Jiddischen gar nicht gab. Ihr aber, das wusste Sara, wäre niemals verziehen worden, wenn ihr Polnisch falsch geklungen hätte.

«Aber bitte», flötete sie, «sprechen Sie Jiddisch, so viel Sie wollen. Ich verstehe alles.»

«Tatsächlich?», staunte Zylberman.

Wesbys Orchester stimmte einen schwungvollen Foxtrott an.

«Ich kann es sogar sprechen!»

Und Sara begann zu singen:

Zitst schabes, a mekhaye,
Metsieh, shvartse soß,
Cholent mit kishkeh,
meshugener, mazel tov!

Dass ausgerechnet sie Jiddisch so verballhornen musste, hatte sie Michal schon bei den Proben krummgenommen. Er hatte ihr erklärt, dass sie damit auch die polnischsprachigen Juden, die sich stets für etwas Besseres hielten, auf die Schippe nehmen wollten. Sie aber hatte jetzt den Eindruck, die Zuschauer im Saal lachten, weil sie sich auf der Bühne über das Jiddische lustig zu machen schien.

Zylberman übernahm:

Das klingt ganz famos, ist der Wortschatz auch klein,
da fällt mir doch gleich ein andrer Fall ein,
stell'n Sie sich vor, Sie müssen zum Amt!
Wie machen Sie dort Ihre Sache bekannt?

Nun sang Sara als Antwort den gleichen Stuss wie zuvor:

Zitst schabes, a mekhaye,
Metsieh, shvartse soß,
Cholent mit kishkeh,
meshugener, mazel tov!

Zylberman begann, mit ihr Foxtrott zu tanzen, und schmetterte:

Das klingt ganz famos, doch was werden Sie tun?

Er legte ihr bei einer Drehung die Hand auf den Po und ließ sie dort liegen.

Sara hätte ihn dafür schlagen wollen.

‹Reiß dich zusammen!›

Sie durfte sich vor dem Publikum nicht anmerken lassen, wie widerlich sie das fand, und musste weitertanzen.

Sitzt der Mann Ihres Herzens ganz nah, ja, was nun?

Zylberman packte ihren Po ganz fest.

‹Reiß dich zusammen!›

Wenn der Mond Ihnen leuchtet, und es dreht sich der Kopf …

Doch Zusammenreißen hin oder her: Sie musste sich wehren!

Sara packte ihn nun ebenfalls an den Hintern.

Die Frauen im Publikum johlten.

Zylberman aber verstand die Provokation genau.

Was sagen Sie ihm, wenn Ihr Herz wie wild klopft?

Er zog sie beim Tanz näher an sich.

Efrajim!

Sara wollte schreien.

Disziplin!

Nein.

Golema!

Sara sah rot wie die Lehmkreatur, als sie ihre Ketten sprengte. Sie riss sich von Zylberman los, tanzte um ihn herum wie ein lachender irrer Derwisch und sang bedrohlich:

Zitst schabes, a mekhaye,
Metsieh, shvartse soß …

Zylberman sah sie verunsichert an.

Golema!

Er sollte Angst haben vor ihr!

Alle Männer sollten es!

Cholent mit kishkeh ...

Nie wieder Opfer sein!

Zylberman nahm ihre Hand, küsste sie hastig zum Abschied und wollte rasch abgehen. Es war eine Flucht.

Doch Sara rannte ihm hinterher und trat ihm ...

Meshugener, mazel tov!

... in den Hintern!

Zylberman drehte sich zu ihr um. Zornesrot!

Doch das Publikum grölte vor Lachen. Das Echo im Saal verstärkte das Gelächter zu einem Getöse.

Zylberman erkannte, dass der Auftritt gelungen war. Er verbeugte sich. Genoss die Rufe: «Bravo! Bravo!» Verbeugte sich noch einmal und ging ab.

Sara lächelte zwar in den Saal, aber in ihr brüllte die Golema weiter. Sie wusste jetzt, was zu tun war: Sie würde Michal fragen, woher er das Geld hatte und ob es dort noch mehr gab!

Das Geld

Die Musik endete. Der Vorhang wurde zugezogen. Sara ging zur Seitenbühne, wo Józek das Bühnenlicht löschte und Zivia und Michal für den Umbau bereitstanden. Zylberman hatte sich schon längst verzogen, wohl um seine Wunden zu lecken. Edmund war vermutlich bei Esther.

«So ist es gut», freute sich Zivia, die sich überraschenderweise nicht ärgerte, dass wieder etwas an der Inszenierung verändert worden war. «So werden sie heute klatschen!» Sie wandte sich an Michal und sagte: «Ich sag's dir doch immer: Weniger Gefühl, mehr Albernheit!»

Michal schien sie nicht zu hören, sah Sara nur fragend an. Offensichtlich wollte er ihre Entscheidung wissen.

«Ach, Zivia», lachte Józek, «du nimmst Humor viel zu ernst.»

«Was sagst du dazu, Sara?», forderte Zivia Sara auf, immerhin war sie es gewesen, die mit dem Tritt in den Hintern für das große Gelächter gesorgt hatte. Aber Sara packte Michal fest am Arm und sagte: «Du kommst jetzt mit.»

«Wir müssen», protestierte Zivia, «umbauen.»

«Zivia, sei still!»

So scharf hatte Sara noch nie mit ihr geredet. Oder mit überhaupt jemandem. Sie zog Michal mit sich. Von hinten hörte sie Zivia noch empört fragen: «Macht denn hier jetzt jeder, was er will?»

«Ich nicht», antwortete Józek, «sonst würde ich jetzt meine Flasche auffüllen.»

Sara zog Michal weiter in den nächsten Gang. Dort blickte sie sich um. Diesmal sollte niemand lauschen. Nachdem sie sich versichert hatte, dass es keine ungebetenen Zuhörer gab, fragte sie: «Woher hast du das Geld, Michal?»

«Das ist egal», wehrte er ab.

«Vielleicht gibt es da noch mehr.»

Michal wollte gehen. Doch sie ließ ihn nicht los. Sie drückte ihn an die Wand, stellte sich vor ihm auf und sagte: «Michal!»

«Du willst es tatsächlich wissen?», gab er aufgewühlt zurück.

«Ja, ich will!»

«Ich habe es von Doktor Porusch.»

«Porusch?», Sara war verblüfft.

«Porusch», bestätigte Michal.

«Warum gibt er dir so viel Geld?»

«Ich habe es ihm gestohlen.»

«Du hast es gestohlen?»

«Ja.»

Michal, der beste Autor des Ghettos, stahl wie ein ganz gewöhnlicher Dieb?

«Er hat es verdient», begann Michal sich aufgewühlt zu

verteidigen, «er verkauft den Menschen gefälschte Impfungen. Er ist der Verbrecher, nicht ich.»

«Und er hat nicht mitbekommen, dass du ihn bestohlen hast?»

Würde man Porusch vielleicht auf die gleiche Art noch mehr abnehmen können? Sara dachte darüber nach, obwohl sie zuvor noch nie etwas gestohlen hatte. Ihre gottesfürchtige Erziehung steckte ihr in den Gliedern. Doch jetzt ging es ums Überleben. Von ihr. Edmund. Esther.

Aber Michal antwortete nicht, er blickte zur Seite, und Sara begriff: «Porusch hat dich dabei erwischt.»

«Ja.»

«Und was ist dann passiert?»

Michal wollte nicht antworten.

«Michal!»

«Porusch», antwortete er verzweifelt, «stürmte auf mich zu ...»

«Und?»

Ihm schossen Tränen in die Augen.

«Hast du ihn verletzt?»

Michal antwortete nicht. Tränen flossen über seine Wangen.

«Hast du ihn verletzt?», fragte Sara noch nachdrücklicher.

«Ich ... ich wollte mich nur verteidigen, aber er fiel mit dem Hinterkopf an die Ecke des Tischs ...»

Sara starrte ihn geschockt an.

«Er hat noch geatmet», beeilte sich Michal zu sagen.

«Hast du Hilfe geholt?»

«Porusch wird überleben.» Er glaubte sichtlich nicht an seine eigenen Worte und stand da wie ein Häufchen Elend.

Sara konnte es nicht fassen, sie mochte Michal nicht mehr ins Gesicht schauen.

Am liebsten wollte sie ihm jetzt all sein Geld abknöpfen, um es für sich und Edmund zu haben. Diese Strafe hatte er doch verdient, der Mörder.

Oder?

Ihr Hals zog sich zu.

Sie drehte sich um und lief Richtung Treppe.

«Sara!», rief Michal ihr nach.

Sie musste an die frische Luft!

«Sara!»

Sie rannte die Treppe hoch.

Michal rief ihr kein weiteres Mal hinterher.

Verfolgte sie auch nicht. Gewiss lähmte ihn die Verzweiflung, so wie es war, als Ada starb, deren Kunst er so verehrte.

Damals waren Sara und er im Schmerz vereint gewesen. Michal, der seine ganze Kraft in den Aufbau des *Femina* gesteckt hatte, hatte Adas Tod in eine schwere Traurigkeit gestürzt.

Aus Sara war, nachdem Adas Leiche zum Abtransport auf die Straße gelegt worden war, jeglicher Lebenswille gewichen. Michal hielt sie davon ab, sich etwas anzutun. Er war immer da und hielt sie fest, bis aus dem Schmerz und der Verzweiflung irgendwann Tränen wurden.

Über seine eigene Trauer verlor er kein Wort, alles

drehte sich darum, Sara ihre zu nehmen. Nachts lagen sie auf der Matratze in der Abstellkammer, und immer, wenn sie vor Trauer nicht in den Schlaf fand, erzählte er ihr die schönsten Werke der Theatergeschichte. Auch tagsüber wich Michal kaum von ihrer Seite. Aus Dankbarkeit, die Sara für Liebe hielt, erwiderte sie seine Zuneigung.

Doch dann trat Edmund in ihr Leben.

Michal hatte ihn im *Melodie-Palast* mehrfach singen gehört. Und da er stets darauf bedacht war, die ohnehin schon hohe Qualität seiner Truppe zu steigern, stellte er ihn an. Schließlich sang kein Mann aus dem Ensemble so großartig wie Edmund. Nicht Zylberman, nicht Józek, schon gar nicht Michal, der ein phantastischer Autor, ein hervorragender Intendant und ein sehr guter Schauspieler und Regisseur war, aber höchstens ein passabler Sänger.

Sara war sich nicht einmal sicher, ob Michal es bereute, Edmund ans *Femina* geholt und damit sie verloren zu haben, denn er war ohne jeden Zweifel ein Gewinn für Michals geliebtes Theater.

Inzwischen hatte Sara die schwere Tür zum Ausgang erreicht, mit aller Kraft zog sie sie auf und trat in ihrem viel zu dünnen Kleid in die eisige Kälte. Endlich konnte sie etwas spüren, das außer ihr lag. Sie nahm tiefe Atemzüge, sog die kalte Luft mit weit offenem Mund in die Lungen, bis sie den Schmerz nicht mehr ertrug.

Erst dann konnte sie einen klaren Gedanken fassen: Michal war schon nicht mehr Michal gewesen, als er zu

Porusch ging. Seine wiederkehrenden Alpträume hatten ihn dazu gebracht, sein geliebtes *Femina* im Stich lassen zu wollen.

Aber auch sie war nicht mehr sie selbst, seitdem er ihr das Angebot unterbreitet hatte.

Sara atmete noch einmal tief durch. Sie war sich nun sicher, was sie tun würde. Sie würde den Spieß umdrehen. Sie würde Michal das Geld abnehmen. Und sie wusste auch genau, wie sie es tun könnte. Michals Leben war jetzt in ihren Händen. Und nicht mehr ihres in seinen.

Ihr Blick fiel zum Ende der Gasse. Seltsamerweise waren beide Bettler nicht mehr an ihren Plätzen, weder der ehemalige Schraubenfabrik-Besitzer noch die Frau. Normalerweise harrten die beiden immer bis zum Ende der Vorstellung aus, da die Theaterbesucher in der Regel nach der Vorstellung spendabler waren.

Ohne einen weiteren Gedanken daran zu verschwenden, ging Sara wieder herein, sie musste zum Ende des ersten Aktes auftreten. Als sie die Holztür erreichte, hörte sie, wie Zylberman auf der Bühne von den anderen Bewohnern des Zimmers Spenden eintrieb: «Es ist hier ein großes Haus, aber bei den meisten ‹es geyt mit der puter arob›.»

«Wie bitte?», fragte Zivia, die gemeinsam mit Zylberman, Michal und Edmund in der ordentlichen Hälfte des Zimmers stand.

«Bei den meisten fällt das Brot immer mit der Butter nach unten», übersetzte ihr Michal.

«Wir werden», erklärte Zivia feierlich, während Sara die Bühne betrat, «regelmäßig und sogar gerne unseren monatlichen Mitgliedsbeitrag für das Hauskomitee zahlen, um diesen Menschen zu helfen.»

Sara, Edmund und Michal stimmten zu: «Selbstverständlich! Das ist doch klar! Aber natürlich!»

«Verzeihung», fragte Zylberman, «sagten Sie den Mitgliedsbeitrag?»

«Ja, warum?»

«Es sind Beiträge.»

Die Zuschauer schütteten sich aus vor Lachen. Was wären sie froh gewesen, wenn auch sie nur einen Beitrag in ihren Häusern hätten zahlen müssen.

«Zahlt man etwa zwei Beiträge?», staunte Zivia.

«Was heißt zwei? Zweiundzwanzig!»

Das Publikum grölte. Seit Saras Tritt in Zylbermans Hintern war die Stimmung ausgelassen.

Musik ertönte, und Zylberman begann zu singen:

Für den Fonds und die Gemeinde,
für das Wohl der Mietvereine,
für Mutter, Kind und das Gelände,
fürs Spital noch eine Spende,
für die Gesundheitsaktion
und auch was für den Rettungsfonds,
was fürs Tier, die Wäscherei,
für religiöse Feierei,
für die Künstler und Artisten,
für die Armen auf den Listen,

gegen Typhus, zur Entlausung
und im Winter zur Behausung,
für zentrale Suppenküchen
sowie auch bei Vulkanausbrüchen,
für dies und das und überhaupt
und für des Wachmanns Fernurlaub,
und wenn dann alles g'recht geteilt,
dann kriegt den Rest die Polizei!

Im Publikum stampften einige dazu rhythmisch auf den Boden. Und Zylberman fragte die Bewohner des Zimmers: «Wissen Sie jetzt Bescheid?»

Sara rief: «Ja!», und sang gemeinsam mit Zivia, Edmund und Michal den ganzen Sermon noch mal von vorne: *«Für den Fonds und die Gemeinde …»*

Es war das perfekte, schwungvolle Lied zum Ende des ersten Akts. Sara sang es mit den anderen, war in Gedanken aber bei den nächsten Schritten, die sie gleich ergreifen würde. Sie mochte nicht die beste Schauspielerin sein, aber sie war sehr gut darin – vielleicht sogar besser als Michal und Edmund –, auf der Bühne ihr Herz zu verbergen, von dem sie bis eben noch nicht gewusst hatte, wie finster es sein konnte.

Als das Lied gegen Ende war, sang Edmund:

Habt ihr euch alles gemerkt?

Michal antwortete:

Es ist nicht das Merken alleine,
es ist das Geld, um das ich weine ...

Und Zivia sprach, während die Musik ausplätscherte: «Sehen wir das Gute daran!»

«Wo ist denn das Gute?», fragten Sara, Michal und Edmund wie aus einem Mund.

«Unser kleines Geld wird für lauter edle Anliegen verwendet.»

Sara, Michal und Edmund stöhnten. Laut. Und so lange, bis der Vorhang geschlossen war. Es gab die Pause.

«Ich dachte», sagte Zivia enttäuscht, «sie würden jetzt klatschen.»

«Das kommt noch», sagte Edmund, «das kommt noch.»

Er ging zusammen mit Zivia von der Bühne, sichtlich bemüht, Sara zu meiden. Sie ließ es geschehen, sie würde erst wieder zu ihm gehen, wenn sie das Geld hatte. Und dafür wandte sie sich an Michal: «Auf ein Wort?»

Sie ging zum Bühnenrand an den geschlossenen Vorhang, Michal folgte ihr.

Sara sagte kalt: «Du gibst mir das Geld von Porusch.»

«Was?» Michal sah sie überrascht an.

«Du gibst mir das Geld.»

«Wieso?»

«Ich gehe mit Edmund aus dem Ghetto.»

Michal sah sie fassungslos an.

«Gib mir das Geld!»

«Warum», versuchte Michal Widerstand aufzubauen, «sollte ich das tun?»

«Ich zeig's dir.»

Sie öffnete den Vorhang einen Spalt.

«Schau.»

Beide blickten in den Saal, in dem einige Zuschauer aufgestanden waren, während die Musiker sich auf den Weg hinter die Bühne machten. Nur Wesby saß am Piano und spielte Hintergrundmusik, in die er sich selbst verlor. Es schien, als ob er diese sanfte Pausenmusik mehr liebte als die schmissigen Lieder des Stücks. Ein jeder suchte sich seine Fluchten.

«Was soll ich da sehen?», fragte Michal.

«In der Mitte die Reihe.»

«Die Judenpolizisten?»

Die Männer unterhielten sich miteinander, ohne den Rest der Zuschauer zu beachten. In ihrer freien Zeit blieben sie als Schergen der Deutschen lieber unter sich.

«Die Judenpolizisten», bestätigte Sara.

«Was ist mit denen?»

«Wenn du mir das Geld nicht am Ende der Pause aushändigst, verrate ich dich an sie.»

Die Pause

Zehn Minuten. Zehn Minuten würde die Pause sein. Hatte sie Michal zu viel Zeit eingeräumt? Zu wenig? Sara schob die Frage beiseite, ließ den entsetzten Michal einfach stehen und machte sich erneut auf den Weg nach draußen. Sie kam dabei an der Damengarderobe vorbei, linste hinein und stellte fest, dass weder Zivia, Fayge noch Rachel darin waren. Sie schnappte sich Zivias dunkelgrünen Mantel – ihr eigener lag noch unten in ihrer Kammer bei Esther, und die wurde gewiss gerade von Edmund besucht. Außerdem war Zivias Mantel viel wärmer.

Sara eilte aus der Garderobe, zog die klemmende Tür mit Kraft auf, stieß dabei an ihre eitrige Frostbeule, fluchte vor Schmerz und trat ins Freie.

In der Abendkälte begutachtete Sara ihre Wunde. Sie sah so widerlich aus, dass Sara sich schütteln musste und die Hände lieber in die Manteltaschen steckte. Vielleicht sollte sie Zivias Mantel mitgehen lassen? Die Kollegin würde sie ohnehin hassen, da das neue Stück ohne Sara und Edmund direkt nach der Premiere wieder abgesetzt werden müsste. Vielleicht würde es Zivia ein wenig trösten, wenn das Publikum heute klatschte. Warum Zivia sich das so in den Kopf gesetzt hatte, verstand Sara nicht. Sie wusste, dass ein Applaus auch jene inneren Wunden heilen konnte, die schlimmer als Frostbeulen waren. Allerdings nur für kurze Zeit. Nachdem er verhallte, dauerte es meist nicht sehr lange, bis sie wieder aufrissen.

Zivia zuliebe würde Sara heute alles tun, damit die Zuschauer ihre kalten Hände aus den Manteltaschen nahmen und applaudierten. Aber auch sich selbst zuliebe, schließlich handelte es sich um ihre letzte Vorstellung im Ghetto.

Würde sie noch mal in ihrem Leben auf einer Bühne stehen?

Wenn die Deutschen den Krieg gewönnen, gewiss nicht.

Was, wenn die Russen siegen würden?

Ob nach dem Krieg noch ein Theater stehen würde? Vielleicht würde ein neues Zeitalter der fahrenden Schauspieler beginnen. So wie einst mit der *Theatergruppe Jung Wilne* könnte Sara durch Polen reisen. Vielleicht könnte sie mit einer Gruppe namens *Ghetto-Theatertruppe* vor jiddisch sprechenden Menschen in aller Welt auftreten – auch wenn es nicht mehr so viele von ihnen geben würde, so würden doch gewiss auch einige überleben, sie mussten es einfach! Und vielleicht könnte sie die Stücke für diese Truppe schreiben. Nach so einem Krieg würde doch eine neue Zeit anbrechen. Eine, in der alle alten Gewissheiten gestorben waren, auch die alten Regeln. Frauen dürften dann gewiss Komödien, Tragödien, Operetten und Farcen schreiben.

Sara fühlte sich so stark wie nie zuvor in ihrem Leben.

Sie hatte Michal in der Hand.

Und besaß das erste Mal seit Jahren eine Vorstellung von ihrer möglichen Zukunft.

Als dann noch der graue Himmel aufriss und die untergehende Sonne kurz ihre Strahlen über die Dächer der Häuser auf die kleine Gasse schickte und sie in ein goldenes Licht tauchte, hätte sie am liebsten ihre Freude der Abendsonne entgegengeschrien. Wie Golema, als sie ihren Herrn und Meister besiegt hatte.

«Hier steckst du also», sagte Edmund und trat, bekleidet mit brauner Lederjacke und grauer Schiebermütze, zu ihr.

«Ja», strahlte sie ihn an. «In der Sonne.»

«Du lächelst?», staunte Edmund.

«Gut beobachtet.»

«Warum?»

«Weil ich das Ghetto verlassen werde.»

Es traf Edmund sichtlich.

Sara musste lachen.

«Du bist ja sehr froh darüber», stellte Edmund bitter fest. Er musste nun mal davon ausgehen, dass die beiden sich nach der Vorstellung nie wiedersehen würden.

«Ja!», lachte Sara noch lauter. Sie wollte ihn umarmen, aber er hielt seine Hände abwehrend vor die Brust. Dabei stieg Zorn in sein Gesicht.

«Jetzt schau doch nicht so.»

«Nicht so schauen», antwortete er wütend.

«Wir gehen zusammen», lachte sie.

«Zusammen?»

Sara hatte ihm von ihrem Plan erst erzählen wollen,

nachdem Michal klein beigegeben hatte, aber sie fühlte sich stark und lebendig. Die Worte sprudelten aus ihr heraus, sie konnte gar nicht anders.

«Michal gibt uns das Geld. Er bleibt hier, und wir beide können aus dem Ghetto fliehen!»

Sie wollte Edmund küssen, wie sie ihn noch nie hatte küssen wollen. Doch er begriff nicht, was auf Anhieb auch nicht zu begreifen war: «Warum ... warum tut Michal das?»

«Weil ich ihn dazu bringe.»

«Du bringst ihn dazu? Wie?»

«Ich habe ihn erpresst.» Sara wusste, dass sie stolzer darauf war, als sie es hätte sein sollen. Aber es war ihr einerlei. Golema!

Edmund starrte sie fassungslos an.

«Michal hat das Geld von Porusch gestohlen.»

«Dem Zahnarzt?»

«Nein», Sara wurde im Überschwang regelrecht albern, «von Porusch, dem Tanzbeinschwinger.»

«Sara!»

«Von dem Zahnarzt», kicherte Sara und merkte dabei, wie überdreht sie war.

«Und Porusch hat Michal noch nicht gemeldet?»

Bei dem Gedanken daran, was Michal dem Mann angetan hatte, war es, als hätte ihr jemand mitten in einem ausgelassenen Tanz einen Eimer Eiswasser über den Kopf gekippt.

«Porusch hat ihn angezeigt?» Edmund deutete Saras Blick falsch.

«Michal hat ihn getötet.»

Edmund wurde bleich im Gesicht.
«Er wollte es nicht», begann Sara, trotz allem, Michal zu verteidigen. «Er hat Porusch geschubst, der fiel unglücklich gegen die Tischkante. Und außerdem hat das Schwein gefälschte Impfungen verkauft und damit zahllose Menschen auf dem Gewissen.»
«Und du», begriff Edmund, «erpresst Michal nun damit, ihn an die Polizei auszuliefern?»
Sara nickte.
Und schämte sich.
Edmund trat einen Schritt von ihr weg.
«Ich tu es doch für uns.»
Edmund trat noch einen weiteren Schritt zurück.
«Für uns!», wiederholte sie.
Er sah sie an wie eine Fremde.
«Für uns, verdammt noch mal!»
Er durfte sie nicht so ansehen!
«Edmund!»
Sie würde alles dafür tun, dass er sie wieder ansah wie zuvor. Alles!
Edmund schwieg.
Nein, nicht alles.
Golema!
«Ich will aus dem Ghetto raus», sagte sie nun ebenfalls zornig. «Ich muss hier raus! Hier werden wir sterben!»
«Ich will auch hier raus», wurde Edmund nun milder.
«Dann lass uns gehen!»
«Ich erpresse keinen Freund.»
«Michal hat einen Menschen getötet!»

Das brachte Edmund offenbar doch zum Nachdenken. Er ging ein paar Schritte im Kreis, dann stellte er sich wieder vor Sara. Er sah sie nicht mehr wie eine Fremde an ...

«Ich möchte mit dir gehen.»

... sondern mit Liebe in den Augen.

Sara hätte vor Freude darüber, dass er sie nicht mehr verachtete, am liebsten geweint, gejubelt oder gelacht.

«Ich meine es so», bekräftigte Edmund und streichelte ihre Wange. Sanft. So wenig vergleichbar mit Zylbermans Streicheln zuvor, dass Sara kaum daran dachte, wie sie sich hatte ekeln müssen, vor allem über sich selbst. Sie würde das Ghetto verlassen und sich nicht mehr die Frage stellen müssen, ob sie die Gespielin des Schwarzmarkthändlers werden wollte, um nicht vor Hunger zu sterben.

«Aber ...»

Saras Herz stand still, als sie Edmund dieses Wort sagen hörte.

«... ich kann es nicht», vollendete Edmund den Satz und nahm seine Hand wieder von ihrer Wange.

Jetzt kamen ihr die Tränen. Nicht wie eben noch erhofft vor Freude. Sondern aus lauter Verzweiflung: «Warum nicht?»

«Ich muss bei meiner Schwester bleiben.»

Die Tränen liefen über Saras Gesicht.

Edmund wollte sie in die Arme nehmen. Aber sie schubste ihn mit beiden Händen weg: «Geh!»

«Sara ...»

«Geh!»

«Sie wird alleine nicht überleben ...»

«Geh!» Sara bebte vor Zorn und Verzweiflung.

Edmund sagte nichts. In seinen Augen erkannte sie jetzt jene Traurigkeit, die er sonst nur zuließ, wenn er sich nachts unbeobachtet fühlte. Er nickte kurz und ging zurück ins Theater.

Sara wischte sich die Tränen fort. Vergeblich. Dann würde sie halt weinen ...

«Ärger im Paradies?», hörte sie Rachels spöttische Stimme.

Die Alte hinkte in ihrem Hauswirtin-Kostüm zur Tür heraus und steckte sich eine der Zigaretten an, die sie vermutlich von Zylberman für ihre Dienste bekommen hatte.

Hastig trocknete sich Sara die Tränen und fragte: «Hast du uns etwa belauscht?»

«Das mache ich nun mal gerne», grinste Rachel und begann, die Zigarette zu rauchen.

Sara fehlte die Kraft, sie zu beschimpfen.

«Weißt du, Mädchen, es gibt nicht nur die eine wahre Liebe im Leben.»

Sara fehlte sogar die Kraft, sich umzudrehen und wegzugehen.

«Glaube mir, ich habe viele Männer geliebt. Es kommt immer wieder ein neuer. Das ist wie mit der Hauswirtin im Stück. Ihr Mann ist gestorben, am Ende heiratet sie den Mieter Finkelstein. So sind wir Menschen nun mal gemacht.»

Sara konnte sich nicht vorstellen, jemand anderen als Edmund zu lieben. Oder so alt zu werden wie Rachel.

«Geh mit Michal.»

«Du hast alles gehört?»

«Ich habe mich hinter der Tür versteckt. Dein Edmund hat mich beim Reinkommen nicht mal gesehen», grinste die Grauhaarige mit dem Dutt.

«Wenn du alles gehört hast, weißt du auch, was Michal getan hat.»

«Das hat er getan, damit du leben kannst.»

Sara wusste darauf nichts zu erwidern.

«Für mich», grinste Rachel, «hätte er das jedenfalls nicht getan. Das hätte keiner von denen, die mir im Laufe der Jahrzehnte verfallen waren, für mich getan. Im Vergleich zu Michal waren das alles Waschlappen.»

«Ich liebe aber Edmund.»

«Und der ist auch ein Waschlappen.»

«Hör mal!»

«Würde er für dich töten?»

Es war nicht das erste Mal, dass in Sara ein Hauch von Zweifel an Edmunds Liebe aufkam. Schon vom ersten Kuss an hatte sie ihn gespürt. Wie sonst auch wollte sie den Zweifel sofort beiseiteschieben, aber Rachel legte nach: «Michal hat für dich getötet.»

Sara schluckte. Die Wahrheit, die die Alte aussprach, gefiel ihr nicht.

«Du bist für Edmund sogar bereit, Michal zu opfern. Er aber opfert niemanden für dich.»

Edmunds Stimme hallte in Sara nach: ‹Ich muss bei meiner Schwester bleiben.›

Rachel hatte recht.

«Ich muss wieder rein, es ist zu kalt», bibberte die alte Schauspielerin und hinkte, die Zigarette im Mundwinkel, zurück ins Theater.

Der Wind zog an. Sara spürte ihn nicht. Auch nicht die Kälte. Ihr Blick fiel auf eine Holzkiste, die neben der Eingangstür stand. Mit dem rechten Mantelärmel wischte sie den Schnee beiseite, setzte sich auf die Kiste und vergrub ihre Hände wieder in die Manteltaschen. Sie sah hoch, in der Hoffnung, die Abendsonne könnte ihr Trost spenden. Erst jetzt bemerkte Sara, dass die Strahlen schon lange nicht mehr durch die dunkelgrauen Wolken drangen. Wolken, die die Herrschaft über den Himmel übernommen hatten wie die Deutschen über das Ghetto, die Juden und die halbe Welt.

‹Das hat er getan, damit du leben kannst.› Rachels Satz ging Sara nicht mehr aus dem Kopf.

Liebte Michal sie mehr als Edmund?

War das nicht unwichtig, weil nur wichtig war, wen sie selbst liebte?

Oder war es, wie Rachel sagte, dass immer wieder ein neuer Mann in ihr Leben treten würde?

Und es letztlich doch nur darum gehen würde, das eigene Leben zu retten? Denn tot konnte sie niemanden mehr lieben.

Da Edmund nicht bereit war, mit ihr zu gehen, war es letztlich auch egal.

Sara atmete durch. Wie lange noch, bis sie wieder auf die Bühne müsste? Sechs Minuten? Fünf?

Sie zog ihre Hand aus der Manteltasche und betrachtete die Frostbeule. Sie kam ihr fremd vor, als ob sie nicht zu ihr gehörte.

«Du willst, dass ich dir das Geld gebe!», hörte sie plötzlich Michals Stimme.

Sara drehte sich zur Tür, Michal schien viel gefasster zu sein als zuvor. Er zitterte zwar, aber nur vor Kälte, denn er hatte sich keinen Mantel über den Anzug gezogen. Er nahm seine beschlagene Brille ab und hielt sie in der Hand.

Sara wusste nicht mehr, was sie wollte. Bei einem Mann bleiben, der nicht mit ihr gehen mochte, oder mit einem Mann gehen, der sie retten wollte?

«Ich habe lange darüber nachgedacht», sagte Michal ernst und stellte sich vor sie, «warum ich mich ausgerechnet in dich verliebt habe. Und warum ich nicht von dir ablassen kann, obwohl du meine Gefühle nicht erwiderst. Anfangs dachte ich, die Erklärung wäre ganz einfach.»

Sara wurde neugierig, das wollte sie gerne hören.

«Ich bin schlicht und einfach wahnsinnig geworden.»

Da musste Sara lächeln. Vielleicht weil sie sich im Laufe des Abends auch gefragt hat, ob sie vielleicht wahnsinnig wurde. Warum auch nicht, schließlich war die ganze Welt wahnsinnig geworden.

«Und warum auch nicht», hörte Sara, wie Michal ihre eigenen Gedanken laut aussprach, «die ganze Welt ist doch wahnsinnig geworden.»

Das war der Unterschied zwischen den beiden Männern in Saras Leben: Egal, wie sehr sie Edmund auch liebte, Michal dachte in vielen Dingen wie sie. Vielleicht weil er ein Autor war und sie im Herzen Autorin?

Jedes Mal, wenn er über sein Schreiben sprach oder als Regisseur den Darstellern seine Dialoge erklärte, lauschte Sara wissbegierig. Sie wollte von ihm lernen. Und in der kurzen Zeit, in der sie ein Paar gewesen waren, hatte sie ihn fragen können, wie man ein Stück strukturierte oder was es bereits alles über seine Charaktere zu wissen galt, bevor man die erste Zeile schrieb. Die meisten seiner Antworten hatte Sara nicht auf Anhieb verstanden, weil Michal seine Worte oft mit Beispielen untermauerte aus Stücken von Dramatikern, die sie nicht kannte. Dennoch hatte sie viel aus den Gesprächen mitgenommen.

Wenn sie beide sich nach einer Flucht auf dem Bauernhof verstecken würden, hätten sie Tage, Monate, womöglich sogar Jahre, um sich über das Schreiben und das Theater auszutauschen. Er könnte ihr Tipps geben beim Verfassen von *Golema*. Sie könnten über weitere Stücke nachdenken, vielleicht sogar welche zu Papier bringen. Es wären Stücke, die sie später mit der *Ghetto-Theatertruppe* aufführen könnten auf den Tourneen, die sie noch viel weiter als nach Spanien führen würden. Michal würde Regie führen oder, noch besser, er würde sie an das Regiefach heranführen.

«Ich liebe dich», erklärte Michal, «weil du besonders bist.»

Besonders? So hatte Sara noch nie über sich gedacht.

«Du hast einen großen Schmerz in dir, den ich nicht greifen kann.»

Sie hatte ihm nie von Efrajim erzählt und auch nie von

dem Bruch mit ihren Eltern. Das hatte sie nur Ada und Edmund offenbart.

«Aber eins weiß ich: Aus deinem Schmerz speist sich eine große Kraft.»

Der Schmerz als Quelle der Kraft? So hatte sie noch nie darüber nachgedacht.

«Kraft, deine Familie zu verlassen. Kraft, dich als Kind dem fahrenden Volk anzuschließen. Kraft, mich zu erpressen.»

Sara sah beschämt auf den Boden.

«Ich bin nicht so stark wie du», sagte Michal.

Sara blickte ihn erstaunt an. Er hatte schließlich einen Mann getötet, wenn auch unabsichtlich.

«Aber ich lass mich von dir nicht erpressen.»

Was sollte das jetzt bedeuten?

«Ich habe das alles nicht geplant, um dich zu retten.»

‹Nicht?›, hätte Sara am liebsten gefragt, schwieg aber.

«Ich habe es getan, um mein Leben zu retten. Porusch hatte aber so viel Geld, dass ich dich mitnehmen kann.»

«Oh», wusste Sara nicht mehr darauf zu sagen. Sie hatte Michals Liebe zu ihr überschätzt. Seltsamerweise erleichterte sie das so sehr, dass sie sich das erste Mal vorstellen konnte, mit ihm zu gehen.

«Ich habe den Alptraum mit dem heranrasenden Zug mittlerweile jede Nacht. Ich weiß nicht, warum ich ihn träume, aber ich weiß, was er bedeutet.»

Sara wusste es ebenfalls.

Jeder im Saal, so war vorhin ihr Eindruck gewesen, hatte es zumindest geahnt.

«Gestern hat mir jemand etwas Schreckliches erzählt über Chełmno.»

«Das Lager?»

«Sie pferchen Juden dort in Lastwagen und leiten die Abgase hinein, bis die Menschen ersticken. Männer. Frauen. Alte. Kinder.»

Es klang ungeheuerlich. Doch Sara glaubte es sofort. Im Gegensatz zu den meisten Juden im Ghetto, die stets davon ausgingen, es könne nicht mehr schlimmer kommen, obwohl es immer schlimmer wurde, machte sie sich keine Illusionen mehr über die Deutschen.

«Ich steige», sagte Michal, «in keinen Lastwagen und in keinen Zug. Aber wenn du bei Edmund bleiben willst, mach das. Ich frage dann Zivia.»

«Ich», sagte Sara und versuchte, dabei entschlossen zu wirken, obwohl sie wegen Edmunds Ablehnung wankte, «werde dich verraten, wenn du mir das Geld nicht gibst.» Sie hoffte, dass sie mit dem Geld in den Händen Edmund umstimmen könnte.

Michal sah sie prüfend an. Sara entschloss sich, dem Blick standzuhalten. Und sie schaffte es. Doch auch Michal hielt den Blick und erwiderte: «Dann bleibt dir nicht mehr viel Zeit dafür. Der zweite Akt ist kürzer als der erste.»

Michal hatte ihr mal erzählt, dass bei seinen Stücken der zweite Akt immer wesentlich kürzer war als der erste. Seine Stücke sollten nach der Pause Geschwindigkeit aufnehmen, turbulenter werden und mehr Wendungen haben als im ersten Akt, obwohl die Zeit kürzer war. Michal fand, dass die Zuschauer beschwingt, fast trunken, mit dem Gedanken nach Hause gehen sollten, die Vorstellung hätte gerne noch viel länger dauern dürfen.

«Du kannst dich immer noch entscheiden, mit mir zu kommen», Michal sagte das, obwohl sie ihn erpresste. Weil er sie liebte? Oder weil er nach seiner Verfehlung Verständnis dafür hatte, was man aus Verzweiflung tat? Vermutlich beides.

Er wollte gerade ins Theater zurückgehen, da fiel sein Blick auf den Eingang der Gasse: «Wo sind denn unsere Bettler?»

Sara folgte seinem Blick, die beiden waren immer noch nicht wieder da.

«Ich weiß es nicht.»

«Merkwürdig», fand Michal und öffnete die Tür. Sara blickte ihm nach. Dabei kam ihr das Duett in den Sinn, das sie später im Stück mit Edmund auf der Bühne singen würde:

Ach, die Lage ist fatal,
was soll ich tun, was soll ich tun?
Ja, fatal und nicht normal.
Was soll ich nur tun?

Es war, als ob Michal ein Hellseher war, weil er das geschrieben hatte. Nein, nicht als ob. Er war einer! Der von Zügen träumte, die einen überrollen wollten. Und von Lastwagen wusste, in denen Juden vergast wurden. Kinder.

Soll ich bleiben oder geh'n,
was soll ich tun, was soll ich tun?

Der Gesang in ihrem Kopf wurde von einem anderen, echten, unterbrochen, der von der Straße herüberschallte:

Das kann doch einen Seemann nicht erschüttern.

Sara sah alarmiert die Gasse herunter, noch war kein Mensch zu sehen.

Keine Angst, keine Angst …

Der ältere der beiden SS-Männer, der vor etwa einer Stunde die Straße blockiert hatte, ging jetzt auf der Hauptstraße entlang. Er befand sich genau auf der Höhe ihrer Gasse. Der Schreck fuhr Sara in die Glieder. Sie kauerte sich auf der Kiste zusammen. Hoffentlich würde er nicht in ihre Richtung schauen.

Wir lassen uns das Leben nicht verbittern …

Der Soldat blickte nicht in die Gasse. Sara hoffte inständig, dass jetzt niemand aus dem Theater herauskommen würde.

Keine Angst, keine Angst, Rosmarie!

Gleich würde er die andere Straßenseite erreicht haben. Drei Schritte noch. Zwei Schritte. Einer ...

Der SS-Mann blieb an der Ecke stehen, wo der ehemalige Industrielle immer gesessen hatte, und betrachtete irgendetwas interessiert. Was, konnte Sara nicht erkennen. Bloß nicht bewegen.

Der Soldat sang leiser:

Und wenn die ganze Erde bebt
und die Welt sich aus den Angeln hebt ...

Nicht bewegen!

Dann schmetterte er laut ...

Das kann doch einen Seemann nicht erschüttern ...

... und machte den letzten Schritt an der Gasse vorbei.

Keine Angst, keine Angst, Rosmarie!

Sara sprang von der Kiste auf und hastete zurück ins Theater.

Zweiter Akt

Sie lief die Treppen nach unten und versuchte, sich auf das, was vor ihr lag, zu konzentrieren: auf den zweiten Akt. Die letzten Wochen hatte sie an nichts anderes denken können als an ihre erste Hauptrolle. Und jetzt drohte sie in ihrem aufgewühlten Zustand zu vergessen, was ihr während der dreiwöchigen Proben von Michal an Text und wie man ihn darzubieten hatte, eingebläut worden war.

Der zweite Akt begann damit, dass Zivia und Michal von Fayge beim Küssen erwischt werden und dann ... ja, dann folgte auch schon jenes Lied, das Sara, Michal und Edmund gemeinsam singen würden und in dem es darum ging, wem von den beiden Männern Sara nun ein Küsschen geben sollte.

Sara musste auflachen: Wem sie das Küsschen geben sollte? Hach, mit einem Male klang das alles wunderbar absurd!

«Was ist so komisch?», fragte Rachel, die im Gang hinter der Bühne ihre Zigarette mit dem Schuh auf dem Boden austrat. Sara antwortete im Vorbeieilen: «Einfach alles!»

«Ihr jungen Leute habt einen merkwürdigen Sinn für Humor», murmelte die Alte und folgte Sara hinkend.

Hinter der Tür hatten sich bereits Edmund, Fayge und Józek für ihre Auftritte versammelt.

Auf der Bühne sang Zivia gerade mit Michal dasselbe Lied, das sie im ersten Akt bereits mit Edmund gesungen hatte über das schöne kleine Zuhause:

... du und ich hier allein.
Du und ich, nur wir zwei.

Erst beim Anblick der Kollegin fiel Sara auf, dass sie noch Zivias Mantel trug. Sie zog ihn schnell aus. Da es zu spät war, den Mantel zurück in die Garderobe zu bringen, faltete sie ihn ordentlich und legte ihn neben die Holztür auf den Boden.

Danach linste Sara durch den Spalt zwischen Kulisse und Holztür und sah, wie Michal und Zivia sich küssten. Sie beobachtete es mit gemischten Gefühlen: Würde Michal tatsächlich mit Zivia aus dem Ghetto fliehen und sie zurücklassen? Und würde sie ihn, um das zu verhindern, tatsächlich an die Judenpolizei verraten?

Fayge betrat durch die Holztür die Bühne und sagte: «Küsst euch nur, meine Lieben!»

Michal und Zivia ließen erschrocken voneinander ab und riefen: «Hach!» und «Huch!».

Fayge lachte.

«Du?», staunte Zivia.

«Ja! Ich habe von meinem geliebten Józek gehört, dass meine alte Schulfreundin Zivia geheiratet hat. Tut mir leid, wenn ich zu einem unpassenden Zeitpunkt hereinplatze, ihr beide seid ja soooo verliebt!» Fayge spielte die Rolle der von der Liebe anderer Verzückte sehr gut.

«Es ...», stammelte die beim Fremdgehen ertappte Zivia, «es ist nicht so, wie du denkst.»

«Ich denke gar nichts. An deiner Stelle würde ich auch von früh bis spät küssen. Du hast einen so netten Mann. Eigentlich könntest du uns bekannt machen.»

«Das wollte ich dir gerade erklären, dass ich ... dass wir ...», stammelte Zivia noch mehr, zum großen Vergnügen der Zuschauer. Insbesondere der Schwarzmarkthändler Fajerman schien sehr belustigt, zumal er in seiner Loge öffentlich zur Schau trug, dass er keinerlei Scham beim Fremdgehen besaß.

Sara wurde bei dem Anblick des dicken Mannes klar, dass sie um keinen Preis seine Geliebte sein wollte. Einerlei wie sehr sich ihr Leben sowie das Leben von Edmund und Esther damit auch verbessern ließe. Ihr wurde schlecht, weil sie überhaupt so etwas in Erwägung gezogen hatte.

Zivia zog Michal zur Seite, und die beiden taten so, als ob sie flüsterten, waren aber für den ganzen Saal hörbar:

«Michal, was machen wir nur? Was wird sich Edmund nur denken?»

«Edmund? Was wird Sara sagen?»

«Schrecklich, das überlebt er nicht.»

«Sie wird es auch nicht überleben.»

«Wir begehen einen Doppelmord.»

Fayge musste währenddessen so tun, als ob sie von dem lautesten Flüstern der Welt nichts mitbekam.

Edmund und Sara nahmen hinter den Kulissen jeweils

zwei alte kaputte Schuhe, die nicht mal Bettler gestohlen hätten, steckten ihre Hände hinein und schlugen sie so auf die Holzdielen, dass es wie Schritte klang. Mit jedem Schlag wurde es lauter, man sollte denken, zwei Menschen näherten sich dem Zimmer.

«Edmund und Sara kommen!», sagte Zivia panisch. «Was machen wir nun?»

«Einen Doppelselbstmord?», schlug Michal vor.

Großes Gelächter im Publikum.

Sara musste an die Schere denken, mit der sie sich nach Adas Tod die Adern hatte aufschlitzen wollen. Ob im Saal Zuschauer waren, die wie sie an einen misslungenen Selbstmordversuch dachten? Oder an einen gelungenen eines geliebten Menschen?

Edmund und Sara hörten auf mit ihren falschen Schritten.

«Sie sind da!», flüsterte Zivia entsetzt.

«Lasst uns verstecken und die beiden überraschen», lachte Fayge, die immer noch nicht begriffen hatte, dass der Mann neben Zivia nicht deren Ehemann war. «Schnell, alle hinter die spanische Wand!»

Fayge, Michal und Zivia versteckten sich hastig hinter der Trennwand.

Sara und Edmund betraten gleich darauf die unordentliche Seite des Zimmers.

«Komm, Mundi», bat Sara, «küss mich.»

«Ich habe aber ein schlechtes Gewissen.»

Hinter der spanischen Wand schimpfte Zivia: «Solltest du auch haben.»

«Aber was soll's!», rief Edmund mit einem Mal. «Lass uns küssen!»

«Was für ein Schwein», schimpfte Michal mit Emphase.

«Was für eine Schlange», zischelte Zivia wie eine solche.

Küssen.

Sara sollte Edmund jetzt küssen, vor aller Augen.

Wie würde ein Kuss mit ihm nach der Auseinandersetzung vorhin sein?

So liebevoll, dass sie im Ghetto bleiben würde? So innig, dass Edmund mitkommen würde? Oder würde es nach allem, was in der letzten Stunde geschehen ist, ein Kuss mit so wenig Liebe sein, der besiegelte, dass sich ihre Wege für immer trennten?

Sara würde es nicht erfahren, denn das Stück sah vor, dass der Kuss an dieser Stelle nicht zustande kam.

«Bei drei», sagte Fayge fröhlich hinter der Trennwand, «springen wir hervor. Eins ...»

Saras und Edmunds Lippen näherten sich indessen ...

«Zwei ...»

... und standen kurz vor dem Kuss.

«Überraschung!», rief Fayge, und alle drei sich Versteckende sprangen hinter der Wand hervor.

«Ahh!», riefen Sara und Edmund laut vor Schreck.

Michal und Zivia sahen die beiden böse und eifersüchtig an. Von Ehebrechern zu Ehebrechern.

Da trat Józek auf die Bühne mit zwei Flaschen in der Hand: «Lasst uns einen trinken. Oder am besten gleich fünf!»

«Wodka!», rief Fayge, lief zu ihm und gab ihm einen

Kuss, den er laut schmatzend erwiderte. Danach rief Józek: «Der ist selbst gebrannt!»

«Also ein Blindmacher!», stellte Michal fest.

«Das sind die Besten!», rief jemand aus dem Publikum, was viele amüsierte. Auch Józek, der, während er auf dem unaufgeräumten Tisch Gläser mit dem Wasser aus den Flaschen auffüllte, den anderen zuraunte: «Der Mann weiß, wovon er spricht.»

Jetzt betrat auch die Hauswirtin die Wohnung. Bis auf Zylberman und die kleine Esther stand das ganze Ensemble auf der Bühne.

«Unsere geliebte Wirtin!», rief Edmund. «Trinken Sie mit uns!»

«Aber ...»

«Trinken! Trinken! Trinken!», riefen alle.

«Wenn es denn sein muss», grinste die Alte.

Alle stießen an, kippten ihre Gläser auf ex herunter und lachten. Józek schenkte gleich nochmal ein.

«Ich wollte», verkündete die Wirtin, «Ihnen mitteilen, dass es auch bald mit mir so eine Feier gibt. Ich heirate Herrn Finkelstein!»

«Gratulation!», rief Zivia und trank erneut auf ex, die anderen taten es ihr gleich. Danach lachte sie beschwipst, der schwarzgebrannte Wodka zeigte seine Wirkung: «Komm, Fayge, komm, Józek, kommen Sie, Frau Wirtin. Wir Hübschen gehen zu Herrn Finkelstein und feiern mit ihm!»

Die Gruppe lief Richtung Tür, Józek mit einer Flasche in der Hand, die andere ließ er auf dem Tisch stehen.

«Passen Sie auf, Frau Wirtin», lallte die angeschickerte Zivia, «Sie stoßen noch gegen die Büste.»

«Der Napoleon ist mir einerlei», gab die Alte gackernd zurück, «der gehörte meinem letzten Ehemann!»

Als die Horde durch die Tür verschwand, blieben auf der Bühne noch Michal und Edmund und, zwischen den beiden stehend, Sara zurück. Sie sang, ebenfalls spielend, als wäre sie angetrunken: *«Oh du Rose aus Stambul, nimm ein Schlückchen ...»*

Ihr Blick fiel auf Edmund, der sie traurig betrachtete, und das nicht nur, so hoffte Sara, weil es seine Rolle erforderte. Sie fragte ihn: «Mundi, warum schaust du mit einem Mal so traurig?»

«Weil du so schön singst.»

«Na und?»

«Das raubt den Lebenssinn.»

«Nein», widersprach Michal, «unser Leben raubt den Lebenssinn.»

«Darauf trinken wir noch einen, mein Freund», rief Edmund und schenkte aus der Flasche sich und Michal nach. Die beiden Männer, in ihrem Liebesdilemma ebenso miteinander verbunden wie als Nebenbuhler voneinander getrennt, stießen an und tranken.

«Oh nein», widersprach Sara, «oh nein, ihr liegt ganz falsch!»

Frohgemute Musik setzte ein. Sara sang:

Das Leben ist eben sehr schön und hat Sinn,
es ist einfach so, damit basta!

Du musst nur verstehen, ja, wo ist er drin?
Nüchternheit ist dabei ein Laster.

Edmund rief: «Hoch ein Gläschen.»

Sara darauf: «Dann das zweite!»

«Und das dritte!», verkündete Michal.

«Und dann?», fragte Sara, und die beiden Männer sangen im Duett:

Dann gibt uns Sara,
ja, dann gibt uns Sara
zum guten Schluss
noch einen Kuss!

Beide Männer hielten Sara einen Kussmund hin.

Sie dachte nach, wen sie küssen sollte.

Nicht nur als Bühnenfigur.

Gleich darauf sang sie die nächste Strophe des Säuferlieds:

Wenn's draußen stürmt und die Schneeflocken weh'n,
dein Mantel für dich viel zu dünn ist,
dann sorg' dich nicht lange, du wirst schon seh'n,
wie von innen du schön warm wirst.

Die Männer sangen nach außen hin fröhlich:

Dann gibt uns Sara,
ja, dann gibt uns Sara

zum guten Schluss
noch einen Kuss!

Sie hielten Sara wieder den Kussmund hin. Edmund mit jenem Lächeln eines Hollywoodstars, das sie stets bezauberte. Michal mit Wehmut in den Augen. Am liebsten hätte Sara beide geküsst. Stattdessen ging sie über in die auf düstere Weise lustigste Strophe:

Und packt dich der Typhus, ist das nicht so schlimm,
denk' einfach daran, was ich sage!
Vergiss all die Ärzte und die Medizin,
es gibt einen Weg, ohne Frage!

Sie hob das Glas, und die Männer sangen noch lauter ihre Herausforderung:

Dann gibt uns Sara,
ja, dann gibt uns Sara
zum guten Schluss
noch einen Kuss!

Die beiden sahen sie erneut an. Diesmal war auch Edmunds Blick sehnsuchtsvoll, er konnte die Schauspielerfassade nicht mehr aufrechterhalten. In diesem Augenblick erschien Sara alles weit weg – Typhus, Deutsche, Flucht, Mauer, Tod. Alles, nur nicht diese beiden Männer.

Der eine wollte sie retten. Der andere wollte nicht mit ihr gehen, obwohl sie ihn liebte.

Könnte sie mit Michal fliehen? Und Edmund für ihn verlassen?

Oder liebte Edmund sie trotz allem doch noch so sehr, dass eine Möglichkeit bestand, ihn umzustimmen?

Es gab nur einen Weg, dies herauszufinden.

Sara nahm Michals Gesicht in ihre Hände.

Sie drückte ihre Lippen auf die seinen.

Das Publikum johlte.

Sara empfand kaum etwas dabei.

Sie ließ ab.

Michal sah sie verdutzt an.

Die Musik endete.

Sara drehte sich um und ging zu Edmund, der eifersüchtig zugesehen hatte. Das gefiel Sara. Sie nahm nun sein Gesicht in die Hände und drückte ihm die Lippen auf zum Kuss. Jetzt würde sie erfahren, ob sie sich noch so sehr liebten, dass sie bei ihm bleiben wollte und vielleicht sogar doch die Möglichkeit für eine gemeinsame Flucht bestand.

Der Kuss war anfangs zögerlich, vorsichtig, tastend. Doch dann wurde er intensiv, leidenschaftlich, aber vor allem liebevoll.

Um Sara herum schien die Zeit stehen zu bleiben. Die Menschen im Saal und Michal waren einfach verschwunden.

Als die beiden ihre Lippen voneinander lösten, jubelte das Publikum und trampelte mit den Füßen auf dem Boden. Es war noch nicht das Klatschen, das Zivia sich für das Ende der Premiere erhoffte, aber es war nah dran.

Sara sah, dass Edmund immer noch etwas Kalk im Gesicht hatte, und strich es ihm von der Wange.

Erst dann blickte sie zu Michal und erkannte, wie schmerzhaft das alles für ihn sein musste. Sie fühlte sich schlecht. Sie wollte ihm etwas sagen, irgendetwas, aber ihr fiel nichts ein. Dann würde sie mit dem Stück weitermachen, aber sie war so aufgewühlt, dass sie sich nicht an ihre Zeilen erinnern konnte. Sara begann zu improvisieren: «Lasst uns auf die Wirtin und Herrn Finkelstein ...»

In dem Moment, in dem sie ‹trinken› sagen wollte, wurde die Tür zum Saal geöffnet. Nicht etwa leise und vorsichtig. Sie wurde aufgestoßen.

Alle sahen zum Saaleingang.

Der SS-Soldat mit dem kantigen Gesicht betrat das Theater.

Der Soldat

Provozierend langsam schlenderte der SS-Mann durch den Mittelgang nach vorne, als würde er keine Aufführung stören. Die flackernden Flammen der Öfen warfen dabei immer wieder Lichter auf sein Gesicht, was ihn mit seiner schwarzen Mütze, dem dunkelgrauen Mantel und der schwarzen Totenkopfuniform noch diabolischer erscheinen ließ. Die dunkle Welt hatte die magische des Theaters betreten.

Die Zuschauer, insbesondere jene am Rand des Gangs, machten sich in ihren Sitzen klein. Nur die Judenpolizisten nicht, sie setzten sich in Habachtstellung, als ob sie auf einen Befehl warteten. Fehlte nur noch, dass sie aufgesprungen wären und zackig gegrüßt hätten. Doch dafür hatten sie wohl ohne Aufforderung zu viel Angst, auch für sie schien der Besuch des SS-Mannes überraschend. Auf der Bühne standen Sara, Michal und Edmund und rührten sich nicht von der Stelle.

Wie war der Soldat hereingekommen?

Die Eingangstür zum Theater wurde immer von Michal verschlossen, damit niemand die Vorstellung störte. Hatte er es diesmal, wegen allem, was geschehen war, vergessen? Schwer vorstellbar. Selbst heute hatte Michal, im Gegensatz zu Sara, keinen einzigen Einsatz verpasst, keine einzige Dialogzeile verstolpert. Er war eben durch und durch ein Vorbild an Disziplin für alle im *Femina*. Sollte er als Intendant den Soldaten ansprechen? Herausfinden, was er wollte? Nein, das würde ihn in Gefahr bringen.

Vermutlich hatte der Deutsche die Eingangstür zum Theater aufgebrochen und sich so Zutritt verschafft. Gesetze galten nun mal nur für Juden. Außer man gehörte zu Fajerman und seinesgleichen. Doch auch die schienen in ihrer Loge beunruhigt.

War der Deutsche auch dafür verantwortlich, dass die Bettler nicht mehr an ihren Plätzen vor dem Theater saßen?, schoss es Sara durch den Kopf. Was wollte er hier?

Der SS-Mann blieb auf Höhe von Reihe 4 direkt neben William stehen. Er sah aber nicht zu ihm, sondern zu einem gut gekleideten mittelalten Juden, der auf der anderen Seite von Reihe 4 direkt am Gang saß. Mit einer Bewegung seiner schwarzbehandschuhten Hand wies er ihn an, seinen Sitz zu räumen. Der Jude erhob sich schnell und wollte Richtung Ausgang eilen, gewiss, um der Situation zu entfliehen, egal, ob er seine Frau dabei zurückließ, doch die schwarze Hand hielt ihn an der Schulter fest.

Sara hielt den Atem an.

Der SS-Mann drückte den Mann auf den Boden und befahl ihm anfangs auf Deutsch und, da der Jude ihn nicht verstand, gleich darauf mit umständlichen Gesten, sich auf den Bauch zu legen. Der Jude begriff immer noch nicht und legte sich auf den Rücken. Der Soldat zeigte an, er solle sich auf den Bauch drehen. Der Jude interpretierte es so, dass er sich hin und her wälzen sollte. Es wäre vielleicht lustig gewesen, wenn es nicht so schrecklich gewesen wäre.

Der Deutsche verlor die Geduld und trat den Mann so lange, bis er auf dem Bauch lag.

Sara begann, vor Furcht zu zittern.

Der Deutsche sah zum Orchester, die Musiker wären auch am liebsten weggerannt. Er bedeutete ihnen weiterzuspielen. Wesby reagierte sofort und begann, den Taktstock zu schwingen. Das Sauflied erklang wieder, allerdings brauchten einige der Musiker einen Moment, um sich zurechtzufinden.

Der SS-Mann nahm sein Gewehr von der Schulter.

Alle im Saal zuckten zusammen. Reiche, Arbeiter, Judenratsmitglieder, Beamte, selbst die Judenpolizisten. Wie auch Fajerman mit seinen Schergen, Gespielinnen und Ehefrau in der Loge. Und natürlich die drei Schauspieler auf der Bühne.

Die Musiker spielten tapfer weiter.

Um ihr Leben.

Der SS-Mann setzte sich auf den freigeräumten Platz und legte das Gewehr so auf seinen Beinen ab, dass der Gewehrlauf auf den Schoß seiner Sitznachbarin zielte, vermutlich der grauhaarigen Ehefrau des Zusammengetretenen. Sie war etwa 45 Jahre alt. Oder auch nur 35. Im Ghetto alterte man anders. Sie schien kurz davor zu sein, ohnmächtig zu werden. Wohl nur die Angst davor, was der Soldat dann mit ihr tun würde, hielt sie davon ab.

Der Mann nahm seine Totenkopfmütze vom kahlen Haupt – der Dämon schien nicht zu frieren – und winkte mit ihr auch Sara, Michal und Edmund zu. Anfangs verstand auch Sara nicht, was er meinte. Erst bei weiterem Winken begriff sie, dass sie weitermachen sollten.

Sara blickte zuerst zu Michal, dann zu Edmund, doch beide waren nicht in der Lage zu handeln. So war es an ihr zu singen:

Dann gibt uns Sara,
ja, dann gibt uns Sara
zum guten Schluss
noch einen Kuss!

Sie hakte sich mit ihren Armen bei den Männern unter und begann zu schunkeln. Zögerlich stimmten sie mit ein und sangen zusammen mit Sara noch ein weiteres Mal den Refrain, bis Józek sie erlöste, indem er den Vorhang zuzog.

Kaum war der Vorhang geschlossen, rannten die drei durch die Holztür hinter die Kulisse. Józek löschte das Bühnenlicht, während das Orchester tapfer weiterspielte. Sara raunte Michal zu: «Glaubst du, er ist wegen Porusch da?»

«Ich weiß es nicht ...»

In Edmund wallte die Wut auf: «Der Deutsche weiß, dass du Porusch getötet hast?»

«Ich ... hab ihn nicht getötet ... er ist gestürzt ...», stammelte Michal.

«Ist er tot oder nicht?»

«Ich weiß es nicht ...»

«Du weißt es!»

Edmund trat bedrohlich auf Michal zu und fragte noch einmal, rot vor Zorn: «Ist er tot oder nicht?»

«Porusch ...», Michal hörte auf zu sprechen, er musste auch nicht mehr sagen.

«Dann ist der Deutsche wegen dir hier!»

Edmund packte Michal am Kragen. Der wehrte sich nicht.

«Du Schwein bringst uns alle in Gefahr!»

Edmund holte mit der einen Hand aus, während er mit der anderen Michal festhielt.

«Hör auf», sagte Sara.

Edmund schlug zu.

«Hör auf!», rief Sara nun. Es war entsetzlich, Edmund gewalttätig zu sehen. Noch entsetzlicher, weil Sara wusste, dass es nicht nur um Porusch ging, sondern um alles, was am heutigen Tag passiert war.

Edmund schlug ein weiteres Mal zu. Michals Lippe platzte auf.

«Hör auf, habe ich gesagt!», Sara packte Edmunds Arm. Er blickte sie zornesbebend an. Würde er nun sie schlagen? Nein, das würde er niemals tun, da war Sara sich sicher.

Edmund ließ von Michal ab. Die beiden Männer keuchten. Michal wischte sich mit dem Ärmel das Blut vom Mund. Dann richtete er sich mit zittrigen Fingern seine Brille.

«Vielleicht will der Deutsche ...», versuchte Sara weiter, zu beschwichtigen und zudem ihre eigene Angst zu lindern, hielt ihren Gedanken aber sogleich für zu albern, um ihn ganz auszusprechen, und verstummte daher.

«Vielleicht will er was?», herrschte Edmund sie an.

«Sich nur das Stück ansehen», antwortete sie kleinlaut.

«Natürlich», lachte Edmund bitter, «die Deutschen sind ja Menschen mit Kultur.»

«Es könnte doch sein», protestierte Sara verzweifelt und war dabei erstaunt über sich: Sie wollte so sehr glauben, dass der Soldat nicht gekommen war, um Michal zu verhaften oder ihn zu erschießen, sie womöglich gleich mit, da sie von dem Fluchtplan wusste, und vielleicht sogar auch Edmund, weil sie ihm von den Absichten erzählt hatte. Sie drückte ihr Wissen um die dunklen Seelen der Nazis mit aller Macht weg und wusste dabei doch, dass sie sich in diesem Augenblick genauso naiv verhielt wie all die Juden, die glaubten, es könne nicht mehr schlimmer werden.

«Ihr beide», sagte Edmund, der sich mit einem Mal wieder gefasst hatte, «müsst euch verstecken. Sofort.»

Sara sah zu Michal. Der war jedoch nicht mehr ansprechbar. Er war erstarrt wie der Hase, mit dem Saras Vater sich einmal vor dem Schlachten den Spaß erlaubt hatte, mit dem Messer so knapp an seinen langen Ohren vorbeizuziehen, dass er allein schon dadurch fast vor Angst gestorben wäre. Sara hatte das grausam gefunden. Ihre kleine Schwester Miriam wollte dann beim Festmahl zu Papas Geburtstag nichts von dem Hasen essen, und ihre noch kleinere Schwester Ruth hatte es sogar gewagt, den Vater deswegen zu beschimpfen, was ihn lediglich zum Lachen gebracht hatte.

«Geht jetzt», sagte Edmund eindringlich.

Michal war weiterhin nicht ansprechbar.

Sara wollte weg, aber ihre Beine setzten sich nicht in Bewegung. Sie brauchte eine Weile, um zu begreifen, warum. Dann erwiderte sie: «Wenn wir das tun, sind wir so gut wie tot.»

«Was?», fragte Edmund.

Michal schien aus seiner Trance zu erwachen. Jedenfalls sah er sie an.

«Wenn wir verschwinden, geht die Aufführung nicht weiter. Der Soldat wird begreifen, dass etwas im Busch ist, und Hilfe rufen. Die Deutschen werden Jagd auf uns machen. Und die anderen des Ensembles verhaften, die Musiker und wer weiß, wen noch alles.»

«Das ist wahr», begriff Edmund.

Da stürzten Zylberman, Fayge und Zivia zu den dreien. Józek hatte sie geholt. Rachel hatte er entweder nicht gefunden, oder die abgebrühte Frau wollte erst mal die Entwicklung der Lage abwarten, bevor sie sich ihr aussetzte.

«Ein SS-Mann ist im Publikum?», fragte Zylberman außer Atem.

«Ja», bestätigte Edmund.

«Wegen dir», spuckte Zylberman auf den Boden. Aber er meinte weder Michal noch Edmund oder Sara, sondern Fayge. «Du und deine Freunde vom Widerstand werden uns noch alle töten.»

Das war eine weitverbreitete Meinung im Ghetto gegenüber den jungen Menschen, die im Untergrund gegen die Nazis agitierten. Man solle den deutschen Wolf – die Sowjets waren die Bären – nicht piesacken. Fayge meinte dazu, dass Wölfe sich noch nie durch Schwäche abschrecken ließen, nur durch Stärke. Fayge warf Sara einen vorwurfsvollen Blick zu, als hätte sie Zylberman erzählt, dass Fayge dem Widerstand angehörte. Dabei war Fayge selbst so unvorsichtig, dass es wirklich jeder mitbekommen konnte. Sara fiel die schwarze Tasche wieder ein. Waren darin Flugblätter? Oder gar Waffen? Oh, hoffentlich waren es Waffen, denn damit könnten sie den Soldaten töten, der sie verhaften wollte!

Golema!

«Wenn du dich stellst», zischte Zylberman zu Fayge, «können wir hier weitermachen.»

Wenn es hart auf hart kam, war jeder für sich – waren alle Menschen so?

Nein, Edmund hatte gewollt, dass Michal und sie fliehen. Er hatte nicht nur an sich gedacht. Trotz seines Zornes.

Fayge war totenbleich vor Angst, Sara hatte Mitgefühl mit ihr. Deshalb sagte sie zu Zylberman: «Es ist doch gar nicht gesagt, dass der Deutsche wegen Fayge hier ist.»

«Wegen wem denn sonst?»

«Wegen», antwortete Zivia, die bisher geschwiegen hatte, «Edmund.»

Alle sahen sie an.

«Er hat sich vorhin über die Judenpolizei lustig gemacht.»

Nun blickten alle zu Edmund.

Fayge sogar ein wenig erleichtert.

Jeder für sich?

Bevor Edmund etwas erwidern konnte, sagte Zylberman: «Dann stellt er sich halt.»

«Wenn du so weiterredest», erwiderte Zivia, «können wir uns gleich alle ergeben.»

Es war einer der wenigen Momente, in denen sich Sara über einen Beitrag ihre Kollegin freute. Um Zylberman ganz zum Schweigen zu bringen, wiederholte Sara ihre Vermutung, die sie bereits gegenüber Edmund und Michal geäußert hatte: «Vielleicht ist der Deutsche nur im Theater, um sich das Stück anzusehen.»

«Klar», antwortete der Schmierlapp, «und Hitler ist ein Menschenfreund.»

Diesen Kerl brachten wohl nur Tritte in den Allerwertesten dazu, seine Klappe zu halten.

«Wir müssen weiterspielen», mischte sich Józek nun ein, der bislang nur zugehört hatte. «Wenn das Publikum noch länger vor Angst den Atem anhält, erstickt es. Und der Deutsche wird auch schon langsam unruhig.»

«Ist er noch allein?», fragte Sara.

«Kein anderer da», antwortete Józek und nahm einen tiefen Schluck aus seinem Flachmann, den er offenbar mittlerweile aufgefüllt hatte. Irgendwo musste er ein geheimes Reservoir seines Blindmachers angelegt haben.

«Seht ihr», sagte Sara, «das ist der Beweis: Er will sich nur das Stück ansehen.»

«Dann machen wir weiter», forderte Zivia die anderen auf.

«Ich verschwinde von hier», widersprach Fayge und drehte sich um.

Doch Zivia stellte sich ihr in den Weg. Und Sara warnte die Freundin: «Wir dürfen nichts machen, was ihn Verdacht schöpfen lässt.» Fayge gefiel es nicht, aber sie blieb stehen.

«Also», fragte Józek, «Vorhang auf?»

«Vorhang auf», fand Michal seine Sprache, wenn auch nicht als Mensch, so doch als Intendant, wieder.

Fayge, Zylberman, Edmund und Michal traten auf die Bühne.

Józek hastete zur Seite, zog den Vorhang wieder auf und schaltete das Licht an.

Die Schauspieler plapperten eine Weile geistreich über die Spenden, von denen niemals genug eingesammelt werden konnten, und stimmten anschließend wieder den Gesang an:

Für den Fonds und die Gemeinde,
für das Wohl der Mietvereine ...

Die Männer begannen zu tanzen, und Fayge feuerte sie dabei mit lautem Klatschen an.

Indessen linste Sara durch den Spalt zwischen Kulisse und Holztür. Jedoch nicht zu den tanzenden und singenden Edmund und Michal, sondern zu dem kahlen SS-Mann, der nur durch die Glut eines Ofens beschienen wurde. Sein Gesicht lag fast ganz im Schatten, aber um seinen Mund und seine Augen herum flackerte der Schein. Es sah aus, als habe kein Mensch, sondern ein Dämon das magische Reich des Theaters betreten, um sich zu vergnügen. Er lachte und wippte – nicht ganz im Takt – mit den Füßen.

Neben ihm lag reglos der geschundene Mann. Der Gewehrlauf war immer noch auf den Schoß der grauhaarigen Frau gerichtet. Auf der anderen Seite des Gangs saß William und blickte starr nach vorne. Keiner wagte es, den Mann anzusehen. Außer Sara, und die auch nur aus ihrem Versteck heraus.

«Was macht der Deutsche?», fragte Zivia, die neben ihr stand, aber nicht durch den Spalt linste.

«Er amüsiert sich.» Sara konnte selbst kaum glauben, was sie da sah.

«Wie schön», kommentierte Zivia bitter.

Auf der Bühne tanzten die drei Männer immer wieder durch Saras Blickfeld, sodass die vergnügte Dämonenfratze zwischenzeitlich verdeckt war, nur um immer wieder aufs Neue zu erscheinen wie aus einem biblischen Alptraum, den selbst Abraham, Jakob und Josef nie so schrecklich hatten träumen müssen. Sara drohte sich in ihm zu verlieren.

Plötzlich entdeckte Zivia ihren Mantel: «Was macht denn mein Mantel hier?»

Der Bann des Dämons war für einen Augenblick gebrochen. Sara sah zu ihrer Kollegin, die das dunkelgrüne Bündel aufhob, und wollte sich erklären: «Ich habe ihn mir geliehen und hab vergessen, ihn in die Garderobe …»

«Ist das nicht gerade vollkommen einerlei?», fragte Zivia milde.

Das war es.

Alles war einerlei.

Nur nicht Edmund.

Und das Überleben.

Zivia lächelte Sara freundlich an, während sie sich den Mantel überzog. Sara wusste gar nicht, dass ihre Kollegin zu einem solchen Lächeln fähig war.

«Weißt du», fragte Zivia, «warum ich will, dass heute alle klatschen?»

Die einzige Antwort, die Sara dazu einfiel, war: ‹Weil du von Ehrgeiz zerfressen bist.› Die verkniff sie sich aber lieber, da Zivia gerade erstaunlich freundlich zu ihr war und zudem klar war, dass es ihr um etwas ganz anderes ging.

«Wegen Stefan.»

«Stefan?», staunte Sara. Was hatte Zivias verstorbener Ehemann mit dem Theater zu tun?

«Heute ist sein Todestag.»

«Oh», bekam Sara Mitgefühl.

«Genau vor zwei Jahren haben die Deutschen ihn in der Kriegsgefangenschaft ermordet.»

Man konnte Zivia ansehen, dass der Schmerz für sie nie enden würde, auch nicht in zwanzig Jahren.

Die alte Rachel hatte unrecht: Es gab die eine Liebe im Leben.

«Die Deutschen haben sein Todesdatum genau dokumentiert. Verwalten können sie besser als alle anderen auf der Welt. Herzstillstand haben sie als Todesursache geschrieben.»

«Herzstillstand?»

«Natürlich war es keiner. Und falls doch, dann nur weil sie Stefan gefoltert haben, bis sein Herz nicht mehr schlug.»

Sara wollte Zivia in den Arm nehmen, wie sie es nach Adas Tod bei ihr getan hatte. Doch die Kollegin schien zu erahnen, was sie vorhatte, trat einen kleinen Schritt zur Seite und sprach weiter: «Außer mir denkt kein Mensch noch an Stefan. Keiner dankt es ihm, dass er in den Krieg zog und für sein Land kämpfte.»

Sara verstand immer noch nicht, was das mit dem Klatschen zu tun haben sollte.

«Aber heute, heute wird alles anders.»

«Und wie?», fragte Sara.

«Heute, an seinem Todestag, werden wir einen donnernden Schlussapplaus bekommen. Egal wie kalt es wird. Egal ob ein Deutscher im Publikum sitzt. Zum Teufel, der wird sogar mitklatschen. Und ich werde auf der Bühne stehen und denken, dieser Applaus gilt Stefan.» Zivias blaue Augen, die so oft eisig wirkten, leuchteten warm.

Sara, die von Zivias Leidenschaft genauso berührt war wie von ihrer Liebe zu dem Verstorbenen, antwortete: «Ich werde es auch tun.»

«Klatschen oder denken, dass der Applaus Stefan gilt?»

«Beides.»

Zivia lächelte sie dankbar an.

Sara war nun endgültig klar, dass sie sich die Seele aus dem Leib spielen würde bei dieser Vorstellung. So klar, wie ihr vorhin bei dem Bühnenkuss geworden war, dass sie Edmund liebte und ohne ihn nicht leben konnte. So klar, wie es ihr war, dass es keine Zukunft im Ghetto gab, lediglich den Tod. So klar, wie es ihr war, dass Edmund seine kleine Schwester Esther nie verlassen würde. Und so klar, wie es ihr war, dass sie ihn überzeugen musste, es doch zu tun, um jeden Preis. Selbst wenn es bedeuten würde, Esther gegen ihn einzusetzen.

Das Kindsopfer

Sara war unterwegs zu ihrer Kammer, als ihr auf dem Gang Zigarettenrauch entgegenwehte. Er stammte von der alten Rachel, die mehr schmauchte, als sie mit Schauspiel und Gefälligkeiten für Zylberman verdienen konnte. Sara hatte schon länger den Verdacht, dass sie den armen William dazu brachte, ihr welche zu besorgen. In diesem Fall aber gewiss ohne Schäferstündchen als Gegenleistung. Dafür war William zu anständig und wohl auch zu einfältig.

«Was macht der Deutsche?», fragte Rachel.

«Scheint keine Gefahr zu sein.»

«Gut, dann mache ich auch weiter.»

Sara hatte mit ihrer Vermutung recht gehabt: Rachel hatte abwarten wollen, wie die Situation sich entwickelt.

«Was macht denn der Mistkerl gerade?», wollte die Alte wissen.

«Er amüsiert sich.»

«Ich mag es nicht, wenn die Deutschen mehr Spaß haben als ich.»

«Du hast dich übrigens geirrt», sagte Sara.

«Ach ja? Wobei?»

«Es gibt die eine wahre Liebe im Leben», Sara war sich nach dem Gespräch mit Zivia ganz sicher.

«Wie oft denn noch? Romeo und Julia sind Idioten», gab Rachel zurück.

«Weil sie für die Liebe sterben?»

«Und weil sie sich in Idioten verlieben.»

«Edmund ist kein Idiot. Und wir werden für die Liebe nicht sterben», erwiderte Sara.

«Was immer du sagst», winkte Rachel ab.

Sara ging weiter und dachte, dass sie für die Liebe in der Tat nicht sterben, aber jemanden opfern würde. Die kleine Esther. Was sie vorhatte, war ruchlos. Das wusste sie. Aber sie hatte ihre eigenen kleinen Schwestern auch zurückgelassen.

Ab dem Alter von fünf Jahren hatte Sara sich um die beiden kümmern müssen, während ihre Mutter bei Wohlhabenden putzen ging, da die Schmiede des Vaters nicht genug Geld einbrachte, um alle Mäuler zu stopfen. Während Sara als Kind häusliche Aufgaben zu erfüllen hatte, durften die beiden kleineren eigene Vorlieben und Interessen entwickeln. Die zarte Miriam begann schon früh zu lesen. Und sie interessierte sich für die Natur. Mit neun wusste sie schon, welche Muskeln sich wo in einem Pferd befanden. Oder in einem Straßenhund. Oder in einem Menschen. Miriam wollte Ärztin werden. Alle hatten sie deswegen ausgelacht, auch Sara, wofür sie sich heute schämte. Miriam sollte wie alle Mädchen später einmal Ehefrau und Mutter werden. Gewiss war sie es mittlerweile. Ihr heller Geist gebrochen durch die Tradition. Ruth hingegen war ein Springinsfeld, manchmal sogar ein Raufbold. Soweit Sara wusste, war sie das einzige Mädchen in Dębica gewesen, das sich mit Jungen prügelte, sogar mit viel größeren. Solche Mädchen hatte sie erst wieder im Ghetto gesehen, als um Essen gekämpft wurde. Auch Ruth würde gewiss schon verheiratet worden sein.

Lange hatte Sara gebetet, dass keine von ihnen mit Efrajim verkuppelt wurde, nachdem sie ihn mit Adas List dazu gebracht hatte, den Scheidebrief zu unterschreiben. Seitdem die Deutschen Polen besetzten, betete Sara jedoch nur noch dafür, dass ihre Schwestern am Leben waren. Und ihr verziehen, dass sie nicht mehr bei ihnen war.

Für ihre Eltern hatte Sara nach der Hochzeitsnacht nie mehr ein Gebet gesprochen.

Sie betrat die Abstellkammer, die so lange ihr kleines Zuhause gewesen war und in der sie vermutlich nie mehr übernachten würde. Vorausgesetzt, sie würde die Kraft finden, die kleine Esther zu opfern. Das Mädchen war gerade aufgestanden. Das Fieber schien heruntergegangen zu sein, Esther war wohl stärker als gedacht. Gut so, das würde das Kommende einfacher machen. Nicht für Esther, aber für Saras Gewissen.

«Bin ich dran?», fragte das Mädchen.

«Du hast noch ein paar Minuten.»

«Ich habe mir etwas ausgedacht», verkündete Esther.

«Und was?»

«Wenn ich mein Lied singe, schaue ich zum Schluss nach oben.» Sie setzte bei der letzten Strophe ein und sang mit geschmeidigerer Stimme als noch vor knapp einer Stunde:

Und wer weiß schon, und wer weiß schon ...
... wer weiß schon,
ob noch jemals kommt ein Mai ...

Danach schaute Esther nach oben an die Decke, die den Himmel darstellen sollte, als ob sie von dort eine Antwort erwartete. Es war ungemein effektvoll. Beleuchtet vom Bühnenlicht würde es noch besser wirken. Esther besaß mit ihren dreizehn Jahren mehr Gefühl für Inszenierung als so manch gestandener Schauspieler. Viel mehr als Sara in ihrem Alter. Sogar als Sara heute. Die Kleine würde gut allein zurechtkommen und von den anderen Mitgliedern des *Femina* behütet werden, wie Sara damals von den Mitgliedern der *Jung Wilne*. Zivia könnte für Esther vielleicht jene Ersatzmama werden, die Ada für Sara gewesen war: streng. Klar. Und beschützend wie eine Löwin. Jedenfalls so lange, bis die Gaswagen aus Chełmno kamen. Oder die Züge aus Michals Alpträumen.

«Wie findest du das?», fragte Esther und blickte Sara unsicher an.

«Sehr, sehr gut», antwortete Sara. Man konnte aufrichtig sein, auch wenn man etwas Unanständiges vorhatte.

«Glaubst du, die Zuschauer werden mich gleich auch gut finden?»

«Das werden sie.»

Esther lächelte erfreut.

«Dir geht es schon wieder etwas besser, oder?», fragte Sara.

«Ich hoffe, dass meine Stimme gleich hält.»

«Das wird sie, du bist stark.»

«Nein, das bin ich nicht», sagte Esther ein wenig traurig.

«Doch, das bist du», Sara baute die Kleine auf für das, was sie gleich an sie herantragen wollte.

Esther lächelte – ein erster Erfolg.

«Und du wirst eine große Zukunft auf der Bühne haben.»

Esther strahlte.

«Dafür musst du aber noch stärker werden.»

«Das schaffe ich!»

«Gut.»

Esther lächelte stolz, wie nur ein Kind stolz lächeln konnte.

«Du willst doch nur das Beste für Edmund, nicht wahr?», kam Sara zum Eigentlichen. Dabei war sie noch nicht mal ein kleines bisschen darüber erstaunt, wie kaltblütig sie sein konnte.

«Natürlich will ich das», Esther hatte keine Ahnung, worauf Sara hinauswollte.

«Auch wenn es bedeutet, dass das Leben für dich härter wird?»

«Ja.»

«Selbst wenn es bedeutet, deinen Bruder nie wiedersehen zu können?»

«Nie wieder?» Esther fröstelte bei dem Gedanken.

«Würdest du deinen Bruder weggehen lassen, wenn es das Beste für ihn ist?»

«Weggehen? Wohin?»

«Du wärst nicht allein, Zivia würde sich um dich kümmern», wich Sara einer Antwort aus.

Esther war die Vorstellung unheimlich.

«Wenn es das Beste für Edmund ist, würdest du ihn gehen lassen?»

Die Kleine sah auf den Boden, es war ihr sichtlich alles unheimlich. Die Vorstellung, ihren Bruder nie mehr zu sehen, aber gewiss auch Saras seltsames Verhalten.

Die wiederum wurde ungeduldig. Warum sagte Esther nicht einfach: ‹Ja. Ja. Mein Bruder ist mir das Wichtigste auf der Welt. Wenn er gerettet werden kann, dann bleibe ich hier. Er soll leben. Mit dir!›?

«Ich», stammelte die Kleine, «... ich ... muss jetzt zur Bühne.» Sie wollte an Sara vorbeigehen. Doch die packte sie am Arm.

«Du liebst doch deinen Bruder, oder?»

«Ja ...», Esther bekam es mit der Angst zu tun. Doch das war Sara einerlei. So wie es Golema in ihrer Geschichte einerlei war, dass sich die Kinder der Bauern, die Golema mit Mistgabeln, Fackeln und Äxten bedrohten, vor ihrem Gebrüll fürchteten.

«Dann gehen wir jetzt zu Edmund, und du wirst ihm sagen, dass du ihn gehen lassen wirst, um ihn zu retten.»

«Zu retten?»

«Wenn du ihn nicht gehen lässt, wird er sterben.»

Esther begann zu zittern. Auch das war Sara einerlei, sie zog das verängstigte Mädchen energisch am Arm aus der Kammer und den Gang entlang. Wie von Sinnen: «Schneller, wir haben nicht viel Zeit.»

Sara ließ die Kleine nicht mehr los, auch nicht auf der Treppe nach oben. Von dort konnten sie schon Edmunds tiefe Stimme hören: «Der Soldat hat William die Melone weggenommen und selbst aufgesetzt. Und ihm seine Totenkopfmütze verpasst.»

«Und dann?», erkannte Sara Rachels Stimme.

«Wir haben einfach weitergespielt, als ob nichts wäre. Was sollen wir denn auch tun? Wenn das Schwein einem von uns eine Eselskappe aufsetzt, müssen wir uns das auch gefallen lassen ...»

Weiter kam Edmund nicht, denn inzwischen hatten Sara und Esther ihn erreicht.

«Komm mit raus, wir müssen reden», teilte Sara ihm mit.

«Wieso?»

«Komm mit!»

«Mit Esther?»

«Ja, mit Esther.»

«Draußen in die Kälte? Sie hat Fieber.»

«Hier drinnen haben die Wände Ohren», funkelte Sara Rachel an.

«Wenn euer Drama so groß und laut ist», grinste die Alte nur, «dass man gar nicht weghören kann?»

Sara ging gar nicht darauf ein und zog das Mädchen nur weiter in Richtung Ausgang. Esther sah ihren Bruder hilfesuchend an, und Edmund protestierte: «Du tust ihr weh.»

Golema war es einerlei.

Sie drückte die Tür mit Macht auf.

«Warte!», sagte Edmund.

Golema wollte nicht warten.

«Lass mich erst schauen, ob die Luft rein ist.» Er schob die beiden zur Seite und sah nach draußen: «Wir können.»

Für einen kurzen Augenblick war Sara wieder Herrin ihrer Sinne und ließ die Kleine los. Sie war sogar ein wenig erschrocken, dass sie Esther so fest gepackt hatte. Doch kaum trat sie mit den beiden in die Kälte, übernahm das Monster wieder: «Jetzt reden wir.»

«Willst du», Edmund musste schlucken, «dich von uns verabschieden?»

«Nein.»

Edmund stieß einen erleichterten Seufzer aus, der gefrorene Atem hing eine Weile in der Luft.

«Esther?», wandte sich Golema an das frierende Mädchen.

«Ja?»

«Sag deinem Bruder, was du mir gesagt hast.»

Esther war zu verängstigt, um zu begreifen, was sie von ihr wollte.

«Dass du alleine zurechtkommen wirst.»

Esther begann zu husten.

«Wenn Zivia auf dich achtet.»

Edmund sah entsetzt und angewidert zu Sara. Zum zweiten Mal an diesem Tag.

Diesmal war es Sara einerlei.

Es ging um ihn. Um sie. Um sie beide.

«Du hast gesagt, du tust alles für deinen Bruder.»

Esther hustete noch mehr.

«Geh rein, Esther», sagte Edmund lieb.

«Du bleibst hier!», befahl Golema.

«Du darfst gehen», sagte Edmund noch liebevoller und stellte sich beschützend zwischen Sara und seine Schwester. Esther war dankbar, der Situation zu entkommen, und schlüpfte schnell durch die Tür.

«Bleib hier!», rief Golema ihr wütend hinterher.

Aber Esther hörte genauso wenig auf sie, wie Sara auf Efrajim gehört hatte, als sie nach ihrer Hochzeitsnacht vor ihm geflohen war.

«Wie kannst du nur?», Edmund war fassungslos.

«Ich will uns retten.»

«Du willst also tatsächlich Michal erpressen?»

«Ich habe es schon getan.»

«Und er hat dir das Geld von Porusch gegeben?»

«Noch nicht.»

«Und wenn du es hast, verlangst du von Esther, allein hierzubleiben?»

«Nicht allein. Sie hat Zivia und die anderen.»

«Sie wird ohne mich nicht überleben.»

«Und mit dir auch nicht!»

Edmund trat einen Schritt zurück. Zweifel kamen in ihm auf. Nach einem kurzen Augenblick sagte er: «Wer weiß das schon.»

«Ich weiß es!», zürnte Sara.

«Sie ist meine kleine Schwester!», gab Edmund nicht minder zornig zurück.

«Und es hilft ihr, wenn du mit ihr stirbst?»

«Sie ist meine kleine Schwester!»

«Das ist keine Antwort!»

Edmund hielt ihrem Blick stand und sagte voller Ekel und Entsetzen: «Du willst also tatsächlich, dass ich Esther opfere.»

«Ich will überleben!»

Edmund schnaubte verächtlich.

«Und wenn du mich liebst», Saras Zorn kippte in Verzweiflung um, «wenn du mich wirklich liebst ... so sehr, wie ich dich liebe ...»

«Ich lasse meine Schwester niemals zurück», sagte Edmund scharf.

Der Satz traf Sara bis ins Mark.

Edmund sah sie wütend an.

Aber das war nicht das Schlimmste. Das Schlimmste war, dass in seinem Blick das erste Mal, seit sie sich kannten, keine Liebe mehr lag.

Edmund wandte sich von ihr ab und ging zurück ins Theater.

Und Golema brüllte in der eisigen Kälte ihren Schmerz in die Dunkelheit. Und sie schlug wie von Sinnen mit der Hand auf die Holzkiste ein, die neben der Tür stand. Aber die Kiste widerstand, stattdessen platzte Saras Frostbeule auf. Nun war es nicht mehr Golema, sondern Sara, die in den Himmel brüllte. Und anschließend zusammengesackt auf dem Boden erbärmlich weinte.

Fatal und nicht normal

Sara weinte noch, als Fayge aus dem Theater trat und bei ihrem Anblick erschrocken fragte: «Was ist geschehen?»

Sara antwortete nicht, heulte einfach weiter. Am liebsten wäre sie hier in der Kälte verendet. Doch Fayge hockte sich neben sie auf den Boden und nahm sie in den Arm:

«Sara, was ist geschehen?»

Was sollte sie ihr antworten? Dass alles vergeblich auf Erden war?

An Fayges Schulter schluchzte Sara hemmungslos, bis die Freundin vorsichtig sagte: «Du musst gleich auf die Bühne.»

Wenn Sara nicht so erschöpft gewesen wäre, hätte sie vermutlich geschimpft: Wie sollte sie auftreten? Mit Edmund das Duett singen? Er liebte sie nicht mehr, das hatte sie in seinen Augen gesehen.

«Zivia wird dich umbringen, wenn du nicht erscheinst.»

Zivia.

Sara wollte doch für Zivia alles geben, damit für ihren Stefan geklatscht wird.

Also riss Sara sich zusammen, Fayge half ihr auf. Das Blut tropfte aus ihrer offenen Frostbeule in den Schneematsch auf der Straße.

«Die Hand muss verbunden werden», stellte Fayge fest.

Sara betrachtete die Wunde, sah das Blut. Es kam ihr fremd vor.

«Aber erst mal musst du auf die Bühne», Fayge begleitete Sara zur Tür.

«Der Deutsche?», fragte Sara in einem Versuch, sich auf das Kommende zu konzentrieren.

«Scheint eingeschlafen zu sein. Und falls er nur so tut, ist er ein besserer Schauspieler als ich.»

«Schlafen ist gut», fand Sara, die ebenfalls eine große Müdigkeit verspürte.

Fayge sagte: «Vielleicht hattest du recht, und er wollte sich nur die Vorstellung ansehen.»

«Es wäre schön, mit irgendetwas recht zu haben», Sara wischte sich mit dem Unterarm die restlichen Tränen aus den Augen. Sie sah zu Fayge und stellte erst jetzt fest: «Du hast deinen Mantel an.»

«Ich habe draußen nach dir gesucht», antwortete Fayge mit einem minimal leichten Zittern in der Stimme, das nur einem Menschen, der sie so gut kannte wie Sara, verriet, dass sie log.

«Du wolltest verschwinden», stellte Sara fest, ohne ihrer Freundin einen Vorwurf zu machen. Dazu besaß sie nicht das Recht, sie selbst dachte seit heute über nichts anderes als über ihre Flucht nach.

Fayge senkte nur den Blick. Die beiden stiegen die Treppe hinab in Richtung des magischen Reichs, das von einem Dämon heimgesucht worden war. Erst jetzt versuchte Fayge, sich zu rechtfertigen: «Ich hätte euch nicht in Gefahr gebracht. Meine Rolle ist so klein, dass meine Abwesenheit keinem aufgefallen wäre.»

«Was ist in der Tasche, die du in meiner Kammer versteckt hast?», fragte Sara, in die wieder etwas Leben kam. Sie hoffte auf eine Waffe, die könnte einem nützlich sein auf der Flucht. Ihr Überlebensinstinkt hatte wieder übernommen, wie damals, als sie vor Efrajim floh.

Edmund würde zwar nicht mit ihr gehen, aber sterben wollte sie deswegen nicht. Keinesfalls wegen ihm eine Schere nehmen, um sich die Adern aufzuschlitzen. Sie war keine Idiotin der Liebe!

Hoffentlich.

«Flugblätter», antwortete Fayge.

«Flugblätter?», wiederholte Sara enttäuscht. Am Ende des Gangs stand Edmund mit Esther im Arm, die Sara mit schreckgeweiteten Augen ansah. Sara sah zu Boden. Aus Schmerz und Scham. Wie hatte sie gegenüber Esther nur so sein können? Wie hatte sie zulassen können, dass Golema so aus ihrem Kerker herausbrach?

Das Wesen, begriff sie, war keine Erfindung ihrer Phantasie. Es war ein Teil ihrer selbst.

Waren alle Figuren, die ein Autor schrieb, Bestandteile von ihm? Oder war es nur bei ihr so, weil in der Hochzeitsnacht nicht nur das Kind in ihr getötet, sondern auch etwas Dunkles geboren wurde? Oder war dieses Dunkle schon von dem Tag ihrer Geburt in ihr gewesen?

«Ich sollte die Flugblätter im Theater verteilen», redete Fayge weiter, «aber das war mir zu heikel.»

«Deswegen hast du sie versteckt.»

«Meinen Leuten werde ich aber sagen, ich hätte sie im Theater den Zuschauern gegeben.»

Die zwei bogen in den Gang Richtung Kulisse.

«Bitte glaube mir», flehte Fayge, «ich würde euch nie gefährden wollen.» Sie log nicht.

«Natürlich nicht», antwortete Sara und umarmte sie. «Danke für eben.»

Fayge drückte sie fest an sich, und Sara war erstaunt, wie gut es tat, im eigenen Schmerz jemand anderem Trost zu spenden. Es war, als hielte sie eine ihrer Schwestern im Arm.

«Du bist jeden Augenblick dran», sagte Fayge.

Sara nickte und löste sich von ihr.

«Danach musst du unbedingt deine Hand verbinden.»

«Ich bin den ganzen Rest des Stücks auf der Bühne.»

«Trotzdem. Das entzündet sich sonst.»

Sara sah auf die blutende Wunde an ihrer Hand. In der Tat musste die offene Stelle dringend gereinigt und verbunden werden. Doch die wenige Zeit, die ihr zwischen den letzten Auftritten verblieb, müsste sie mit Michal reden. Sich bei ihm entschuldigen und ihm versichern, dass sie ihn nicht verraten würde. Ihm sagen, dass sie nach der Vorstellung mit ihm fliehen würde. Dass sie, falls sie den Krieg überlebten, gerne gemeinsam mit ihm und einem Ensemble, das vielleicht *Ghetto-Theatertruppe* heißen würde, durch die Welt ziehen wollte.

Die Erpressung würde Michal ihr verzeihen, da war sich Sara sicher. Sonst hätte er Zivia längst schon gefragt, ob sie mit ihm flüchten wollte, und die Kollegin würde über etwas anderes nachdenken als den Schlussapplaus. Sara wollte sich aber nicht nur bei Michal entschuldigen, sondern auch bei Esther. Wie sie das Mädchen unter Druck gesetzt hatte, um ihr Ziel zu erreichen, war falsch gewesen. Edmund hingegen wollte sie nicht um Verzeihung bitten. Wenn schon, müsste er sich entschuldigen, fand sie: Denn im Gegensatz zu Michal, der, um sie zu retten, bereit war, bis zum Äußersten zu gehen, zog Edmund seine Schwester ihr vor. Dennoch würde sie sich von ihm verabschieden wollen.

«Wir beide müssen auf die Bühne», zischte er mit kaum verhohlenem Zorn, als er zu den Frauen aufschloss.

Fayge blieb stehen – sie war noch nicht dran mit ihrem Auftritt –, aber Sara ging schweigend neben Edmund zur Holztür, ohne ihn dabei anzusehen. Sie würde keinen weiteren Blick ohne Liebe in seinen Augen ertragen. Um gleich das Liebesduett auf der Bühne mit ihm zu singen, würde sie ihn nicht ansehen dürfen.

Michal und Zivia kamen ihnen von der Bühne entgegen. In der Szene zuvor hatten sie sich ewige Liebe geschworen und beschlossen, ihrem jeweiligen Ehepartner den Laufpass zu geben, ohne genaue Vorstellung, wie sie das anstellen sollten.

Sara betrat die unordentliche Seite des Zimmers, gefolgt von Edmund. Gleich beim ersten Schritt sah sie zu dem SS-Mann, der in der Tat mit Williams Melone auf dem Kopf zu schlafen schien. Und der arme William trug die schwarze Totenkopfmütze.

Edmund begann, den Liebenden zu spielen, als ob

es die Minuten in der Kälte vorhin nicht gegeben hätte. Laut und verzweifelt rief er: «Sara, ich kann ohne dich nicht leben!»

Sara unterdrückte die Golema in ihrem Inneren, die in ihrem Kerker tobte, welch ein Verräter Edmund war. Doch ihre Rolle sah etwas anderes vor. Aus diesem Grund beteuerte Sara: «Und ich kann ohne dich nicht leben!»

Für sie war es die Wahrheit, und dennoch würde sie in nicht mal einer halben Stunde mit Michal ein Leben beginnen, in dem sie Edmund nie wiedersehen würde.

«Dann musst du dich von Michal trennen!», befand Edmund.

«Und du dich von ihr», antwortete Sara und meinte mit ‹ihr› nicht Zivia, wie im Stück geschrieben, sondern Esther.

«Aber sie hat doch sonst niemanden!»

Der ganze Dialog war wie ein komödiantischer Reim auf ihre Auseinandersetzung von eben. Die eigene Hölle als Komödie.

Mit einem Dämon als Zuschauer im Parkett Reihe vier, erster Sitz links.

«Auch bei Michal sind alle verstorben», antwortete Sara.

Michal hatte ihr nach der ersten Probe der Szene erzählt, dass ihm diese Zeile besonders am Herzen lag, obwohl sie für eine Komödie eigentlich zu ernst war. Er wollte damit deutlich machen, dass die Figuren auf der Bühne das gleiche Leid erlitten wie die meisten Menschen im Publikum. Auf diese Weise betonte er, wie wichtig die Liebe unter den Lebenden war, wenn es um einen herum so viel Tod gab.

«Wir wären Schweine», befand Edmund, «wenn wir sie verlassen.»

«Barbaren», stimmte Sara mit ein.

«Barbarenschweine!», setzte er noch eins drauf.

Beide seufzten.

Aus der Tiefe ihrer Seelen.

«Was für eine Schweinerei», fand Edmund, «dass man keine Schweinerei machen kann.»

Beide seufzten noch lauter.

«Eine Barbarenschweinerei», fand Sara.

Lauter als die beiden jetzt konnte man nicht seufzen.

Edmund riss sich zusammen: «Schluss mit dem Wenn und Aber! Wir werden nicht zu Heulsusen. Wir sind doch stark, nicht wahr?»

«Ja», antwortete Sara schwach.

Sie versuchte, Edmund zu küssen, doch er wandte sich ab.

Obwohl es die Rolle vorsah, schmerzte es Sara, weil er sich auch im wahren Leben von ihr abgewandt hatte.

«Vielleicht doch?», fragte Edmund.

«Vielleicht ...», schöpfte die Bühnen-Sara Hoffnung.

«Nein!», sagte Edmund entschieden.

«Nein», wiederholte Sara tiefbetrübt.

Wesby ließ sein Orchester das nächste Lied anstimmen.

Davon wachte der SS-Mann auf.

Oder hatte er nur so getan, als ob er schlief?

Edmund begann mit seinem wundervollen Bariton zu singen:

Ach, die Lage ist fatal,
was soll ich tun, was soll ich tun?
Ja, fatal und nicht normal.
Was soll ich nur tun?

Sara und er bewegten sich im Takt der Musik aufeinander zu, und sie entdeckte in Edmunds Augen wieder so etwas wie ... wie ... Liebe? War das möglich? Doch bevor sie sich in seinen Augen verlieren konnte, musste sie sich auf die nächste Strophe konzentrieren, in der sie ihr eigenes Dilemma besang. Es war, als ob es vom Propheten Michal beim Texten der Komödie vorbestimmt gewesen wäre:

Soll ich bleiben oder geh'n,
was soll ich tun, was soll ich tun?
O mein Gott, was soll gescheh'n?!
Was soll ich nur tun?

Nun war es wieder an Edmund, der einige Zentimeter vor ihr zum Stehen kam:

Bleib ich, geh' ich, wie's auch sei,
was soll ich tun, was soll ich tun?

Es klang, als würde er darüber nachdenken, seine Schwester doch alleinzulassen:

Frau verlassen? Barbarei!
Was soll ich nur tun?

Oder bildete sie sich das alles nur ein?
Sie sang:

Eine Lösung muss bald her,
was soll ich tun, was soll ich tun?
Wieso fällt die Antwort schwer?
Was soll ich nur tun?

Die beiden standen, wie bei den Proben einstudiert, wieder kurz vor einem Kuss und sangen gemeinsam:

Gehen ist schwer, doch Bleiben Qual,
was soll ich tun, was soll ich tun?
Hat mein Herz denn eine Wahl?
Was soll ich nur tun?

Die Musik plätscherte aus, und Edmund verkündete: «Ich weiß, was zu tun ist!»

«Was?»

«Küssen!»

Sowohl die Bühnenfigur als auch der Mensch Sara wollte es.

Edmund näherte seine Lippen noch sehnsüchtiger den ihren als in den vorherigen Szenen. Doch Sara musste einen Satz sagen, von dem sie bei den Proben niemals gedacht hatte, er würde der schwerste des ganzen Stückes werden: «Nein, küsse mich nie mehr!»

Sie wich zurück und fühlte sich miserabel dabei.

Da hörte sie ein Klatschen.

Von einer einzelnen Person.

Sie sah ins Publikum.

Es war der SS-Mann.

Und es war nicht die Art von Applaus, die sich Zivia für ihren verstorbenen Mann gewünscht hatte.

Der SS-Mann stand auf, nahm seelenruhig sein Gewehr, hielt es locker in einer Hand, ging zu William und nahm die Melone von seinem Kopf. William verstand, die beiden tauschten ihre Kopfbedeckungen. Der Deutsche setzte sich seine Mütze wieder auf, drückte seinen Rücken durch – man hörte es knacken –, er stieg über den Juden und ging in Richtung Bühne.

Sara stockte das Herz: Wollte er sie verhaften? Oder Edmund für seine Verhöhnung der Judenpolizisten? Würden sie gleich aus ihren Sitzen aufspringen, um den Deutschen zu unterstützen?

Sie sprangen nicht auf.

Sie hätten es nur auf Befehl getan, und der SS-Mann hatte im nur schwach beleuchteten Saal vielleicht noch nicht einmal wahrgenommen, dass sie überhaupt da waren.

Zwei oder drei Juden hätten also gereicht, um ihn von hinten zu überwältigen und zu Boden zu reißen. Und einer, um das Gewehr zu nehmen und ihn zu erschießen. Von den Judenpolizisten wäre ihm gewiss keiner zu Hilfe geeilt. Sie waren den Deutschen gegenüber zwar unterwürfig, aber nur weil es ihnen Vorteile brachte. Hier hätten sie nichts davon, sich mit ihren Knüppeln in einen Kampf gegen 900 Menschen zu stürzen. Wäre der

Deutsche einmal überwältigt und ausgeschaltet, gab es niemanden mehr im *Femina*, der sie bei der SS hätte verraten können. Doch der Deutsche hatte keine Angst vor einem Angriff. Er fühlte sich unter den Schafen sicher. 900 Juden im Schach gehalten von einem Deutschen.

Edmund glaubte, die Juden töteten, trotz ihrer zahlenmäßigen Überlegenheit im Ghetto, keine Deutschen, weil sie das friedfertigere Volk waren.

Michal meinte, sie taten es nicht, weil die Deutschen ihnen immer wieder eine neue Karotte der Hoffnung auf ein Überleben vor die Nase hielten.

Fayge und ihre Widerständler dachten, es läge daran, dass die Juden 3000 Jahre lang immer vertrieben und gedemütigt wurden.

Sara war der Überzeugung, dass von Hunger und Krankheit geschwächte Menschen, die ums Überleben rangen, weder Zeit noch Kraft für Kampf aufbringen konnten.

Und Golema brüllte in ihr, dass die Juden feige und erbärmlich waren!

«Du!», zeigte der SS-Mann auf Sara und baute sich mit dem Gewehr direkt vor ihr auf.

Instinktiv, ohne darüber nachzudenken. stellte sich Edmund vor sie.

Michal war bereit, einen Menschen für sie und auch für sich selbst zu bestehlen und ihn, beabsichtigt oder nicht, zu töten. Edmund, das wurde Sara in diesem Augenblick klar, war bereit, für sie sein Leben zu riskieren.

Der Dibbuk

Sara konnte nicht zulassen, dass Edmund wegen ihr etwas zustieß. Deswegen stellte sie sich vor ihn an die Bühnenkante, sodass Edmund sich nicht erneut schützend vor sie stellen konnte.

Der SS-Mann sagte auf Deutsch zwei Worte, die wie das jiddische ‹Du blutst› klangen. Dabei deutete er mit dem Lauf des Gewehrs nicht etwa auf ihre Hand, sondern auf den Holzboden zu ihren Füßen. Dort waren ein paar Blutstropfen.

Sara nickte.

Der SS-Mann sagte wieder etwas. Es klang in etwa so wie das jiddische ‹Du musst dos ferbinden›.

Sara nickte erneut.

Nun sprach er einen Satz, den Sara so verstand: «Gey, moch dos un kum zurück.»

Sie sollte gehen, die Wunde versorgen und dann wiederkommen?

Der Deutsche lächelte – man konnte es nicht anders sagen – freundlich und gab ein Versprechen, das sich für Sara ähnlich dem jiddischen ‹Mir vartn solang› anhörte.

Es wäre die Gelegenheit zu fliehen.

Michal war irgendwo hinten oder oben im Flur. Gemeinsam könnten sie durch den Bühnenausgang in die Gasse fliehen und von dort durch die dunklen Straßen zur Mauer, wo die bestochenen Soldaten auf ihr Geld warteten, um sie durchzulassen.

Der Dämon würde gewiss vor Zorn toben, wenn sie nicht wiederkehrte. Er könnte auf Edmund, der allein auf der Bühne stehen würde, schießen. Auf Wesby. Die Musiker. Die Zuschauer. William. Und niemand würde sich wehren können.

Sie durfte nicht fliehen.

Noch nicht.

Sara sagte zu dem Deutschen leise «Danke», drehte sich um und verließ die Bühne durch die Holztür. Dabei hörte sie noch, wie er rief: «Sing und tanz!», womit er Edmund meinte, und: «Musiziert!», was dem Orchester galt. Diese Aufforderungen waren dem jiddischen ‹Zing un tanz› und ‹Muisiziert› fast gleich.

Die Sprachen waren so ähnlich, und dennoch hätten die Völker nicht verschiedener sein können. Dabei hatten in Deutschland viele Jidden gelebt. Ein Rätsel, warum sie die Wölfe im Schafspelz nicht erkannt hatten.

Hinter der Bühne traf Sara nicht etwa auf Michal oder Zivia, sondern auf Józek. Er sagte: «Ich kann die Wunde mit etwas Besserem als Wasser reinigen.»

«Womit?»

«Ich habe noch einiges von meinem Blindmacher.»

«Wo ist dein Versteck?», jetzt war Sara sich sicher, dass er eins hatte.

«In deiner Kammer.»

«In meiner Kammer?», staunte Sara, da nicht nur Fayge auf die Idee gekommen war, dort etwas vor den Augen der Welt zu verbergen.

«Es war auch Adas Kammer», lächelte er, und die beiden machten sich eilig auf den Weg.

Sara spürte, wie sehr die Wunde schmerzte. Aus dem Saal hörte sie die *Hochzeitsreise im Pferdebus*. Wesby hatte sich gewiss für dieses Lied entschieden, weil es am besten den Soldaten bei Laune halten würde, besonders wenn Edmund wie jetzt ...

Hüha, hüha, brr, brrr, brrr,
hüha, hüha, brr, brr, brr ...

... sang.

Sie war erleichtert, nicht dabei sein zu müssen, wenn Edmund für den Deutschen tanzen musste und damit vor aller Augen erniedrigt wurde. Ausgerechnet er, der sich im Sommer hatte zusammenschlagen lassen, weil er nicht für die Judenpolizisten singen wollte.

Die Deutschen konnten vermutlich jeden brechen.

Außer Golema. Wenn sie denn außerhalb von Sara existiert hätte.

Womöglich hatte das Lehmgeschöpf recht: Juden waren feige und erbärmlich.

Es war Sara unangenehm, mit ihrer blutenden Wunde dafür verantwortlich zu sein, dass Edmund den Deutschen bei Laune halten musste. Deshalb verfiel sie in einen Laufschritt, und Józek tat es ihr gleich. Als sie zur

Kammer gelangten, hörten sie noch schwach, wie ein weiterer Mann mit Edmund sang:

Hüha, hüha, brr, brrr, brrr,
hüha, hüha, brr, brr, brr ...

Es handelte sich bei ihm weder um Michal noch um Zylberman. Es war die Stimme des Deutschen.

Saras Wut auf Edmund war verraucht. Sie konnte ihn zwar nicht davon überzeugen, mit ihr aus dem Ghetto zu fliehen, aber sie wollte schnellstmöglich zurück auf die Bühne, um ihn zu erlösen. Hastig schob sie die Holzbretter zur Seite: «Wo ist dein geheimer Vorrat?»

«Unter der Filmkiste vom *Dibbuk*.»

Der Dibbuk – es war nicht nur das berühmteste jiddische Theaterstück, sondern auch der erfolgreichste jiddische Film aller Zeiten. 1937 gedreht in Warschau. Vielleicht würde die *Ghetto-Theatertruppe* eines Tages auch einen Film drehen können.

«Den Streifen habe ich mir hier mit Ada immer wieder angesehen», erklärte Józek, während er eine Blechdose hervorholte, der unten im Regal lag. Sara wusste besser als jede andere, was er unter ‹ansehen› verstand: Man ließ den Streifen durch die Hände gleiten und betrachtete sich die Bilder. Die einzige Form von Kino, die ihnen geblieben war. In einiger Hinsicht war es auf diese Weise sogar schöner, denn man konnte sich jedes einzelne Bild so lange ansehen, wie man wollte, und entdeckte noch verborgene Details.

Józek legte sich auf den Bauch und machte sich an einer losen Diele zu schaffen. Er schob sie beiseite, und zum Vorschein kam ein Versteck, in dem mehrere Flaschen Platz fanden. Er holte eine heraus und wies Sara an: «Setz dich auf die Matratze.»

Józek setzte sich neben sie und erklärte: «Ich liebe diesen Film.»

«Du und Zehntausende andere», erwiderte Sara.

«Für mich ist *Der Dibbuk* eine viel bessere Liebesgeschichte als *Romeo und Julia*», strahlte Józek, während er die Flasche öffnete. Sara begriff, dass er über den Film redete, um sie von der schmerzvollen Wundversorgung abzulenken, die gleich beginnen würde. Sie entschied mitzumachen: «Wieso das? In der Geschichte können sich die beiden Liebenden noch nicht einmal küssen, weil Chonen schon im ersten Akt stirbt.»

«Aber er fährt als Totengeist in Leas Körper ein und verhindert, dass sie den anderen Kerl heiratet.» Józek goss etwas von dem Blindmacher über Saras Hand.

«Ahh!», schrie sie auf. Die Wunde brannte ungeheuerlich. Als ob Józek ihre Hand ins Feuer gelegt hätte.

«Zwei Seelen in einem Körper», redete Józek weiter. «Statt eines Dramas hätte *Der Dibbuk* auch eine schöne Komödie werden können.»

Sara musste bei der Vorstellung trotz des Schmerzes lächeln.

Józek holte ein schneeweißes Tuch aus seiner Tasche und begann, die Wunde zu tupfen. Sara biss die Zähne zusammen.

«Weißt du», redete er weiter, «manchmal hoffe ich im Rausch, Ada würde als Dibbuk in mich fahren. Dann würde ich sie wieder bei mir haben.»

«Ada würde», sagte Sara und unterdrückte ihren Schmerz dabei, «bestimmt irres Zeug mit deinem Körper anstellen.»

«Das hat sie schon als Lebende», grinste ihr Kollege anzüglich.

«Józek!»

«Als Totengeist in meinem Körper würde sie sich bestimmt so einiges einfallen lassen.»

«Hör auf!», sagte Sara und musste wieder lachen, obwohl ihre Hand bei jedem Tupfer brannte.

«Wenn ich mir mit Ada einen Körper teile, wird das ganz sicher eine Komödie.»

Die Vorstellung, dass Józek sich wie der kleine Kobold Ada bewegte, tänzelte, hüpfte und kroch, war in der Tat sehr komisch. Und schön, weil Ada dann wieder unter ihnen wäre.

«Aber wenn ich nüchtern bin ...», wurde er ernster.

«Wann bist du das schon?»

«... dann weiß ich, dass unsere Liebe nur das gleiche glückliche Ende haben kann wie die von Chonen und Lea.» Er hörte auf zu tupfen, die Wunde war gereinigt.

«Das nennst du glücklich? Lea bringt sich doch um, damit der Rabbi nicht das magische Ritual vollenden kann, mit dem er Chonens Geist aus ihr vertreiben will.»

«Aber die beiden sind im Tod in Liebe vereint.» Józek nahm das Tuch und umwickelte damit Saras Hand.

«Du glaubst, dass es dir und Ada auch so ergehen wird?»

«Ich hoffe es.»

Sara fragte sich, ob in diesen Zeiten das glückliche Ende für jüdische Liebende so aussehen musste: Nur im Tod in Liebe vereint sein zu dürfen.

«Ich würde sie so gerne wiedersehen», sagte Józek leise.

«Glaubst du denn an ein Leben nach dem Tod?»

«Ich glaube noch nicht mal an das Leben vor dem Tod.»

Sara lächelte betrübt. Sie wusste genau, was er meinte.

«Nur mit Ada habe ich mich lebendig gefühlt.»

So war es ihr mit Edmund ergangen nach Adas Tod.

«Auf gewisse Weise hat sie mir das Leben gerettet», Józeks Stimme brach ein wenig.

«Mir auch, als ich jung war.»

«Sie hat mir davon erzählt.»

Ohne Ada, da war sich Sara sicher, wäre sie in Dębica gestorben.

Ohne Michal, der ihr die Schere entrissen hatte, im Ghetto.

Und ohne Edmund hätte es keinen Grund gegeben weiterzuleben.

Sie alle hatten ihr auf unterschiedliche Art das Leben gerettet.

«Wirst du bei Edmund bleiben?», fragte Józek.

«Du weißt, was los ist?»

«Natürlich.»

«Von Rachel?», Sara regte sich über die alte Tratschtante auf.

«In einem Theater weiß jeder alles von jedem.» Józek

verknotete das Taschentuch. «Also, bleibst du nun bei ihm?»

Edmund war, als er sich zwischen sie und den SS-Mann gestellt hatte, bereit gewesen, für sie zu sterben.

Aber er war nicht bereit, mit ihr zu gehen.

Dieser Widerspruch ließ nur jene Erklärung zu, die Sara schon vom ersten gemeinsamen Kuss an befürchtet hatte: Edmund liebte sie, weil er sie beschützen konnte wie seine Schwester auch.

Aber das reichte nicht.

«Seine Liebe», gestand Sara sich das erste Mal laut ein, «ist nicht stark genug. Und meine nicht stark genug für uns beide.»

«Die ewige Frage», sinnierte Józek. «Was ist besser, geliebt zu werden oder zu lieben?»

«Und was ist die Antwort?»

«Einerlei ...», trällerte Józek das erste Wort des ersten Liedes im Stück.

«Einerlei?»

«Es ist ja nicht so, als ob wir eine Wahl haben.»

«Nein, die haben wir nicht», seufzte Sara.

«Wir müssen halt das Glas halb voll sehen», versuchte Józek sie aufzumuntern und sprang von der Matratze auf.

«Auf der Bühne sagt deine Figur aber: ‹Man muss das Glas ganz leer trinken›», erwiderte Sara und stand ebenfalls auf.

«Im Stück handelt es sich auch um einen anderen Säufer namens Józek.»

«Und was an unseren Gläsern ist halb voll?»

«Dass wir lieben.»

Sara lächelte.

Dann rannte sie aus der Kammer und durch die Gänge zur Bühne, dicht gefolgt von Józek. Dabei hörte sie, wie der SS-Mann sein *Rosmarie*-Lied sang und Wesby dazu Klavier spielte. Entweder kannte der große Komponist die Melodie, oder er hatte sie sich schnell angeeignet.

Hinter der Holztür standen Zylberman und Esther bereit. Ihr Auftritt wäre schon längst vorüber gewesen, wenn der Soldat den Ablauf nicht durcheinandergebracht hätte. Damit das Stück noch vor der Sperrstunde zu Ende sein könnte, müsste Michal es noch auf die Schnelle um ein paar Minuten kürzen. Vermutlich war er schon dabei. Jedenfalls war er nirgendwo zu sehen.

Zylberman war bis in die Haarspitzen angespannt. Immerhin war er nicht abgehauen. Das musste man ihm anrechnen: Dieser Mann, der in allen fünf Ghetto-Theatern auftrat und an manchen Abenden sogar zwischen zwei Theatern hin- und herlief, besaß die Berufsehre, unter keinen Umständen eine Vorstellung zu verlassen. Was war eigentlich mit Rachel? Sara hatte die alte Frau schon länger nicht gesehen. War sie geflohen? War am Ende sogar Michal geflohen? Ohne sie mitzunehmen?

Esther stand starr da, mit ihren Händen tief in den Jackentaschen, und wagte es nicht mal zu atmen, geschweige denn zu husten. Sara ging auf sie zu. Das Mädchen sah sie erschrocken an. Kein Wunder nach dem, was Golema ihr angetan hatte. Leise und sanft sagte Sara zu ihr: «Alles wird gut.»

Esther hatte viel zu große Angst, um das zu glauben.

Sara nahm sie in den Arm und drückte sie. Wie zuvor Fayge. Wie früher ihre Schwestern. Und sie wiederholte noch sanfter und dadurch noch eindrücklicher: «Alles wird gut.» Dann lächelte sie sie mit aller Zuversicht der Welt an. Nicht weil sie die empfand, sondern weil sie es als Schauspielerin konnte.

Esther lächelte nicht zurück, schien aber nicht mehr ganz so angsterfüllt zu sein. Mehr zu erreichen, war für Sara nicht möglich. Sie stieß die Holztür auf und betrat die ordentliche Seite der Bühne. Edmund saß auf dem Bett, sein Gesicht war fahl.

Der SS-Mann, der unten bei Wesby am Klavier stand, schmetterte ein letztes: *Keine Angst, keine Angst, Rosmarie!* Dann wurde es still, denn auch der Pianist hörte auf zu spielen.

Der Deutsche betrachtete Sara. Sie hielt die verbundene Hand hoch. Er nickte und ging langsam zu seinem Platz. Dort angekommen gab er ein Zeichen, sie solle weitermachen.

Sie eilte, an der spanischen Wand vorbei, in die unordentliche Hälfte des Zimmers, wo vor wenigen Minuten ihr Spiel unterbrochen worden war.

Edmund hastete ihr hinterher. Im Laufen steckte er sich mit einem Streichholz eine Zigarette an, und als er bei Sara ankam, fragte er: «Wo soll ich das Streichholz hintun?»

«Ach, wirf es einfach auf den Boden.»

«Ich liebe deinen Sinn für Ordnung», grinste Edmund

und warf das Hölzchen im hohen Bogen davon. Es landete in einem Essenstopf auf dem Tisch. Diesen Wurf hatte Edmund bei den Proben eingeübt, und alle waren davon ausgegangen, dass er einen großen Lacher bringen würde.

Niemand im Publikum lachte.

Es war, als ob man in einem ausverkauften Haus voller Totengeister spielte.

Wesby griff wieder in die Tasten. Und Sara ließ ein Lied aus dem ersten Akt anklingen:

Ach ja, wie kalt und ungemütlich
ist das Leben ohne dich ...

Edmund ging auf sie zu. Sie hörte auf zu singen und sagte zu ihm: «Ich vertraue dir etwas an, wenn du mir versprichst, nicht zu lachen.»

«Ich werde lachen. Erzähle es mir trotzdem.»

«Weißt du, ich habe das Lied damals im Café Grünspan nur für dich gesungen.»

Wesby beendete sein Klavierspiel.

«Du lachst ja nicht», stellte Sara fest.

«Nein, ich lache nicht.»

Beide mussten schlucken.

Eine Türklingel war zu hören. Von Józek hinter der Bühne hergestellt mithilfe einer auf ein Holzbrett geschraubten Klingel.

«Es läutet», sagte Sara.

«Du hast dich verhört.»

Die Tür wurde aufgerissen, und Zylberman trat mit Esther ein. Dröhnend verkündete er: «Das ist das Fräulein Esther, von der ich Ihnen erzählt habe.»

«Ähem, das freut uns», bemühte Sara sich um Freundlichkeit.

«Und wie», ergänzte Edmund gereizt, da die Zweisamkeit zerstört war.

«Fräulein Esther», wandte sich Zylberman an das Mädchen, «singen Sie der Dame doch etwas vor.»

«Ich weiß nicht», antwortete Esther mit schwachem Stimmchen. Einerseits gab die Rolle ihr diese Worte vor, andererseits schüchterte sie die beklemmende Atmosphäre im Saal sichtlich ein.

«Wir freuen uns», sagte Sara und ergänzte, nicht nur, um die Figur Esther aufzumuntern, sondern auch das junge Mädchen: «Und wie!»

«Und wie», wiederholte Edmund noch genervter.

Es gab keinerlei Gelächter, obwohl er übertrieben mit den Augen rollte. Fast wie eine Figur aus einem Stummfilm. Oder dem alten Theater des Melodrams, dem Rachel entstammte. War sie tatsächlich geflohen? Ließ sie alle im Stich? Ließ Michal sie im Stich?

Sara blickte in den Saal: Das versteinerte Publikum hätte sogar Ada nicht zum Lachen gebracht. Womöglich nicht mal Charlie Chaplin. Nur der Dämon hätte sich vielleicht über den Komiker amüsiert.

Die Musik von Saras Lieblingslied erklang. Jenes, das sie selbst gerne einmal auf einer Bühne hätte singen wollen und das jetzt Esther darbot. Ihre Stimme dabei glockenhell, als ob sie nicht krank war und es keinen Dämon und keine Totengeister im Publikum gab:

Ja, im Frühling, ja, im Frühling,
da fliegt frei der Schmetterling,
und das Mädchen, und das Mädchen
träumt von der Ehe vor sich hin.

Im Gegensatz zu ihr hatte Esther die Liebe nie erleben dürfen.

Bäume blühen, Bäume blühen, Vogel zwitschert, wie er
kann,
und das arme, liebe Mädchen, ja, es findet keinen Mann!

Im Ghetto würde sie es niemals tun.

Dort ein Vöglein, dort ein Vöglein, schnäbelt froh auf
einem Ast,
und das Mädchen weint vor Kummer,
weil's keinen Mann für sich hat.

Gaswagen in Chełmno.
Züge in Michals Träumen.

Nicht mehr lang, bald kommt der Winter, und dann ist
ein Jahr vorbei.
Und wer weiß schon, und wer weiß schon, ob noch
jemals kommt ein Mai ...

Niemals mehr ein Mai.

Oh, erhör' mich, lieber Herrgott!
Oh, erhöre mein Gebet,
bitte schaff' mir einen Mann her,
so schnell, wie's nur geht!

Esther schaute, wie von ihr angekündigt, sehnsüchtig nach oben in einen imaginierten Himmel. Das Bühnenlicht ließ sie erstrahlen.

Sie wirkte so rein.

So unschuldig.

Bei diesem Anblick wusste Sara endlich, was in ihrer fatalen Lage zu tun war.

Ihre Entscheidung fiel.

Sie war anders als gedacht.

Und sie bereitete ihr einen inneren Frieden.

Gar einen Hauch von Glück.

Die Entscheidung

Und», fragte Zylberman, «wie gefiel Ihnen beiden der Gesang?»

«Er war sehr hübsch», antwortete Edmund, und man konnte ihm den Stolz über den Auftritt seiner Schwester ansehen.

Die Menschen im Saal waren von dem Lied und seiner inneren Wahrheit berührt. Sie mochten dank des Dämons zwar nicht mehr lachen, aber ihre Herzen waren noch nicht so gelähmt vor Angst, dass dieses Lied sie nicht erreichen konnte.

«Mir gefiel das Lied auch sehr gut!», rief Fajerman aus seiner Loge.

Alle sahen zu ihm hoch. Sein Ausruf war ein Zeichen des Widerstands gegen die Anwesenheit des SS-Soldaten. Nur ein mächtiger Mann wie der Schwarzmarkthändler Fajerman, der mit den Deutschen Geschäfte machte, konnte sich das leisten.

Sara musste über so viel Chuzpe lachen. Und ihr Lachen war wie eine Einladung für die Menschen im Saal. Die meisten lachten verhalten, einige nervös, wenige laut. Darunter auch William. Er lachte nun mal stets, wenn andere lachten. Dass neben ihm auf der anderen Seite des Ganges der Deutsche saß, war ihm einerlei.

Der SS-Mann blickte jedoch nicht den Mann mit der Melone neben sich an, sondern den dicken Schwarzmarkthändler. Offenbar hatte er Fajermans Einwurf als jene Provokation verstanden, die es nun mal auch war. Der Deutsche sagte nichts, er stand auch nicht auf. Vielleicht würde er den Schwarzmarkthändler nach der Vorstellung verhaften. War er womöglich sogar wegen ihm hierhergekommen? Falls ja, ahnte Fajerman nichts, sonst hätte er es nicht gewagt zu rufen.

«Und wie gefiel der Gesang Ihnen?», fragte Zylberman Sara, nachdem das Gelächter im Saal wieder abebbte.

«Wunderschön», auch sie war stolz auf Esther. Jenes Mädchen, welches noch nie die Liebe erlebt hatte und sie daher besonders sehnsüchtig besingen konnte.

«Wir bedanken uns und beanspruchen nicht länger Ihre Zeit», erklärte Zylberman und wandte sich an die Kleine: «Also, Fräulein Esther, es yz ir bashert, Künstlerin zu werden.»

Das Mädchen, dem bekundet wurde, es wäre ihr bestimmt, eine Künstlerin zu werden, strahlte vor Glück, und die beiden gingen von der Bühne ab.

«Ich weiß, was zu tun ist», verkündete Edmund.

«Und was?»

«Immer noch küssen!»

Er ging auf Sara zu, auch sie näherte sich ihm an. Als die beiden zum wiederholten Mal unmittelbar vor einem Kuss standen, platzte Józek in das Zimmer.

Michal hatte erklärt, dass die ständigen Unterbrechungen des Kusses dafür sorgten, dass sich am Ende, wenn der Kuss endlich zustande kam, die aufgestaute Erwartung der Zuschauer umso stärker in Freude entladen würde.

Die beiden Liebenden hielten inne, konnten sich jedoch nicht voneinander losreißen, zu stark war ihre Sehnsucht.

«Edmund», rief Józek, «Zivia hat dir einen Brief geschrieben!»

Für Sara war es das Stichwort, sich zurückzuziehen: «Ich habe Probe und bin jetzt schon zu spät dran.»

Sie rannte durch das Zimmer und zur Tür hinaus. Dahinter wartete Michal auf seinen Auftritt, er sah Sara angespannt an. Für ihn war es gewiss unerträglich, dass sie noch immer nicht erklärt hatte, ob sie mit ihm gehen würde.

Sara ihrerseits war froh, ihn hier zu sehen: «Schön, dass du noch nicht verschwunden bist.»

Michal schien allein der Gedanke, er könne so etwas tun, an seiner Ehre zu packen, aber er erwiderte nichts darauf, stattdessen bestätigte er, was Sara bereits befürchtet hatte: «Dafür ist Rachel verschwunden.»

«Verräterin.»

Oder, sagte eine kleine Stimme in ihr, die einzig Vernünftige in diesem Irrenhaus von einem Theater.

«Das hat auch etwas Gutes», stellte Michal fest.

«Was soll daran gut sein?»

«Ohne ihren Auftritt und den Monolog über die Ehe wird das Stück fast so viel kürzer, dass wir vor der Ausgangssperre fertig sein können. Wenn wir dann noch deinen Dialog, in dem du mich verlässt, streichen, müsste es genau hinkommen.»

Sara hätte beinahe gelächelt: Das Schreiben, das Inszenieren, das Theater – wie sollte dieser Mann ohne all das leben können? Wofür würde er leben, wenn er das nicht mehr hätte? Für sie? Keinen Monat würde es dauern, und er würde in dem Versteck auf dem Bauernhof in tiefste Trübnis fallen und nicht mehr aus ihr herausfinden.

Sara ging zum Ofen, den Józek in der Pause für die frierenden Darsteller aus dem Zuschauerraum geholt hatte. Seine Flammen waren inzwischen kurz vor dem Erlöschen – im Theater hatte man inzwischen Erfahrung, wie viel Kohle oder Holz für die Länge einer Vorstellung benötigt wurden. Sie gab Michal ein Zeichen, zu ihr zu kommen. Er hielt seine Hände darüber, wollte die letzte Wärme, die die Glut spendete, in sich aufnehmen.

«Ich habe mich entschieden», erklärte Sara.

«Es ist auch kaum noch Zeit», gab Michal bitter zurück.

«Ich gehe mit dir.»

Michal starrte sie ungläubig an. Offenbar hatte er das nicht mehr erwartet.

«Ich gehe mit dir», wiederholte Sara.

«Und was ist mit Edmund?»

«Du tust alles für mich. Er nicht.»

Michal nickte fast unmerklich.

«Du liebst mich mehr als er.»

«Aber du ihn mehr als mich», stellte er betrübt fest.

«Weil ich ihn falsch eingeschätzt habe.»

Michal schien ihr nicht vollständig zu glauben. Er wollte es. Aber er konnte nicht. Noch nicht.

«Und dich», sagte Sara, «habe ich auch falsch eingeschätzt.»

Michal antwortete nicht.

«Ich liebe dich.»

Michal hatte sich immer gewünscht, diese Worte von ihr zu hören.

«Ich liebe dich», wiederholte Sara, diesmal auf eine leise, innige Art.

Nur einmal zuvor in ihrem Leben hatte sie diese Worte ausgesprochen. Es war kurz vor dem Krieg gewesen. Und der Mann, der ihr gegenüberstand, war Efrajim gewesen.

Sämtliche schriftliche Aufforderungen, ihre Ehe zu scheiden, hatte er ignoriert. Selbst als Ada ein paar Kollegen aus dem Warschauer Theater dafür bezahlte, nach Dębica zu fahren und Efrajim einzuschüchtern, hatte er nicht eingewilligt. Auch nicht, als die Männer ihn zusammenschlugen, was Sara damals wenigstens eine gewisse Genugtuung verschaffte. Sie hoffte, Efrajim würde an den Wunden und der Erniedrigung ein Leben lang leiden wie sie.

Ada war es auch, die die List ausheckte, wie man Efrajim doch noch dazu bewegen könnte.

«Wenn du etwas erreichen willst», sagte der kleine Kobold, als sie gemeinsam in der kargen Warschauer Einzimmerwohnung zu Pessach gefillte Fisch aßen, «musst du dich auf deine größte Stärke verlassen.»

«Und die wäre?», Sara war nicht bewusst, dass sie überhaupt eine Stärke besaß.

«Dreimal darfst du raten», grinste der kleine Kobold.

«Dir das Bett beziehen?»

«Zweimal darfst du raten.»

«Für dich kochen?»

«Noch einmal darfst du raten.»

«Mich für dich mit Raten zum Zirkusaffen machen?»

«All das kannst du gut, aber deine größte Stärke ist etwas anderes.»

«Und was?»

«Das Schauspielen natürlich.»

«Schauspielen?» Sara staunte. Sie hatte noch nie von Ada ein Lob zu ihrer Schauspielkunst bekommen, darüber hinaus verstand sie nicht, wie ihr das bei diesem Problem helfen konnte. Er hatte zwar, so ließ er Sara hasserfüllt über die Schläger ausrichten, den Scheidebrief gleich nach Saras Flucht von einem religiös ausgebildeten Schreiber aufsetzen lassen, hatte ihn jedoch nie unterschrieben, damit sie niemals einen anderen Mann heiraten konnte.

«Wir studieren», grinste Ada ihr Koboldgrinsen, während sie ein besonders großes Stück gefillte Fisch auf ihrer Gabel zum Mund balancierte, «eine schöne Rolle für dich ein.»

Drei Tage später besuchte Sara das erste Mal seit ihrer Kindheit Dębica, um Efrajim aufzusuchen. Ada begleitete sie und bezog auf der gegenüberliegenden Straßenseite Position. Von dort sah sie zu, wie Sara an der Tür klingelte.

Niemand reagierte.

Erleichtert wollte Sara wieder umdrehen.

Doch da hörte sie Schritte im Treppenhaus.

Sie wollte weglaufen, doch Ada warf ihr von der anderen Straßenseite einen Blick zu, der besagte: ‹Wehe!›

Sara hatte mehr Angst, Ada zu enttäuschen, als Efrajim zu begegnen.

Und vielleicht war es ja auch nicht er, der da die Treppen herunterkam.

Er war es.

Efrajim öffnete die Tür und sah sie an. Erschrocken. Und fragte: «Sara, bist du das?»

«Ja», antwortete sie mit kehliger Stimme, als hätte sie in ihrem Leben zu viel geraucht. Bei seinem Anblick zog sich ihr der Magen zusammen. Der Mann mit dem schwarzen Bart und den Schläfenlocken trug wie stets ein weißes Hemd, einen schwarzen Anzug sowie einen schwarzen Hut auf dem Kopf. Auf den zweiten Blick wirkte er auf Sara kleiner als vor sieben Jahren. Sowohl von der Statur als auch vom Wesen.

«Was ist mit dir geschehen?», fragte er entsetzt.

«Das Haus, in dem ich wohnte, ist vorletzte Chanukka abgebrannt.»

Sara stand gekrümmt vor ihm und stützte sich auf eine Holzkrücke aus dem Theaterfundus. Der Maskenbildner ihres Warschauer Theaters hatte ihr die Zähne schwarz, gelb und braun gefärbt. Außerdem, und viel eindrucksvoller, hatte er ihr üble Brandnarben aufgeklebt, die sich fast über die ganze linke Gesichtshälfte erstreckten und auch auf Teile des Halses. Der Rest ihres Körpers wurde von einem schäbigen Kleid bedeckt. Efrajim musste davon ausgehen, dass Saras ganzer Leib mit Brandnarben übersät war.

Die Maskerade war für die Menschen, denen Sara und Ada bereits auf der Reise nach Dębica begegnet waren, so überzeugend gewesen, dass sie Sara entweder als bemitleidenswerte Kreatur wahrnahmen oder als eine, von der man sich angeekelt abwenden musste. Auf den Gedanken, es handele sich lediglich um eine Rolle, die sie spielte, war niemand gekommen. Wie auch? Sie wussten nicht, wozu Maskenbildner bei Theater und Film mittlerweile imstande waren. Drei Tage lang, jeweils vierzehn Stunden, hatte Ada mit Sara zuvor die Rolle der Schwerversehrten einstudiert – von der Körperhaltung bis zur Stimme, alles musste absolut überzeugend sein.

«Was willst du hier?», fragte Efrajim und rang nach Fassung.

«Zu dir.»

«Zu mir?»

«Wir sind verheiratet.»

Efrajim gefiel das nicht.

«Ich bin deine Frau.»

Efrajim konnte dem nicht widersprechen.

«Ich will wieder zurück zu dir.»

Von dem Gedanken war er sichtlich überfordert.

«Verzeihe mir. Ich habe dich entehrt. Das hätte ich nicht tun dürfen. Ich war ein dummes junges Ding. Jetzt weiß ich, dass eine Frau ihrem Mann gehorchen muss. Für ihn da sein muss, jeden Tag und jede Nacht.»

Besonders der Gedanken an die Nächte schien Efrajim nicht zu behagen.

«Ich liebe dich.»

Efrajim trat einen Schritt zurück.

Sara trat darauf zwei Schritte zu ihm, sodass sie Fuß an Fuß standen.

«Ich liebe dich», sagte sie noch einmal. Leise. Innig.

«Wir sind geschieden», stammelte er und drückte sich mit dem Rücken an die Tür.

«Du hast den Scheidebrief nicht unterschrieben und ihn mir nie unter Zeugen überreicht. Wir sind Mann und Frau.»

Sara stand vor ihm und spitzte die Lippen zum Kuss. Sie genoss die Panik, die in Efrajims Augen stieg, die Macht, die sie in diesem Moment über ihn ausübte.

«Der Brief ist oben in der Wohnung, ich hole ihn», rief Efrajim angsterfüllt und machte noch einen Schritt zurück.

Ada und sie hatten lange debattiert, wie Sara in diesem Moment reagieren sollte: Weinen und betteln, dass er sich nicht von ihr scheiden ließ? Sich ihm an den Hals werfen und ihn mit Küssen übersäen? Letztlich hatten sie sich für einen Schrei entschieden.

Aus der Tiefe ihrer verwundeten Seele schrie Sara: «Neeeeeeeein!»

Es war ein so furchterregender Schrei, dass Efrajim die Tür in wilder Panik zuschlug. Keine Minute später tauchte er wieder mit dem unterschriebenen Scheidebrief auf. Um die Scheidung gültig zu machen, bedurfte es allerdings zweier koscher lebender Zeugen. Flink fand er zwei orthodoxe Juden, die sich beim Anblick von Sara auf der Stelle bereit erklärten, das Papier zu unterschreiben. Efrajim drückte es Sara in die Hand, eilte ins Haus zurück und schlug die Tür noch heftiger zu als beim ersten Mal.

Sara schrie erneut fürchterlich. Diesmal so, dass die ganze Straße es hören musste. Ach was, das ganze Viertel.

Efrajim verbarrikadierte daraufhin seine Fenster.

Dann ging Sara mit dem Scheidebrief zu der applaudierenden Ada. Das erste und einzige Mal in ihrem gemeinsamen Leben spendete Ada ihr Beifall.

«Pack schnell deine Sachen», sagte Michal. «Wir müssen gleich wieder auf die Bühne und direkt nach der Aufführung verschwinden.»

«Ich benötige keine Sachen», entgegnete Sara.

«Natürlich brauchst du welche.»

«Ich will im Ghetto bleiben.»

Michal sah sie irritiert an: «Spielst du Spielchen mit mir?»

«Nein.»

«Du hast eben gesagt, dass du mich liebst.»

«Das tue ich.»

«Was soll das dann?»

«Ich möchte, dass Edmund und Esther fliehen. Und wir bleiben.»

Sara wollte kein kleines Mädchen mehr sein, das von anderen gerettet werden musste, egal ob von Ada, Edmund oder Michal. Sie wollte selbst ein Leben retten! Und den Mann, den sie trotz allem liebte.

Michal sah sie erschrocken an, er wollte protestieren. Doch bevor er das erste Wort herausbringen konnte, sagte Sara, fast schon flehentlich: «Esther hat noch nicht gelebt!»

Michal hielt inne.

«Sie hat noch nie geliebt!»

«Das ist wahr», antwortete Michal mitfühlend.

«Deswegen muss sie das Ghetto verlassen.»

«Aber Edmund muss es nicht. Er hat gelebt!»

«Ohne ihn wird Esther nicht gehen.»

Darauf wusste Michal nichts zu sagen.

Sara rückte an Michal heran und sagte leise: «Du könntest damit Sühne tun für das, was du dem Arzt angetan hast.»

Der Gedanke schien ihn zu erreichen.

Sie legte ihre Hand auf seine Wange: «Wir beide können den Menschen mit unserem Spiel so viel geben, sie zum Lachen bringen. Wir können sie ihren Schmerz für kurze Zeit vergessen lassen. Und wer weiß, vielleicht überleben wir das alles hier. Den Typhus ... den Hunger ... und vielleicht ist Chełmno nur ein Gerücht, gestreut von dem Widerstand, um uns aufzuwiegeln. Und deine Alpträume von den Zügen sind vielleicht nur Alpträume.»

«Bleiben ...», der Gedanke war für Michal offenbar nicht zu fassen. Daher musste Sara nachlegen: «Und wenn die

Russen rechtzeitig kommen und uns befreien, können wir noch lange leben ... und Theater spielen ... mit ihm die Welt bereisen ...»

Hoffnung lag mit einem Male in seinen Augen.

Sara hätte nicht gedacht, dass Michal noch in der Lage war zu hoffen.

«... und vielleicht ...», sie hielt inne.

«Vielleicht?», fragte er.

«Können wir auch eine Familie gründen.»

«Du ... du willst Kinder mit mir?»

Es war offenbar ein schöner Gedanke für Michal.

«Wenn wir das hier überleben.»

Zu schön, um wahr zu sein.

«Du spielst mir das nur vor, oder?»

«Ja», antwortete Sara leise. Dennoch ließ sie ihre Hand auf seiner Wange ruhen.

«Du bist», sagte Michal mit Respekt, «wirklich eine verdammt gute Schauspielerin geworden.»

«Danke», antwortete Sara.

«Du liebst Edmund mehr als mich», stellte er betrübt, diesmal jedoch ohne jegliche Bitternis, fest.

«Ja, das stimmt.»

Er trat ein paar Schritte zur Seite, kehrte Sara den Rücken, nahm seine Brille ab und dachte nach. Je länger das dauerte, desto sicherer wurde Sara, dass er nicht mit ihr im Ghetto bleiben würde. Sie hatte ihn nicht überzeugen können. Vielleicht könnte sie ihn noch dazu bringen, wenigstens Esther mit sich aus dem Ghetto zu schmuggeln. Dann müssten sie gemeinsam Edmund überzeugen, dass er seine kleine Schwester ziehen ließ, und anschließend alle gemeinsam Esther, dass es für sie das Beste war, den Bruder zu verlassen. In diesem Fall würde sie selbst mit Edmund weiter im Ghetto, aber eben auch im *Femina* bleiben.

Michal setzte sich seine Brille wieder auf, wandte sich erneut Sara zu und stellte mehr fest, als dass er es fragte: «Du liebst also Edmund mehr als dein eigenes Leben?»

«Ja», antwortete Sara klar und fest.

«Obwohl er dich nicht so liebt?»

«Ja.»

Wieder sagte Michal eine Weile nichts. Schließlich antwortete er mit Schmerz in der Stimme: «Und ich liebe dich mehr als mein Leben.»

Was hatte Józek eben noch gemeint: Man konnte sich nicht aussuchen, wem man verfällt.

Michal hätte wohl niemals Sara ausgesucht.

Und sie womöglich nicht Edmund.

«Vielleicht», versuchte Michal sich selbst ein wenig Hoffnung zu machen, «überleben wir beide doch irgendwie.»

«Vielleicht», lächelte Sara. Sie glaubte es nicht. Aber sie war dankbar, dass Michal bereit war, Esther und Edmund ziehen zu lassen.

Sie hatte das Mädchen gerettet.

Und damit auch ein wenig das kleine Mädchen in ihr.

Michal lächelte tapfer und fragte: «Auf zum Finale?»

«Auf zum Finale!», antwortete Sara.

Finale

Während sich Sara und Michal für ihren Auftritt bereit machten, dachte sie darüber nach, wie die Vorstellungen von *Die Liebe sucht ein Zimmer* ohne Edmund und Esther aussehen könnten. Es war geplant, das Stück die nächsten drei Wochen aufzuführen, das darauffolgende Stück war noch nicht einstudiert. Józek würde Edmund als Edmund ersetzen, und für seine kleinere Rolle als Säufer würde man schnell einen arbeitslosen Schauspieler engagieren können. Schwieriger würde der Ersatz für Esther sein. Michal würde gewiss schon ab morgen Vormittag Mädchen vorsingen lassen, ob er jedoch bis zum Abend einen Ersatz gefunden haben würde, war ungewiss. Sara hätte das Lied gerne selbst gesungen, aber so wie ihre Rolle angelegt war, ergab es keinen Sinn. Da kam ihr eine andere Idee: Józek könnte als Zweitrolle das kleine Gesangstalent spielen. Das Publikum würde herzlich lachen, wenn er als junges Mädchen verkleidet auftreten würde. Er hätte auch bestimmt jede Menge Freude daran. Und Sara könnte sich dabei vorstellen, dass Ada für dieses Lied als Dibbuk in ihn gefahren war. Ob sich Michal von dieser Idee überzeugen ließ? Sie musste es versuchen. Sie glaubte nicht daran, dass sie nach dem Krieg mit einer Theatertruppe durch die Welt ziehen würden. Deshalb würde sie im Hier und Jetzt ihr Ziel verfolgen: Stücke verfassen, inszenieren, spielen, solange das möglich sein würde. Als Erstes würde sie mit Michal über ihre Ideen sprechen.

Jetzt war allerdings kein guter Zeitpunkt dafür, da sie die Kulissen erreicht hatten, wo bereits Zivia und Fayge auf ihren Auftritt warteten.

Auf der Bühne las Józek gerade den Brief von Zivia vor, den Edmund noch nicht einmal in die Hand hatte nehmen wollen: «Unsere Beziehung ist leider unmöglich geworden. Ich muss dich verlassen.»

Diese Nachricht erleichterte Edmund, und er stimmte – zu Józeks Überraschung – einen fröhlichen Singsang an: *«Sie muss mich verlassen! Sie muss mich verlassen!»*

Michal trat zu ihm auf die Bühne und rief: «Sara ist ausgezogen!»

Mit dieser Zeile hatte Michal die Trennungsszene, in der Sara mit ihrem Kaktus die Wohnung verließ, gestrichen und dem Publikum das Ergebnis mitgeteilt. Nun kehrte er zum Textbuch zurück und verfiel, wie Edmund zuvor, in einen Singsang: *«Sie ist weg! Sie ist weggedieweggedieweg!»*

Und schon trällerten die beiden Männer zusammen: *«Sie ist weg! Sie ist weg! Sie ist weggedieweggedieweg!»*

Józek wandte sich an das Publikum und fragte: «Hat man schon mal zwei solche Idioten gesehen?»

Diejenigen im Saal, die sich zuvor schon getraut hatten zu lachen, lachten wieder, weniger nervös und lauter als zuvor.

«Sie ist weg!», freute sich Edmund.

«Sie ist weg!», rief auch Michal.

«Warte, wer genau ist weg?», war Edmund irritiert.

«Genau, wer ist weg?», wollte nun auch Michal wissen.

«Natürlich Zivia!», antwortete Edmund.

«Bist du jetzt völlig verrückt geworden? Sara ist weg!», empörte sich Michal und baute sich vor dem Nebenbuhler auf.

Der streckte seine Brust raus und fragte, nicht minder empört: «Na, wer von uns beiden ist wohl verrückt geworden?»

«Ihr beide seid es!», lachte Józek. «Beide eure Weiber haben sich für immer vom Acker gemacht.»

Edmund und Michal benötigten einige – für das Publikum sehr amüsante – Sekunden, um zu begreifen, was geschehen war: Nicht nur die jeweilige Ehefrau war weggedieweggedieweg, sondern auch die jeweilige große Liebe. Dann riefen die beiden Männer gleichzeitig: «Ich muss sie finden!», und rannten aus dem Zimmer, sehr zur Freude der Menschen im Saal.

Józek wandte sich erneut an die Zuschauer und verkündete: «Und ich muss etwas trinken!»

Daraufhin trauten sich noch ein wenig mehr von ihnen zu lachen.

Sara stand nun hinter den Kulissen zwischen Edmund und Michal. Ein Gespräch mit den beiden über den Plan, Edmund und Esther zu retten, war allerdings nicht möglich, da Zivia und Fayge dabei waren. Mit den beiden Männern für das Gespräch weggehen konnte Sara allerdings auch nicht, da sie gleich ihren Einsatz hatte.

Kaum hatte Józek zu schwungvoller Musik die unordentliche Seite des Zimmers verlassen, betraten Zivia und Fayge die ordentliche, und Fayge fragte: «Wo willst du denn nun hin, Zivia?»

«Ich weiß es nicht, ich will nur ein paar Sachen mitnehmen.»

«Was ist denn passiert?»

«Ach, auch das weiß ich nicht», antwortete Zivia und begann heftig zu schluchzen.

Das war das Stichwort für Saras Auftritt. Sie betrat die andere Zimmerhälfte und sprach gedankenverloren mit sich selbst: «Wo ist nur mein Schal?»

Während Sara suchte, erklärte Fayge auf der anderen Seite der spanischen Wand Zivia: «Vielleicht weißt du nicht, was passiert ist. Aber ich weiß es. Du liebst Michal!»

Sara hielt auf der anderen Seite inne.

«Ja, ich liebe ihn», gestand Zivia.

Sara hörte gebannt zu.

«Und er liebt dich. Warum dann das ganze Drama? Lass dich scheiden und heirate ihn. Wir sind doch keine Katholen!»

Da trauten sich mehr Menschen zu lachen. Es war zwar schrecklich, in diesen Zeiten ein Jude zu sein, umso mehr bereitete es den Zuschauern Freude, sich über die Christen lustig zu machen.

Sara lief auf die spanische Wand zu und stieß sie so um, dass sie mit einem Knall in die andere Zimmerhälfte fiel. Einige Menschen im Saal erschraken sich, weil das Geräusch wie ein Schuss klang.

«Ahh!», schrie Zivia auf.

Sara stieg über die spanische Wand und lief auf ihre Leidensgenossin zu: «Oh, Zivia, du mein geliebtes Wunder!»

«Sara! Wunder?», staunte Zivia.

«Ich habe alles gehört!», Sara warf sich ihr an den Hals. «Nimm Michal und weine nicht.»

«Du bist so gut», antwortete Zivia und weinte noch mehr.

«Das bin ich nicht, mir geht es um Edmund», begann auch Sara zu schluchzen. Zivias wilde Locken kitzelten so sehr, dass Sara ihren Kopf wegdrehen musste, um nicht zu niesen.

«Heult nur beide», sagte Fayge mit großer Zuneigung, «es gibt so selten einen Grund, vor Freude zu weinen.»

Hinter der Tür waren näher kommende Schritte zu hören. Und die Stimme von Michal, der schimpfte: «Du hast Zivia vertrieben!»

«Und du Sara!», meckerte Edmund.

«Schwein!»

«Barbar!»

«Barbarenschwein!»

«Die einen heulen», stellte Fayge fest, «und die anderen schreien.»

Das gefiel den Menschen im Saal.

«Du ... du ...», suchte Edmund beim Betreten des Zimmers nach einem Schimpfwort, das schlimmer als Barbarenschwein war. Und fand: «... Beamter!»

Die Zuschauer amüsierten sich darüber königlich. Bis auf die Beamten.

Erst jetzt entdeckten die Männer ihre Frauen.

«Zivia? Sara?», staunte Michal.

«Sara? Zivia?», staunte Edmund nicht minder.

Beide Frauen schluchzten noch lauter, und Fayge stellte fest: «Die einen heulen, die anderen glotzen dumm.»

In diesem Moment stürzte Józek ins Zimmer und rief aus: «Und die ganz anderen trinken!»

Er stellte eine Flasche auf den Tisch und füllte die Gläser.

Michal trat indessen zu seiner Ehefrau und heuchelte: «Oh, Sara, schön, dass du wieder da bist!» Er näherte seine Lippen zum Kuss.

Auch Edmund heuchelte seiner Ehefrau vor: «Zivia, du bist ja auch da!», und wollte sie küssen.

Fayge wurde es zu bunt: «Meine Lieben, macht euch doch nicht zu Idioten.»

Alle schauten zu ihr, bis auf Józek, der mittlerweile am Tisch saß und zu trinken begonnen hatte.

«Wir alle wissen doch», sprach Fayge weiter, «wer sich über wessen Wiederkehr in die Wohnung freut.»

Michal und Edmund blickten ertappt drein.

«Und wer wegen wem heult.»

Sara und Zivia hörten auf zu weinen.

«Ihr vier habt schon viel zu viel Zeit verschwendet!»

Michal und Zivia sahen sich an. Edmund und Sara ebenfalls.

«Wir haben aber», mahnte Fayge, «keine Zeit zu verschwenden.»

Sara konnte den Blick mit Edmund kaum halten. Ihre Zeit mit ihm würde in wenigen Minuten zu Ende sein.

«Küsst die Richtigen», mischte sich Józek ein, «damit wir endlich trinken können!»

Michal und Zivia fielen sich unter dem Jubel des Publikums in die Arme. Der wurde noch lauter, als Sara und Edmund sich ebenfalls um den Hals fielen. Dabei flüsterte sie ihm zu: «Du verlässt gleich nach der Vorstellung mit Esther das Ghetto.»

Edmund sah sie verblüfft an.

«Und ich bleibe hier mit Michal.»

«Er gibt dir das Geld dafür?»

«Er ist mit allem einverstanden. Auch ohne Erpressung.»

«Wieso macht er das? Warum machst du das?»

«Deine Schwester hat noch nicht gelebt.»

Edmund begriff. Er wirkte nicht so, als ob er Sara von dem Plan abbringen wollte. Er liebte sie in der Tat weniger als sie ihn. Und das tat weh.

«Küssen!», riefen Fayge und Michal im Duett. «Küssen! Küssen! Küssen!»

Viele der Zuschauer stimmten mit ein: «Küssen! Küssen! Küssen!»

Am lautesten war dabei Fajerman.

In der Mitte des wieder ungeteilten Zimmers bewegten sich zum Finale des Stückes die richtigen Lippenpaare aufeinander zu. Sara wusste, dass dies der letzte Kuss für sie und Edmund sein würde.

Bevor es jedoch dazu kam, wurde die Saaltür aufgerissen. Der junge behelmte Soldat von der Straßensperre kam in den Saal und stellte sich mit gekreuztem Gewehr vor die geschlossene Saaltür. Seine ganze Haltung signalisierte, dass er niemanden durchlassen würde.

Alle auf der Bühne und im Saal erstarrten. Jeder wusste, was es zu bedeuten hatte: Ein deutscher Soldat allein mochte sich vielleicht in das Theater verirrt haben, aber nicht zwei von ihnen.

Golema

Hoffentlich waren sie nicht wegen Michal, Edmund oder Fayge da, sondern wegen Fajerman, dem Schwarzmarkthändler. Hoffentlich. Hoffentlich!

Der SS-Mann erhob sich von seinem Sitz, versetzte dem dort liegenden Juden einen Tritt und schlenderte unerträglich langsam zur Bühne. Dort angekommen nahm er das Gewehr in Anschlag. Und zielte auf Edmund.

Sara wollte sich schützend vor ihn stellen, so wie er es vorhin bei ihr getan hatte. Aber ihr fehlte der Mut, sich in die Schusslinie zu stellen.

Dafür besaß ihn Golema. Sie brach aus dem Kerker aus. Golema stellte sich jedoch nicht vor Edmund. Sie brüllte den SS-Mann zornig an. Seinem angsterfüllten Gesichtsausdruck nach zu urteilen, hatte er so etwas Schreckliches noch nie gehört. Golema stürzte sich vom Bühnenrand auf den Deutschen und riss ihn zu Boden. Dabei ließ er das Gewehr fallen. Bevor er reagieren konnte, schnappte sie sich die Waffe ...

... und erschoss ihn.

Der junge Soldat an der Saaltür stand starr vor Schreck. Golema rannte durch den Mittelgang auf ihn zu und schoss. Immer weiter, bis das Magazin leer war und der junge SS-Mann in seiner Blutlache lag.

Golema schleuderte das Gewehr gegen die Wand, ohne auch nur einen Schritt langsamer zu werden, durchquerte das Foyer und stieß die Flügeltüren mit einer solchen Wucht auf, dass sie aus den Angeln flogen. Sie lief die verschneite Leszno-Straße entlang in Richtung Mauer.

Jeden Soldaten, der sich ihr in den Weg stellte, riss sie mit ihrer gewaltigen Kraft in Fetzen.

An der Mauer angekommen brach Golema einfach durch die Ziegelsteine und befand sich im arischen Teil Warschaus. Tausende Juden, von überall aus dem Ghetto, schlossen sich ihr an.

Den Panzer, den die Deutschen schickten, um den Ausbruch zu beenden, packte Golema am Kanonenrohr und schleuderte ihn auf das dahinter aufmarschierende Bataillon. Wer von den deutschen Soldaten überlebte, floh.

Golema und ihre Leute verließen Warschau und zogen in Richtung Chełmno. Jeder Soldat, der sich ihnen in den Weg stellte, bereute es. Jeder Jude, den sie befreiten, reihte sich in den Marsch der Tausenden ein, der zu einem der Zehntausenden wurde. Und gemeinsam retteten sie die Menschen aus den Gaswagen in Chełmno.

Damit war ihr Weg indes noch nicht zu Ende. Weiter, immer weiter ging es Richtung Westen. Kurz vor Posen entsandte die deutsche Luftwaffe Flieger. Doch bevor diese ihre tödliche Fracht abwerfen konnten, holte Golema sie mit einem Felsbrocken, den sie mit der Wucht einer Kanone schleuderte, vom Himmel. Zehn Tage später überquerte die jüdische Armee die Grenze nach

Deutschland und zog nach Berlin. Auf ihrem Weg brach sie jeglichen deutschen Widerstand. In der Reichshauptstadt versuchte die Wehrmacht, den Vormarsch auf die Reichskanzlei zu stoppen. Golema wischte Panzer und Soldaten wie lästige Fliegen beiseite. Nichts konnte sie auf dem Weg zu Adolf Hitler stoppen. Als sie den Saal stürmte, fand sie den Führer an seinem Schreibtisch vor. Er lag mit dem Oberkörper auf der Tischplatte. Von eigener Hand vergiftet. Aus Angst vor Golemas Rache.

Die Deutschen verloren nun jeglichen Mut. Es dauerte nur wenige Tagen, bis sie kapitulierten.

Daraufhin verwandelte sich Golema wieder in Sara, die sich ihren Traum erfüllte und mit ihrer *Ghetto-Theatertruppe* Polen, Deutschland, ganz Europa, die Welt bereiste. Gemeinsam mit Michal, Edmund, Esther, Zivia, Fayge und sogar Zylberman. Auf so einen beliebten Schauspieler wie ihn verzichtete man nicht, wenn man ihn mit Tritten in den Hintern im Zaum halten konnte. Die feige Rachel hingegen musste sehen, wo sie blieb. Natürlich war auch Józek mit auf Reisen. In ihn war Ada als Dibbuk gefahren, was zu herrlich verrückten Tanznummern auf der Bühne führte.

Überall auf der Erde lebten noch Juden, die ohne Golema gestorben wären. Und Sara wusste, sollte das Unheil ein weiteres Mal über die Menschen kommen, die sie liebte, würde Golema sie alle wieder retten.

Das Geschöpf war ein Teil von ihr. Jedoch lebte es nur in ihrer Phantasie. Golema konnte nicht aus ihr ausbrechen und Edmund retten. Oder irgendjemanden. Und Sara war vor lauter Furcht nicht in der Lage, sich zu bewegen.

Noch immer zielte der SS-Mann auf Edmund. Jeden Augenblick würde er schießen. Sara wollte die Augen schließen ...

... da schwenkte der Mann sein Gewehr von Edmund weg und hin zu ...

... Michal.

Der Deutsche war wegen dem Mord an Porusch hier!

Michal sah erschöpft aus, erschöpfter als je zuvor. Immerhin, so schien er zu denken, würde er auf den Brettern seines Theaters sterben. Aber auch bei ihm drückte der Deutsche nicht ab, sondern ließ den Lauf des Gewehrs weiter in Richtung Fayge wandern.

Fayge begann zu zittern und zu weinen.

Da nahm der SS-Mann Józek ins Visier. Der hielt ihm seinen Flachmann zum Anstoßen entgegen. Entweder war Józek der Mutigste im Saal oder der Betrunkenste. Oder aber er hatte das sadistische Spiel des Deutschen durchschaut: eine Art von russischem Roulette mit Schauspielern, bei der entweder einer von ihnen getötet wurde oder am Ende doch alle.

Nun war Zivia an der Reihe. Hass lag in ihren Augen. Purer Hass. Auf einen Soldaten jener Armee, die ihren Ehemann gefoltert und getötet hatte.

Der SS-Mann schwenkte mit einer schnellen Bewegung wieder zurück. Vorbei an Józek, Fayge, Michal und Edmund, hin zu Sara. Nun war der Lauf auf sie gerichtet.

Sara fragte sich nicht, was sie getan hatte, um erschossen zu werden. Deutsche brauchten keinen Grund, Juden zu töten. Vielleicht hatte ihm ihr Gesang nicht gefallen.

«Na», hörte Sara im Geiste Ada sagen, «das wäre mal eine im wahrsten Sinne des Wortes vernichtende Kritik.» War Ada gerade als Totengeist in sie gefahren? Dann würde sie wenigstens nicht allein sterben. Oder war sie vor lauter Angst verrückt geworden? «Genau das bist du», lachte Ada. «Verrückt!»

Der Deutsche schwenkte das Gewehr weiter über die Musiker und Wesby hin zum Publikum.

Würde der SS-Mann jetzt wahllos schießen? Und sein Bubi-Soldat gleich mit? So viele Menschen wie möglich töten oder vorher aufhören, weil ihnen der Spaß daran vergangen war? Wann würde das sein? Und wer würde dann noch leben?

Mit dem Gewehr im Anschlag ging der SS-Mann ganz langsam den Gang entlang. Bei jeder Reihe blieb er kurz stehen und zielte auf jemanden. In Reihe vier baute er sich vor William auf. Er gab ihm den Befehl, seine Melone wieder aufzusetzen.

Mit zitternden Händen kam William der Aufforderung nach.

Sara hoffte inständig, dass dies nur Teil seines sadistischen Spiels sein würde, an dessen Ende William zwar gedemütigt, aber am Leben sein würde.

«Steh auf!», befahl der Dämon.

William erhob sich, vergeblich bemüht, keine Angst zu zeigen.

Der Dämon drückte den Gewehrlauf an seine Schläfe.

Es musste ein Spiel sein, zitterte Sara, es musste einfach!

Es war kein Spiel. Der Dämon drückte ab.

William

William sank tot zu Boden.

Die Melone purzelte vom Kopf und blieb neben seinem Körper liegen.

Der Schuss hallte nach, dann war es totenstill im Saal. Der SS-Mann wandte sich an das Publikum und rief auf Deutsch: «Lasst euch das eine Warnung sein! Jedes Mitglied des Widerstands wird ohne Ausnahme ausgelöscht!»

Er ließ seine Worte wirken. Vielleicht eine Minute lang. Es hätten auch zehn sein können. Sara besaß kein Zeitgefühl mehr. Schließlich ging der Deutsche gemessenen Schrittes durch den Mittelgang zu seinem jüngeren Kameraden. Der öffnete zackig und unterwürfig die Tür. Sie gingen hinaus.

Niemand im Theater regte sich.

Sara sah zu Williams Leichnam.

William.

Liebenswerter William.

Sie hatte ihm versprochen, dass seine Leiche nie zum morgendlichen Abtransport vor die Tür gelegt würde.

Und genau dies würde nun geschehen.

Sara konnte darüber nicht einmal mehr weinen.

Bin ich einmal ohne dich

Zivia fand als Erste die Sprache wieder und zischte Fayge an: «Hast du das gewusst?»

«Nein», schluchzte Fayge leise, «ich kenne nur meine Zelle des Widerstands.»

«William», mutmaßte Michal flüsternd, «hat mit seinen Beziehungen anscheinend nicht nur das Theater versorgt, sondern auch den Widerstand.»

Erst jetzt riss sich Sara von Williams Anblick los, denn im Publikum begann es, unruhig zu werden. Der Mann, der fast den ganzen zweiten Akt auf dem Boden hatte liegen müssen, rappelte sich auf, ging zu seiner Frau und schloss sie in seine Arme. Viele der Zuschauer erhoben sich von ihren Sitzen und machten sich auf den Weg zum Ausgang.

Das Stück war zu Ende.

Bevor es zu Ende war.

Das durfte nicht sein!

Das durfte einfach nicht sein!

Sara war nicht Golema. Sie konnte nicht brüllen, schießen, Deutsche in Stücke reißen. Oder auch nur einem Publikum eine solche Angst einflößen, dass es in seinen Sitzen blieb und sich den Rest des Stücks ansah. Aber sie war auch kein kleines Mädchen mehr, das gerettet werden musste. Sie war Sara! Eine Frau, die für das Überleben eines anderen kleinen Mädchens alles opferte. Bis auf das Theater!

Und als diese Sara rief sie den Zuschauern zu: «Bleibt!»

Es war kein Befehl. Auch keine Bitte. Schon gar nicht ein Flehen. Sondern die klare Ansage einer Regisseurin.

Die Menschen konnten nicht anders, als innezuhalten und sich zu ihr umzudrehen.

«Wenn ihr jetzt geht, haben die Deutschen auch hier gewonnen. Im Theater, unserer letzten Zuflucht vor den Barbaren.»

Sara schien die Zuschauer damit zu erreichen.

Und ihre Kollegen ebenfalls.

Edmund trat an den Bühnenrand und rief: «Vor den Barbarenschweinen!»

Michal tat es ihm gleich: «Vor den Schweinebarbaren!»

«Vor den Beamten!», rief Józek.

Da mussten einige Menschen im Saal wieder ein klein wenig lachen. Sogar der ein oder andere Beamte.

«Wollt ihr diesen, unseren Ort entehren?»

Stille im Saal.

«Seid ihr etwa auch Barbaren?»

«Nein!», brüllte der dicke Fajerman aus der Loge. «Wir sind keine Barbaren!»

«Wir sind keine Barbaren!», erschallte es zustimmend aus der linken hinteren Ecke des Saals.

«Wir sind keine Barbaren!», aus einer anderen.

«Wir sind keine Barbaren!», riefen immer mehr Menschen. Bis sie zusammen, ohne von den Schauspielern auf der Bühne angefeuert werden zu müssen, zu einem Sprechchor von vielleicht hundert anschwollen: «Wir sind keine Barbaren!»

Sara bekam Gänsehaut.

«Wir sind keine Barbaren!»

Schließlich übertönte sie den Chor mit einer kräftigen Stimme, die selbst Golema Respekt abgenötigt hätte: «Wenn das so ist, spielen wir jetzt für euch, verehrtes Publikum, die Premiere von *Die Liebe sucht ein Zimmer* zu Ende!»

Diejenigen, die schon aufgestanden waren, nahmen, wenn auch zum Teil etwas zögerlich, wieder ihre Plätze ein und die Musiker ihre Instrumente in die Hand. Zwei der Zuschauer bedeckten Williams Leichnam mit ihren Mänteln, obwohl sie dadurch noch mehr frieren würden.

Sara wandte sich an Wesby: «Maestro, wenn ich bitten darf ...»

Der Dirigent schwang den Taktstock, und sein kleines Orchester spielte eine fröhliche Melodie, die das Schreckliche, was soeben geschehen war, nicht mal ein klein wenig verblassen lassen konnte. Sie musste es auch nicht. *Die Liebe sucht ein Zimmer* zu Ende aufzuführen, war zu einem Akt des Widerstands geworden. Genauso wie sich das Stück bis zum Ende anzuschauen.

Sara war noch nie so stolz auf sich gewesen.

Auf die Zuschauer.

Auf das Judentum.

Es war mehr als eine Religion.

Sie wünschte sich, ihre Schwestern wären bei ihr. Miriam, die Ärztin hatte werden wollen. Ruth, die mit den Jungen gespielt und sich mit ihnen geprügelt hatte.

Ihre Eltern wünschte sich Sara ebenfalls herbei.

Ihnen hätte sie gezeigt, was aus ihr geworden war.

Was nur wegen ihres Verrats aus ihr geworden war!

Die Schauspieler traten zusammen, und auch hier übernahm Sara die Regie: «Damit wir auf die Zeit kommen, kürzen wir alles bis auf die Küsse und das Lied. Dazwischen erklärt Józek noch kurz, dass er und Fayge in das Zimmer einziehen.»

Michal nickte lediglich.

Sowohl ihm als auch Sara war klar, dass sie für den Augenblick die Führung des Ensembles übernommen hatte. Und er in Zukunft die Geschicke des *Femina* nicht mehr allein bestimmen würde.

«Auf Position», bat Sara, und alle begaben sich auf ihren Platz: Michal und Zivia umarmt und bereit zum Kuss.

Edmund und Sara ebenso.

Das Orchester hörte mit der fröhlichen Melodie auf, es gab eine kleine Kunstpause, und dann rief Michal aus: «Zivia!»

«Michal!», rief Zivia nicht minder laut, und die beiden küssten sich.

Das Publikum johlte, weil dieses Paar sich endlich gefunden hatte. Aber mehr noch aus Trotz gegen die Unterdrücker.

Sara und Edmund waren an der Reihe. Doch Edmund zögerte. So bat Sara leise: «Küss mich.»

Er tat es, und die beiden küssten sich.

In dem Kuss lag Liebe.

Und Schmerz.

Doch mehr Liebe.

Ein jeder im Theater schien in diesem Augenblick zu spüren: In diesem Stück voller Wahrheiten gab es nichts Echteres als diesen Kuss, den weder Sara noch Edmund beenden wollten.

Nachdem der Kuss während des Stücks immer herausgezögert wurde, entlud sich, wie von Michal beim Schreiben geplant, die Anspannung im Saal in einem großen Jubel. Dass dieser, nach dem, was geschehen war, unermesslich groß war, hatte jedoch auch Michal nicht voraussehen können.

Schließlich war es Sara, die von Edmund abließ, da sowohl Liebe als auch Schmerz sie zu überwältigen drohten.

Die Zuschauer jubelten jedoch weiter.

«Esther», schlug Edmund leise Sara vor, «kann mit Michal gehen, und wir bleiben.»

«Du würdest sie einem anderen Menschen anvertrauen?» Sara fragte das nicht hoffend, kannte sie doch die Antwort.

«Nein, das würde ich nicht», gestand Edmund ein.

«Wisst ihr», übertönte Józek, der zum Publikum gewandt war, dessen Gejohle und brachte es damit sogleich zum Verstummen, «wenn Fayge und ich morgen heiraten, müssen wir zu sechst in diesem Zimmer wohnen!»

«Und», fügte Fayge traurig hinzu, «wir können keine Hochzeitsreise machen.»

Zivia hob an: «Sei nicht betrübt, Fayge, wenn man nichts mehr tun kann ...»

Und Sara war es vergönnt, die letzten Dialogwörter des Stücks den Zuschauern entgegenzuschmettern: «... kann man immer noch lieben!»

Das Orchester spielte wieder die Melodie des Liebesduetts von Sara und Edmund, doch diesmal war es eine Version für alle Stimmen auf der Bühne. Auch für Zylberman und Esther, die dafür von der Seitenbühne aus zu den anderen Schauspielern traten. Das gesamte Ensemble sang im Chor:

Ach ja, wie kalt und ungemütlich
ist das Leben ohne dich,
wie ist es sinnlos und betrüblich,
bin ich einmal ohne dich!

Während die anderen Schauspieler das Publikum anstrahlten, blickte Sara zu Edmund.

Ach ja, wie leer und furchtbar öde, schade ist's
um jeden Tag,
alles erscheint mir fad und schnöde,
wenn ich dich nicht bei mir hab'.

Sie verließ die Rolle und sang ihn an:

Ach ja, wie trüb und ungemütlich
ist das Leben allein,

nur du, nur du, machst es vergnüglich,
ich will immer bei dir sein!

Edmund spürte das, sah zu ihr und verließ ebenso seine Rolle:

Ja, selbst an kalten Wintertagen
ist die Welt ein Karussell!
Wenn ich nur weiß, dass wir uns haben,
scheint die Sonne doppelt hell.

Es war ihr letztes gemeinsames Lied.

Du und ich, einfach - du und ich ...
die Welt wird schöner nur durch dich,
wenn ich in deiner Nähe bin,
dann hat das Leben wieder Sinn.

Józek rannte zur Seitenbühne ...

Du und ich, einfach - du und ich ...
Die Welt wird schöner nur durch dich,
und jede Nacht hat ihre Kraft,
der Tag beginnt voll Leidenschaft.

... und zog den Vorhang zu.

Einfach nur ich und du ...

Ihr letztes gemeinsames …

Du und ich …

Danach war es still.

Verbeugung

Hinter dem Vorhang warteten die Schauspieler auf eine Reaktion des Publikums.

Irgendeine.

Es dauerte.

Lange.

Da hörten sie mit einem Mal jemanden klatschen.

Sie trauten ihren Ohren nicht.

Noch jemand klatschte. Und noch jemand. Und noch jemand. Immer mehr. Immer mehr.

«Sie klatschen», Zivia konnte es kaum fassen.

«Ja», lächelte Sara sie an, «sie klatschen.»

«Sie klatschen!», umarmte Zivia Sara.

«Und das werden sie», versprach Sara ihrer Kollegin und sich selbst, «von nun an bei jeder Vorstellung tun.»

Józek zog den Vorhang wieder auf. Die Darsteller sahen frenetische Zuschauer, die sie im Stehen bejubelten. Es waren die Reichen wie die Arbeiter. Die Mitglieder des Judenrats und Fajerman. Seine Gespielinnen. Seine Ehefrau. Sogar die Judenpolizisten applaudierten. Sie alle feierten dabei auch sich selbst, weil die Mörder ihnen das Theater nicht hatten nehmen können.

Die Schauspieler rannten zusammen nach vorne und verbeugten sich.

Einmal.

Zweimal.

Dreimal.

Anschließend zeigten sie auf Wesby und das Orchester, damit es seine verdiente Belohnung bekam. Und danach durfte sich jeder seinen eigenen Solo-Applaus abholen:

Józek, der in diesem Augenblick einmal nicht betrübt wegen Ada war.

Fayge, die ihren Widerstand gezeigt hatte, indem sie weiterspielte.

Zylberman, der so einen Applaus noch in keinem der fünf Ghetto-Theater gehört hatte.

Esther, die so glücklich war, dass ihr Gesang gemocht wurde.

Zivia, die sich vorstellte, dass der Applaus ihrem verstorbenen Mann galt.

Michal, in dessen müden Augen ein Funkeln des Glücks zu erkennen war.

Edmund, der es nicht schaffte zu lächeln.

Zu guter Letzt Sara.

Sie betrachtete die klatschenden Menschen.

Und sie wusste, für die wenigen Tage, die ihr blieben, besaß ihr Leben einen Sinn.

Nachklang

Langsam verebbte der Applaus, und die Zuschauer machten sich nach und nach auf den Weg, um rechtzeitig vor der Ausgangssperre zu Hause zu sein. Einerlei, ob sie Arbeiter waren oder Judenpolizisten, Mitglieder des Rats oder Schwarzmarkthändler: Sie alle hatten Angst davor, von Soldaten erschossen zu werden. Auch die Schauspieler verließen die Bühne, bis auf Edmund, der wehmütig auf die leeren Sitze starrte. Und Sara, die ihn aufforderte: «Ihr müsst los.»

«Ja», antwortete Edmund, blieb jedoch stehen.

«Komm!»

«Ich werde nie wieder hier stehen.»

«Wer weiß ...», versuchte Sara den trüben Gedanken zu verscheuchen.

«... ob noch jemals kommt ein Mai?», sang Edmund traurig lächelnd.

«Ihr müsst los!», Sara sah keine Zeit für Wehmut.

«Ja», antwortete Edmund und machte sich auf den Weg, seine Schwester zu holen.

Saras Blick fiel auf den Leichnam von William. Wie schnell das Leben im Ghetto über die Toten hinwegging.

«Sag mal», fragte Józek, der zu ihr trat, «wie hast du dich entschieden?»

«Ich bleibe.»

«Bei Edmund.»

«Nein, im *Femina*.»

«Ich versteh die Antwort nicht ganz, und ich würde es auch nicht tun, selbst wenn ich nicht betrunken wäre.»

«Edmund geht mit Esther.»

«Das wiederum verstehe ich!» Seinem Lächeln nach zu urteilen, hieß der Trinker die Entscheidung gut. «Möchtest du, dass wir uns heute Abend gemeinsam *Der Dibbuk* ansehen?»

«Morgen vielleicht.»

«Morgen, morgen, nur nicht heute ...»

«... sagen alle schlauen Leute», vollendete Sara.

«Das ist lustig, du solltest Komödien schreiben.»

«Das werde ich.»

«Großartig!», freute sich Józek und verließ die Bühne. Sara holte ihren dünnen Mantel aus der Garderobe und ging nach draußen, wo Michal in der Dunkelheit auf sie wartete. Er hatte ebenfalls einen Mantel übergezogen und hielt den Umschlag in der Hand, in dem sich das Bestechungsgeld für die Wachen an der Mauer befand.

«Sag bloß», sagte Sara, «den hast du auch in meiner Kammer versteckt?»

«Auch?»

«Nicht so wichtig», wollte sie Fayges und Józeks kleine Geheimnisse nicht verraten.

«Ich habe ihn in meinem Mantel gehabt und den in der Garderobe. Im Umschlag sind auch Instruktionen, zu welcher Stelle der Mauer die beiden hinmüssen und die Namen der Wachen, die sie durchlassen.» Michal überreichte ihr den Umschlag und verabschiedete sich knapp: «Bis morgen.»

Anschließend ging er die kleine Gasse hoch und verschwand in der Leszno-Straße. Sara konnte verstehen, dass er bei ihrem Abschied von Edmund nicht dabei sein wollte.

Nach und nach verließen die Musiker und die anderen Schauspieler das Theater. Zylberman grinste Sara an: «Das mit dem Tritt in den Hintern machen wir jetzt immer so. Das gefällt den Leuten!»

Zivia lachte gar: «Ich möchte auch gerne mal treten!»

Zylberman fand das lustig und antwortete: «Ihr dürft abwechselnd!»

Fayge huschte mit ihrer Tasche, in der die Flugblätter lagen, an Sara vorbei.

Und Józek, in einen braunen Pelzmantel gehüllt, gab ihr zum Abschied ein freundschaftliches Küsschen auf die Stirn, wobei seine Fahne sie fast betäubte.

Schließlich kamen Edmund und seine Schwester aus dem Theater. Esther trug Edmunds graue Schiebermütze.

Edmund suchte nach Abschiedsworten: «Sara ...»

«Es ist gut», antwortete sie und gab ihm den Umschlag.

«Ist es nicht.»

«Wir sehen uns wieder.»

«Wie das?»

«Einer von uns fährt dem anderen als Dibbuk in den Leib.»

Edmund musste, trotz allem, lachen.

Sara zitierte ihn aus dem Stück: «Ich weiß, was zu tun ist!»

«Und was?», fragte er irritiert.

Sara begann zu singen:

Dann gibt dir Sara,
ja, dann gibt dir Sara
zum guten Schluss
noch einen Kuss!

Sie nahm ihn in den Arm und küsste ihn sanft auf die Wange.

Er gab ihr ebenfalls einen zarten Wangenkuss.

Womöglich war es der schönste von allen Küssen gewesen.

Vielleicht liebte er sie das erste Mal so sehr wie sie ihn.

Vielleicht.

Einerlei.

Sara beugte sich zu Esther: «Du passt mir schön auf deinen Bruder auf, ja?»

«Ja», versprach das Mädchen mit hochheiligem Ernst.

Sara drückte Esther fest an sich, wie Ada es nie bei ihr getan hatte. Dann sagte sie:

«Die Ausgangssperre beginnt gleich.»

Edmund wollte nicht gehen.

«Geht!», sagte Sara.

Edmund nahm Esther an die Hand und eilte los.

Sara sah ihnen nach, wie sie die Gasse verließen und in

die Leszno-Straße bogen. Sie sah ihnen auch noch hinterher, als die beiden aus ihrem Blickfeld verschwunden waren. Mehrere Minuten lang.

Schließlich überwog die Kälte ihre Trauer. Sara ging zurück ins menschenleere Theater. Sie wollte in die Garderobe, um sich abzuschminken, da ertastete sie in ihrer Manteltasche unter der Romek-Handpuppe die Zigarette, die ihr William vor der Vorstellung gegeben hatte.

Sara hielt kurz inne, ging dann die Treppe hinab und weiter bis auf die im Dunkeln liegende Bühne. In den Öfen im Saal brannte noch ein wenig Restglut, sodass sie sich im Raum noch orientieren konnte. Sie sah zu William, dessen Leichnam im Mittelgang nur noch schemenhaft zu erkennen war. Und sang nur für ihn allein:

Ja, im Frühling, ja, im Frühling,
da fliegt frei der Schmetterling,
und das Mädchen, und das Mädchen
träumt von der Ehe vor sich hin ...

Hier verliebt sich eine Blume in die Blume nebenan,
und das arme, liebe Mädchen,
ja, es findet keinen Mann!

Dort ein Vöglein, dort ein Vöglein,
schnäbelt froh auf einem Ast,
und das Mädchen weint vor Kummer,
weil's keinen Mann für sich hat.

Nicht mehr lang, bald kommt der Winter,
und dann ist ein Jahr vorbei,
und wer weiß schon, und wer weiß schon,
ob noch jemals kommt ein Mai ...

Wahrheit und Fiktion

David Safier im Gespräch mit Michael Töteberg

Der Ausgangspunkt für dieses Buch war keine Romanidee, sondern die Entdeckung eines Theaterstücks.

Eigentlich liegt der Ausgangspunkt noch weiter zurück. Ich war für meinen Roman «28 Tage lang» auf einer Pressetournee in Spanien. Bisher kannte man nur lustige Bücher von mir ...

«28 Tage lang» dagegen ist ein Roman über den Aufstand im Warschauer Ghetto ...

So wurde ich von fast jedem Journalisten gefragt: Herr Safier, können Sie sich auch vorstellen, eine Holocaust-Komödie zu schreiben? Und ich habe jedes Mal gesagt, vielleicht gibt es Autoren, die das könnten, ich sei dazu aber nicht in der Lage.

Als mir in Bilbao diese Frage wieder gestellt wurde, fiel mir ein, was ich in den Tagebüchern der Mary Berg gelesen hatte. Das 16-jährige Mädchen hat in ihren Notizbüchern den Alltag im Warschauer Ghetto, der von Hunger, Krankheit und Tod bestimmt wurde, festgehalten. Im Theater hatte sie eine Komödie gesehen. Titel: «Die Liebe sucht ein Zimmer». Im Stück ging es, so steht es im Tagebuch, um zwei Paare, die dasselbe Zimmer vermietet bekommen haben, es sich wohl oder übel nun teilen müssen und sich über Kreuz ineinander verlieben.

Eine klassische Komödienkonstellation, nicht besonders originell.

Aber sie spielt im Warschauer Ghetto. Wohnungsnot, das hatte hier eine besondere Bedeutung: 460 000 Menschen, zusammengepfercht auf drei Quadratkilometern, umgeben von einer hohen Mauer mit Stacheldraht. Außerdem: Das Stück wurde im Ghetto aufgeführt. Die Menschen in ihrem Elend hatten etwas zu lachen.

Ich machte mich auf die Suche nach dem Stück, was sich als schwierig gestaltete. Dann hatte ich Glück: In Wien, wo ich einen Preis für «28 Tage lang» bekam, unterhielt ich mich mit einem polnischen Autor, der auch einen Roman über das Warschauer Ghetto geschrieben hatte. Er erzählte, bei seinen Recherchen habe er eine alte Frau kennengelernt ... Irgendwann fiel der Name – Stefania Grodzienska. Ich schaltete sofort: Das war doch die Hauptdarstellerin in «Die Liebe sucht ein Zimmer»! Sie war verheiratet mit dem Autor Jerzy Jurandot und ihre Tochter, inzwischen 70 Jahre alt, lebte noch.

Es stellte sich heraus: Das Stück gibt es noch. Jerzy Jurandot hatte mit seinen Notizbüchern das Theaterstück im sogenannten Ringelblum-Archiv vergraben. Der Historiker Emanuel Ringelblum sammelte solche Dokumente und legte in seiner Wohnung ein Untergrundarchiv an: Die Nachwelt sollte erfahren, wie ihr Leben im Ghetto war und was sie durchmachen mussten.

Gibt es in dem Archiv noch weitere Theaterstücke?

Nein, «Die Liebe sucht ein Zimmer» ist das einzige von Juden in der Shoah geschriebene Stück, das überliefert ist. Es gibt aus Theresienstadt Puppenspiele für Kinder und es gibt kurze Kabaretttexte, aber kein richtiges Theaterstück.

Ich bekam Kontakt zu der Tochter, so konnte ich das Manuskript lesen. Der Text war natürlich auf Polnisch, ich musste ihn mir übersetzen lassen.

Das Stück wurde nicht gedruckt?

Nein, und es ist auch seit 1942 nicht mehr aufgeführt worden.

Gleich erkannte ich, welch einen Schatz ich in der Hand hielt. Es ist eine wirklich komische Komödie, in der der schreckliche Ghettoalltag im Hintergrund mitschwingt, ohne alles zu überlagern. Es ist auch und vor allem ein Stück voller Lebensfreude! Eines, in dem junge Menschen angesichts des sie umgebenden Elends und drohenden Todes versuchen, die Liebe zu finden.

«Die Liebe sucht ein Zimmer» wurde am 26. Januar 1942 uraufgeführt im Femina-*Theater, das von Jurandot geleitet wurde.*

Er stellte den Spielplan zusammen, führte Regie, schrieb und adaptierte Stücke. Im Sommer 1941 hatten die Deutschen überraschend die Erlaubnis erteilt, im Ghetto Theater zu spielen. Es war die einzige Form der Unterhaltung – Kino war verboten. Das *Femina*-Theater gehörte einem Deutschen, der seinen Anteil an den Einnahmen kassierte, sich aber dort nie blicken ließ. Ursprünglich war es von einem jüdischen Kinounternehmer als Filmtheater gebaut wurden, durch den Krieg war es aber als Kino nie in Betrieb.

Das Femina *war kein Amateurtheater, sondern eine professionelle Bühne mit 900 Plätzen.*

Die meist ausverkauft waren, auch wenn sich nicht alle Eintrittskarten leisten konnten. Theater war ein Gemeinschaftserlebnis – es gab nur noch diesen gesellschaftlichen Raum, in dem man für ein paar Stunden Abstand zur grausigen Realität gewinnen konnte.

Im Roman werden auch andere Bühnen erwähnt. Es gab offensichtlich eine richtige Theaterlandschaft.

Es gab im Warschauer Ghetto fünf große Theater. In den meisten wurden Stücke auf Jiddisch gespielt. Es gab eine große Tradition des jiddischen Theaters, die Truppen waren früher weltweit unterwegs: Überall gab es Menschen, die Jiddisch verstanden. Da die meisten Ghetto-Bewohner Jiddisch sprachen, konnten die polnischen Stücke im *Femina*-Theater nicht lange auf dem Spielplan stehen. Zwei, drei Wochen, dann musste wieder etwas Neues Premiere haben.

In einem Jahr kamen insgesamt 46 Stücke in allen Warschauer Theatern heraus. Vieles waren Revuen, bekannte Stoffe, die einfach ins Ghetto verlegt wurden wie die im Roman beschriebene Oper. Die Namen der Straßen wurden verändert, oder man siedelte die Geschichten in exotischen Ländern an, damit die Zuschauer einmal eine andere Kulisse hatten. Natürlich nicht in Ländern der Alliierten, etwa in England, das wäre ja Feindesland gewesen.

Ich nehme an, die Texte mussten die deutsche Zensur passieren.

Über die Unterdrücker konnte man sich nicht lustig machen. Aber «Die Liebe sucht ein Zimmer» enthält bemerkenswert viel von der Ghetto-Wirklichkeit, Anspielungen auf die Typhusimpfung oder auf den Schwarzmarkt. Oder die Hochzeitsreise im Pferdebus – richtige Busse gab es nicht, raus aus dem Ghetto kam man nicht.

Die Zuschauer haben gemeinsam darüber gelacht, weil alle ihr Leben wiedererkannten. Diese Erfahrung in eine romantische Liebeskomödie einzuflechten, ist eine Kunst und macht dieses Stück so besonders.

In dem Stück gibt es einen Monolog, in dem Zivia von einem Traum erzählt: Eine Lokomotive kommt von hinten auf sie zu, es ist, «als ob der Zug uns verschlucken wollte».
Es ist ein verstörender Alptraum, der wie ein Fremdkörper wirkt, einen völlig anderen Tenor hat. Dass Jurandot in die Komödie diese Szene, die ja nicht lustig ist, hineinschreibt, irritiert auf beunruhigende Art. Aber der Alptraum steht im Originalstück und hat etwas unheimlich Prophetisches – Jurandot konnte nicht ahnen, dass sechs Monate später die Deportationen begannen. Im Sommer 1942 wurde das Ghetto geräumt, da war es mit dem Theater vorbei. Die Menschen, über 400 000, wurden in Züge verfrachtet und in den Tod geschickt – sie kamen nach Treblinka ins KZ.

Schon bei der Aufführung 1942 besaß das Boulevard-Stück den Subtext einer Tragikomödie, und mit unserem heutigen Wissen können wir sagen: Es handelt sich bei «Die Liebe sucht ein Zimmer» wahrhaftig um eine Holocaust-Komödie.

Ich konnte die Rechte von der Tochter, der Erbin, erwerben. Allerdings wusste ich anfangs noch gar nicht, was ich damit machen möchte. Als Erstes ist ein Hörspiel für Radio Bremen entstanden, das für den ARD-Hörspielpreis nominiert wurde.

In den Roman ist das Theaterstück eingegangen.
Alles, was im Roman auf der Bühne gesprochen wird, sind Originaltexte aus dem Stück. Die Romanfiguren dagegen sind fiktive Gestalten. (Mit einer Ausnahme: Iwo

Wesby, der die Musik zu «Die Liebe sucht ein Zimmer» komponierte; die Noten sind leider nicht überliefert, nur die Texte aus den Liedern.) Von einer realen Person wollte ich mir nicht anmaßen zu wissen, was sie in diesem Augenblick gedacht und gefühlt hat.

Die Geschichte von Sara ist reine Fiktion, aber das schreckliche Dilemma, in dem sie steckt, erlebten viele im Ghetto. Sollten sie, wenn es irgendeine Chance gab, versuchen zu fliehen? Was damit gleichbedeutend war, dass sie ihre Liebsten im Ghetto zurückließen und dem sicheren Tod übereigneten.

Das Milieu – die Atmosphäre auf den Straßen, das Publikum im Theater –, das alles basiert auf historischen Fakten. Es gab mafiöse Strukturen im Ghetto, es gab die Judenpolizei, die Handlangerdienste für die Deutschen leistete (geholfen hat es ihnen nichts, am Ende sind auch sie umgebracht worden). Diese Seiten der Ghetto-Gesellschaft wollte ich nicht verschweigen. Vor allem aber möchte ich mit dem Roman zeigen, unter welchem Druck, welchem Leid die Menschen standen und dass sie trotzdem fähig waren, anderen Freude zu bereiten. Wirklich bewundernswert, dass sie die Kraft hatten, unter diesen Umständen Menschen zum Lachen zu bringen.

Dank

Mein Dank, aber vor allem meine tiefe Verehrung gilt Jerzy Jurandot, dem Autor von *Die Liebe sucht ein Zimmer*, sowie allen Schauspielern, die das Stück im Januar und Februar 1942 auf der Bühne des *Femina*-Theaters aufführten, nur wenige Monate bevor die Ghettobevölkerung mit Zügen in die Vernichtungslager deportiert wurde.

Ferner danke ich von Herzen meiner phantastischen Lektorin Ulrike Beck, die seit mittlerweile 19 Jahren an meiner Seite steht. Meinem großartigen Freund und Mentor Michael Töteberg, ohne den ich nie so weit gekommen wäre. Markus Roth für die historische Beratung, Danuta Strobel für die Übersetzung des Originaltextes von *Die Liebe sucht ein Zimmer* sowie Elke «Pille» Hillebrand, die die Übersetzung der Liedtexte auf ein deutsches Versmaß gebracht hat. Zudem der herausragenden Katharina Thalbach für das Einlesen des Hörbuchs, Sabine Buss für dessen Regie und Heike Schmidtke für dessen Redaktion. Vor allem aber danke ich meiner Frau Marion, der Liebe meines Lebens, und meinen geliebten Söhnen Ben und Daniel. Ohne Euch drei ist alles nichts.